KB265724

마도시기

魔刀神器

마도신기 3

강태훈 新무협 판타지 소설

초판 1쇄 찍은 날 § 2007년 2월 13일
초판 1쇄 펴낸 날 § 2007년 2월 23일

지은이 § 강태훈
펴낸이 § 서경석

편집장 § 문혜영
편집책임 § 이재권
편집 § 서지현 · 심재영

펴낸곳 § 도서출판 청어람
등록번호 § 제1081-1-89호
등록일자 § 1999. 5. 31
어람번호 § 제2-1130호

주소 § 경기도 부천시 원미구 심곡1동 350-1 남성B/D 3F (우) 420-011
전화 § 032-656-4452 팩스 § 032-656-4453
http://www.chungeoram.com
E-mail § eoram99@chollian.net

ⓒ 강태훈, 2007

ISBN 978-89-251-0505-5 04810
ISBN 978-89-251-0502-4 (세트)

마도신기
정파위기
3
강태훈
新무협 판타지 소설
FANTASTIC
ORIENTAL HEROES
魔刀神器
도서출판 청어람

목차

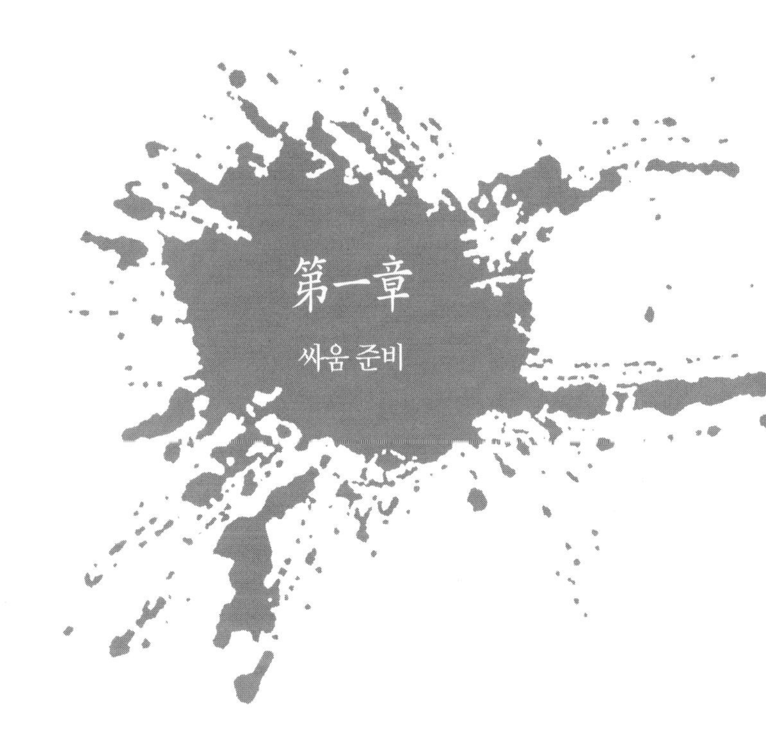

第一章
싸움 준비

魔刀神器

운현은 최대한 인적이 드문 곳으로 독혈인을 유인했다.

아직까지는 단 한 명.

독혈인의 실력을 모르는 상태에서 둘 이상이 따라붙는다
면 위험할 수도 있었다.

어찌 보면 지극히 소극적인 행동일 수도 있으나 운현의 입
장에서는 최선의 선택이었다.

"어디까지 도망갈 셈인가?"

독혈인의 입에서 쇳소리 같은 목소리가 흘러나왔다. 독혈
인은 말을 못할 줄 알았던 운현으로서는 그의 목소리가 신기
할 수밖에 없었다.

‘이 정도면 됐겠지.’

꽤나 멀리까지 왔다. 그리고 싸우기에 적당한 장소까지 찾았다. 감각을 넓혀 찾아보아도 주변에서 인기척은 느껴지지 않았다.

“이제 다 온 것인가?”

소름 끼칠 정도로 이상한 독혈인의 목소리. 하지만 운현은 아무렇지도 않은 표정으로 독혈인을 바라보았다.

“독혈인이오?”

“알고 유인한 것 아닌가?”

“음…….”

마치 자신의 유인에 따라주었다는 듯한 말투. 순간 운현은 그것이 사실일지도 모른다는 생각을 했다.

“독혈인의 실력을 보기 위함이군, 유인한 것은.”

“그렇소.”

순순히 대답하는 운현이다. 여기서 거짓말을 해봤자 무엇 하겠는가.

“안타깝군.”

“무엇이?”

“곧 죽어야 하니까. 내 실력을 제대로 보지도 못하고 죽을 테니까.”

운현이 인상을 찌푸렸다. 이미 자신이 이겼다는 듯이 말하는 그의 태도가 마음에 들지 않았기 때문이다.

사악!

소리는 아니었다. 느낌. 날카로운 종이에 베이는 것 같은 그런 느낌이었다.

독혈인의 눈은 귀신이라도 본 것처럼 부릅떠져 있었다. 그리고 그의 맞은편에 있는 운현의 손에는 어느새 검이 뽑혀 있었다.

주륵.

독혈인의 볼에서 붉은 피가 흘렀다. 독혈인의 피는 검은색이거나 다른 이상한 색일 것이라 생각했던 운현은 자신과 같은 붉은색이라는 사실에 놀라워했다.

치이익!

독혈인의 피가 그의 옷에 살짝 묻었다. 그리고 그 부분이 타 들어가기 시작했다.

게다가 그의 피가 떨어진 지면에 있던 풀들이 죽어가기 시작했고, 땅 역시 검게 변해가기 시작했다.

그 정도로 지독한 독을 몸에 가지고 있는 독혈인이었다.

씨익!

갑자기 독혈인이 미소를 지었다. 왠지 모르게 섬뜩하게 느껴지는 웃음이었다.

"한가락 하는 모양이군. 하지만 나의 모든 것은 독이다. 과연 이길 수 있을까?"

"두고 봐야 알겠지."

솔직히 운현은 속으로 긴장하고 있었다. 적에 대해서는 아무것도 모르는 상태. 그렇기 때문에 더했다.

하지만 운현이 간과하고 있는 것이 하나 있었다.

그것은 바로 상대 역시 자신에 대해서 아무것도 모르고 있다는 사실. 그럼에도 둘의 태도에서 차이가 나는 것은 자신의 실력에 대한 신뢰감 차이라 할 수 있었다.

'이자를 이기면 난 확신을 가질 수 있겠지.'

그렇게 생각하는 운현이었다.

둘의 싸움은 치열했다.

잠깐의 대화가 끝나고 둘은 누가 먼저랄 것도 없이 서로를 향해 달려들었다.

독혈인은 자신의 손으로, 운현은 구룡검으로 독혈인에게 맞섰다.

까앙!

운현은 상대가 맨손으로 자신의 검에 부딪쳐 오자 일단은 내력을 거의 담지 않고 휘둘렀다.

내력을 담지 않아도 그냥 구룡검에 손이 잘려 나갈 것 같았지만 손과 검이 부딪쳐 금속성이 울렸다.

'단단하군.'

운현은 별로 놀라지 않았다. 오귀문 같은 괴물도 본 적이 있기 때문이었다.

‘그렇다면!’

우웅!

운현이 검에 내력을 주입했다. 구룡검에 씌워지는 은은한 빛깔의 검기. 아름다워 보이지만 수없이 많은 고수들을 꺾은 검기였다.

‘태극원무(太極圓舞)!’

운현이 태극혜검을 펼쳤다. 운현의 진기를 가득 머금은 검기와 태극혜검이 어느 정도 통할 것인지 확인해 보려는 심산이다.

“제길!”

독혈인이 소리치며 몸을 빠르게 움직였다. 굉장히 빠른 속도. 하지만 그 속도로도 자신의 눈앞에 펼쳐진 은빛 물결을 모두 피해낼 수는 없었다.

콰쾅!

마지막 순간에 진기를 끌어올려 몸을 보호했는지 진기의 충돌이 거대한 폭발음을 만들어냈다.

휘몰아치는 주변의 공기.

나무들은 꺾일 듯 크게 휘었고, 바닥의 풀들은 그대로 누워 버렸다.

“크흑!”

독혈인의 입에서 피가 흘러나왔다. 그리고 그것은 역시 땅을 검게 물들였다.

주륵.

운현의 입에서도 피가 흘러나왔다.

전력을 다하지 않은 것이 실수였다. 처음의 마음은 온데간데없었고, 상대를 몰아치는 분위기로 흘러가자 순간적으로 마음을 놓아버린 것이다.

그렇지 않았다면 내부가 진탕되지는 않았으리라.

'낭패다!'

운현이 눈앞에 있는 독혈인을 바라보았다. 정상적인 무공을 익힌 고수가 아니라 특수한 대법으로 만들어진 사람인 만큼 이 정도 내상을 다스리는 것도 빠른 듯 보였다.

"꽤나 강했다. 하지만 이제는 그것이 통하지 않을 것이다."

찌이익!

독혈인이 갈래갈래 찢어져 너덜너덜해진 자신의 윗옷을 찢어버리며 운현에게 다가왔다.

목구멍으로 넘어오는 피를 억지로 삼킨 운현은 눈앞에 다가오는 독혈인을 바라보았다.

'괴물.'

말 그대로 독혈인은 괴물이었다.

그 이후부터는 독혈인이 공격을 주도하기 시작했다.

내상이 생긴 운현은 진기를 사용하는 데 어려움을 겪고 있었기에 어찌어찌 공격을 막아낸다 하여도 그 충격으로 인한 고통에 인상을 찌푸릴 수밖에 없었다.

"하하하! 아까의 그 자신만만하던 모습은 다 어디로 갔는가!"

독혈인이 가래 끓는 목소리로 웃으며 소리쳤다. 하지만 운현은 그런 것에 신경 쓸 겨를이 없었다.

독혈인의 손은 매서웠다.

독기가 손에 배어 있어 막아내지 않으면 온몸으로 독 기운이 침투하려고 요동을 쳤다.

그 독 기운에 반응하여 황룡기가 그것을 막지 않았다면 운현으로서는 태극진기를 돌려 내상을 다스리는 것이 어려웠을 것이다.

쉬익!

독혈이의 손이 운현의 얼굴을 노리고 날아들었다. 정확히는 그의 눈을 노린 것이다.

스윽!

깡!

운현이 재빨리 몸을 뒤로 돌림과 함께 검으로 그의 손을 쳐냈다.

찌릿찌릿.

운현의 손으로 그 충격이 그대로 전해져 왔다.

계속되는 공격으로 흥분한 독혈인이 점점 더 위력을 더해가고 있었다.

운현의 검은 독혈인의 손을 조금 틀었을 뿐 여전히 그의 손은 운현을 위협했다.

파밧!

운현이 재빨리 몸을 뒤로 빼냈고, 독혈인의 손은 허공을 찔렀다.

“헛!”

하지만 거기서 끝난 것이 아니었다.

독혈인의 손에서 검은색의 독기가 운현을 향해 스멀스멀 다가왔기 때문이다.

“이깟 독기!”

운현이 내상이 어느 정도 다스려진 것을 확인하고 구룡검에 진기를 불어넣었다.

그리고는 자신을 향해 날아오는 독기를 향해 검을 내리그었다.

“하앗!”

스팟!

파앗!

운현의 검기와 독혈인의 독기가 충돌하여 요상한 소리를 내며 사라졌다. 그에 운현은 거친 숨을 쉬었다.

“헉! 헉!”

독혈인이 오귀문이나 매향향, 후교인에 비해서 월등히 뛰어난 실력을 가지고 있는 것도 아니었다.

그럼에도 운현은 독혈인을 상대하는 데 훨씬 더 어려움을
겪고 있었다.

이는 독혈인이 일반적인 고수와는 다르다는 점과 처음 상
대해 보는 적이라는 점, 그리고 그의 온몸에 내재되어 있는
독 때문이었다.

"벌써 지쳤나, 애송이?"

운현은 독혈인을 올려다보았다.

"후우……."

심호흡을 하며 몸을 반듯하게 하는 운현. 그리고는 확실히
아까보다 훨씬 더 안정된 눈빛으로 독혈인을 바라보았다.

'방심은 없다!'

그렇게 다짐한 운현이 자신의 검에 점차 내력을 불어넣었
다.

'이 녀석은 어떻게 돼먹은 놈인가!'

순식간에 벌어진 일이었다, 독혈인의 오른팔이 사라진 것
은.

별다른 아픔이 느껴지지 않는지 독혈인은 인상 한 번 찌푸
리지 않았다.

오로지 방금 상황에 대한 놀람과 경악만이 그의 얼굴에 자
리 잡고 있을 뿐이었다.

독혈인의 눈이 자리 잡은 그곳. 운현의 손에 들린 구룡검이

었다.

무언가 달랐다.

구룡검에 씌워져 있는 것은 검기가 아니었다.

그렇다면?

검강(劍罡)이었다. 무인들이 꿈꾸는 첫 번째 경지인 검강의 경지. 그것을 젊은 운현이 만들어 보인 것이다.

"역시 고통을 느끼지 못하는 것인가?"

고통이라는 것은 사람에게 공포를 만들어낸다. 일순간의 주저와 망설임. 그것들 역시 고통이라는 것이 만들어내는 소산이다.

그런데 고통을 느끼지 못하니 두려움도 없다. 하물며 자신이 보통 인간이 아닌 대법을 통해 만들어진 독혈인이라면 더욱더 그러할 것이다.

"크하하하하!"

갑자기 독혈인이 광소(狂笑)를 터뜨렸다. 그와 함께 잘린 오른쪽 팔 부근에서 피가 더욱더 거세게 흘러내리고 있었다.

치익! 치익! 칙!

그의 피가 떨어진 곳곳마다 타 들어가는 소리가 들렸다. 그리고 캐캐한 연기 역시 위로 올라왔다.

운현은 인상을 찌푸렸다. 냄새가 굉장히 지독했기 때문이다.

"지독하군."

운현이 중얼거렸다. 그러자 독혈인이 웃음을 멈추고 운현을 바라보았다.

"들이마셨군."

"그래서?"

"독혈인에 대해서 무지한 인간인가? 독혈인의 피는 독이다. 그리고 방금 네가 마신 연기 역시 독이지. 너는 벌써 중독되었다."

"……!"

독혈인의 말에 운현은 서둘러 진기를 돌려보았다. 느껴지는 이질적인 기운. 독기가 분명했다.

"음……."

운현이 신음을 흘렸다. 생각보다 독 기운이 빨리 퍼졌기 때문이다.

"하하하하! 이제 곧 죽을 놈이구나! 난 팔 하나를 잃었지만 넌 목숨을 잃는다!"

"헛소리."

운현의 말에 독혈인이 운현을 향해 눈을 치켜떴다.

너무나도 여유로운 운현의 모습.

독혈인의 독에 중독을 당하고도 그 정도로 여유를 부릴 수 있는 사람은 많지 않았다.

피독주(避毒珠)를 몸에 지니고 있는 사람이거나, 만독불침(萬毒不侵)의 경지이거나.

독혈인은 천천히 위에서 아래로 운현을 훑어보았다. 그리고 어느 곳에 그의 시선이 고정되었다.

뚝. 뚝.

치이익!

운현의 손에서 검은 액체가 흘러내리고 있었다. 그리고 그 액체가 떨어진 바닥에서는 검은 연기가 올라오고 있었다.

누가 보아도 독이라는 것을 알 수 있는 광경이었다.

"마, 만독… 불침?!"

독혈인의 목소리가 떨렸다. 안 그래도 가래 끓는 것 같은 그의 목소리가 떨리니 금방이라도 가래가 밖으로 나올 것 같았다.

인상을 찌푸리는 운현이었다.

"이제……."

꿀꺽!

인상을 찌푸린 채로 운현이 입을 열었다. 그리고 침을 삼키는 독혈인이다.

"제대로 해볼까?"

방금 전까지만 해도 내상으로 인하여 벼랑 끝까지 몰렸던 운현의 모습은 온데간데없었다. 오로지 진지한 자세로 적을 상대하기 위한 청년 한 명이 있을 뿐.

독혈인과의 싸움을 끝내고 운현은 웅성으로 돌아가고 있

었다. 얼마 지나지 않으면 동이 틀 것이다. 그전까지는 돌아가야만 했다.

승리를 했지만 그래도 쉽지는 않았던 모양이다.

옷은 여기저기 찢어져 있었고, 심하지는 않았지만 혈흔도 보였다. 안으로 침투한 독은 물론 밖으로 다 배출된 상태였다.

그러나 운현의 얼굴 표정은 밝지 않았다. 오히려 독혈인을 만나기 전보다 더 어두웠다.

"큭! 너는 한 명이지만 독혈인은 나 혼자가 아니다!"

독혈인이 마지막으로 한 말이었다. 운현 자신은 혼자이지만 독혈인은 혼자가 아니다. 몇 명이 더 있는지는 끝내 알아내지 못했다.

운현 자신이 독혈인보다 더 강한 힘을 가지고 있다 하여도 한꺼번에 여럿을 상대할 수는 없는 노릇이다.

설사 할 수 있다 하여도 혼자서 셋 이상을 상대하는 것도 힘에 부쳤다.

그런데 만약 독혈인의 수가 그 이상이라면?

운현은 상상하기도 싫은 듯 몸을 부르르 떨었다.

'개방과 소림의 도움이 절실하다!'

운현 스스로는 할 수 없는 일. 다른 사람들의 도움이 필요했다.

이번 일로 자신의 목표를 이루는 데에는 혼자의 힘만으로는 어렵다는 것을 느끼는 운현이었다.

운현이 돌아온 것은 해가 뜨기 직전이었다. 해가 뜨지는 않았지만 꽤 밝아져 있었기 때문에 일찍 눈을 뜬 사람들도 있었다.

돌아온 운현은 일단 자신의 거처로 가서 다 해진 옷을 새 옷으로 갈아입고는 잠시 휴식을 취했다.

간밤의 싸움이 결코 쉬운 싸움이 아니었던 까닭이다.

"후우……."

운기조식을 하여 몸의 피로를 푼 운현은 자리에서 일어났다. 그리고는 곧바로 청현을 찾아갔다.

"사숙."

"운현이냐?"

"예, 들어가겠습니다."

운현이 청현의 거처 안으로 들어갔다. 일어난 것이 얼마 지나지 않았는지 청현이 옷매무새를 다듬고 있었다.

"일찍 일어났구나."

"예."

"그래, 이렇게 일찍 찾은 이유가 무엇이더냐?"

“개방과 소림의 소식 때문입니다.”

“개방과 소림?”

“예.”

“음……. 일단 개방은 오전 중으로 도착할 것이야. 문제는 소림인데……. 네 말대로라면 그들이 출발을 했겠지만 오늘 안으로 도착할 수 있을지는 모르겠구나.”

“그렇군요.”

운현이 고개를 끄덕였다. 운현의 안색이 밝지 못하자 청현이 운현에게 물었다.

“무슨 일이 있는 것이냐?”

“그것이…….”

운현이 말하기를 꺼려하자 청현은 더 묻기가 어려웠다. 나름대로 어떤 이유가 있는 것처럼 보였던 것이다.

“사실은 어젯밤에 만독문의 거처에 잠시 다녀왔습니다.”

“뭐라고?!”

청현은 너무 놀라 뒤로 자빠질 뻔했다. 거기가 어디라고 혈혈단신(孑孑單身)으로 찾아갔단 말인가?

“그래서? 별일이 있었던 것은 아니겠지?”

“독혈인, 꽤 강하더군요?”

“컥!”

청현이 사레가 들린 듯 연신 기침을 해댔다. 얼마나 깊이 들렸는지 곧 죽을 것같이 시뻘겋게 달아오른 그의 얼굴이었다.

"어땠느냐? 큰 부상은 없었고? 몇 명이나 있던?"

청현의 질문이 봇물처럼 터져 나왔다. 그에 운현이 청현을
진정시키며 차근차근 대답했다.

"내상을 조금 입었지만 다녀와서 운기조식으로 거의 다 다
스려 놓았습니다. 상대하는 데 큰 문제는 없었지만 몇 명이나
있는지는 잘 모르겠네요."

"음……."

몇 명인지 모른다는 말에 청현도 살짝 인상을 찌푸렸다. 운
현이 많은 수의 독혈인을 한꺼번에 상대할 수는 없을 것이었
다.

"그래서 개방과 소림의 소식을 물은 것이었군."

"예, 그렇습니다. 저 혼자만의 힘으로는 어려울 것 같으니
까요."

"개방에서는 홍개 장로와 호북 분타의 분타주인 정소광(井
小廣)이라는 사람이 올 것이라 하더군."

홍개는 한 번 만나본 적이 있기에 그의 실력을 어느 정도
가늠할 수 있지만 정소광이라는 사람은 본신 실력이 어느 정
도인지 알 수 없었다.

독혈인을 상대할 수 있는 사람이 한 사람이라도 더 있어야
만 했다.

"음… 잘은 모르겠지만 일단 개방 칠결제자라네. 보통 장
로들이 팔결이니 실력은 꽤 될 것이야. 뭐, 오면 확인해 봐도

좋겠지.”

“알겠습니다. 그리고 소림의 소식도 될 수 있으면 빨리 알아봐 주십시오. 아, 개방의 힘을 빌어도 되겠군요. 가장 빠른 정보통 아닙니까?”

“알았다. 그럼 일단 좀 쉬어라. 많이 힘들었겠구나.”

“예.”

청현과의 대화를 마치고 운현은 곧바로 자신의 거처로 향했다.

쉬기 위해 온 거처에는 손님이 있었다. 정미현. 그녀가 와 있었다.

“정 소저?”

“어젯밤에 어디 갔다 왔죠?”

“네?”

운현은 순간적으로 당황한 기색을 보였지만 재빨리 그런 기색을 감추었다.

하지만 그 짧은 순간에 운현의 변화를 눈치 챈 정미현이 더욱더 집요하게 물었다.

“어디 갔다 왔어요?”

“갔다 오긴 어딜 갔다 왔겠어요.”

“저도 다 알고 있으니 사실대로 말해요, 어서.”

정미현의 말에 운현은 약간 놀란 표정을 지었다. 돌아와서 곧바로 청현에게 갔건만 정미현이 어떻게 알았단 말인가?

"그, 그것이……."

"거짓말할 생각은 하지도 말아요, 다 알고 있다고 했잖아요!"

정미현의 모습에 운현은 그녀가 진짜로 알고 있다는 것을 느낄 수 있었다. 이 상황에서 어쩌겠는가. 운현은 작게 한숨을 쉬었다.

"사실……."

운현의 입에서 간밤에 있었던 일이 줄줄이 흘러나오기 시작했다.

만독문의 진지를 찾아간 일부터 독혈인과의 싸움까지. 운현의 말을 듣는 동안 정미현의 얼굴 표정은 가지각색으로 변했다.

특히 독혈인의 실력을 알아보기 위해서 독혈인과 싸워볼 수밖에 없었다는 운현의 말을 듣고 그녀는 놀람을 넘어 화가 난 듯한 표정으로 운현을 바라보았다.

"도대체 무슨 생각으로 그런 일을 한 거예요? 그러다가 다치면요? 누가 이 사람들을 보호해 줄 거냐고요. 그리고… 전 어떻게 하라고요?!"

정미현이 눈을 흘기며 운현을 바라보았다. 그에 운현은 난처한 표정으로 어색한 미소를 지을 수밖에 없었다.

"그래도 이렇게 멀쩡히 돌아왔잖아요."

“그걸 말이라고 하는 거예요?!”

정미현이 소리를 빽 질렀다. 화가 단단히 난 모양이다.

결국 운현은 두 시진 동안 꼬박 정미현의 잔소리를 듣고 난 다음에야 조금 쉴 수 있었다.

벌써부터 잡혀 살 기미가 보이는 운현이었다.

운현이 출발하고 반나절 후에 출발한 소림 일행은 벌써 호북성 근처까지 도착해 있었다.

소림과 호북성까지의 거리를 생각해 보면 벌써 그 정도까지 따라온 것이 대단하다고 할 수 있었지만 그들은 그래도 늦었다며 발걸음을 멈추지 않았다.

“조금만 더 달려라! 호북성이 눈앞이다!”

“예!”

달리면서 외치는 옥기의 말에 무승들은 큰 소리로 대답했다.

아무리 내공을 익힌 무인이라고는 하지만 이렇게 무리를 해서 달리면 피곤하고 지치게 마련이건만 그들의 얼굴에서는 그런 것을 찾아볼 수가 없었다.

그리고 두 시진 후, 그들은 호북성에 입성했다.

“독혈인 하나가 줄었다고요?”

“그렇다고 하더이다.”

"도대체 누가!"

관대승의 이야기에 상기욱은 놀람과 분노를 동시에 보였다. 독혈인을 이길 수 있을 정도의 무위를 가진 사람이 있다는 사실에 놀랐고, 그럼에도 이제야 그것을 알았다는 사실에 화가 난 것이다.

"너무 심려치 마십시오. 그래 봤자 한 명. 우리에게는 아직 아홉 명의 독혈인이 남아 있지 않습니까? 독혈인을 이길 수 있을 정도의 고수는 많지 않습니다."

추구량의 말에 상기욱은 침착함을 되찾으며 고개를 끄덕였지만 만독문의 주요 전력인 독혈인 한 명을 이렇게 쉽게 잃은 것이 안타깝고 분한 모양이었다.

"오늘 당장 진격합시다!"

"문주!"

상기욱의 돌발 발언에 관대승이 놀란 눈으로 그를 바라보았다.

이곳에 도착한 지 이제 하루가 지났다. 아직 장거리 이동의 여독이 풀리지 않은 상황에서 적들을 상대하러 갈 수는 없는 일이었다.

"독혈인이 그리되었다면 그를 상대한 사람 역시 멀쩡하지 않을 것 아닙니까? 그럼 지금이 기회라고 봅니다. 더욱이 독혈인을 상대할 사람이 많지 않다면."

상기욱은 한순간의 흥분으로 말을 꺼낸 것이 아니었다. 문주답게 어느 정도 침착성을 유지할 수 있는 그였다.

상기욱이 냉정하게 판단하고 내린 결정임을 안 관대승은 일단 안심했다. 그리고는 왜 자신이 반대하는지에 대해서 말을 꺼냈다.

"독혈인을 상대했다면 문주의 말씀처럼 성하지 못할 것입니다. 그리고 그 부상 역시 하루 이틀 만에 나을 상처가 아니겠지요. 그렇다면 서두를 것이 없습니다. 독혈인 하나를 잃고 우리는 독혈인을 상대할 수 있는 적 한 명을 묶어둔 셈이기 때문이지요. 이런 상황이라면 아군의 피로가 모두 풀린 다음에 움직이는 것이 좋을 겁니다."

관대승의 말을 들은 상기욱이 잠시 그 말을 곱씹어보더니 고개를 끄덕였다.

"제 생각이 짧았군요. 그렇게 하는 것이 좋을 것 같습니다."

관대승이 흐뭇한 미소를 지었다. 자신의 생각만을 고집하지 않고 아래 사람들의 의견을 받아들여 좋은 쪽으로 이끄는 것. 한 문파를 이끄는 수장이 반드시 가져야 할 태도 중에 하나였다.

"독강시는 어찌 되었습니까?"

"저들과의 격전이 예상되는 지역에 미리 숨겨놓았습니다. 언제든지 투입할 수 있도록 준비가 다 끝난 상황이니 문주께서는 걱정하지 않으셔도 됩니다."

우단사의 말에 상기욱이 고개를 끄덕였다. 이 정도면 싸울 준비는 대충 끝난 것 같았다.

독혈인을 상대할 정도의 고수. 그런 고수 한 명의 발목을 붙잡았다는 생각 때문일까? 상기욱의 마음속에는 점점 더 자신감이 붙어갔다.

게다가 자신이 익히고 있는 무공도 있지 않은가? 만독문이 독과 독혈인뿐이라고 생각하는 것은 오산이다. 만독문의 무공 역시 결코 무시할 수 없는 것 아니던가.

상기욱의 부친인 상우관은 만독문의 무공으로 마교 교주를 압도할 수 있을 정도로 대단한 무위를 지녔었다.

물론 그 정도에는 미치지 못하지만 현재 상기욱의 무위 역시 결코 무시할 수 없는 수준의 것이었다.

"이번 싸움은 반드시 이깁니다."

상기욱의 입에서 나온 말에 관대승을 비롯한 나머지 세 명의 장로들은 입가에 미소를 지었다.

운현이 돌아온 다음날, 응성으로 개방 일행이 도착했다. 확실히 거지라는 것을 알 수 있었던 것이 그들이 오기 한 식경 전부터 어디선가 캐캐한 냄새가 흘러왔기 때문이다.

"오랜만이군."

"그렇군요, 오랜만입니다."

운현과 홍개는 어색한 조우를 했다. 둘 사이에 어떤 일이 있었는지 모르는 청현은 그저 둘 사이에 무언가 있다는 생각만 했을 뿐 다른 것은 알지 못했다.

"어느 정도 데리고 오셨습니까?"

"오십 조금 못 된다네. 그래도 다들 사결과 오결 이상이니 큰 힘이 될 것이야."

"감사합니다."

운현의 말에 홍개가 고개를 저었다.

"아닐세. 과거의 일에 대한 사죄라고 해두지."

"사죄라고 할 것까지야 있습니까? 어쩔 수 없이 그리된 것인데요."

"자네, 크군."

"네?"

"뭐, 키도 크고 마음도 크고 생각도 크다는 말일세. 나이답지가 않아."

"어찌 하다 보니 그리되었습니다."

운현의 말에 홍개가 미소를 지어 보였다.

"그나저나 장문인께서는 괜찮으신가?"

"알고 계셨습니까?"

"우리는 개방 아닌가. 개방의 눈과 귀는 밤이든 낮이든 언제나 열려 있다네."

"그렇군요. 지금은 많이 좋아지셨습니다만, 정상적인 거동은 아직 불편하십니다."

“그렇군. 빨리 나으셔야 할 터인데……. 이럴 때 진인께서
계셨다면 훨씬 수월했을 것이야.”

홍개의 말에 운현은 고개를 끄덕였다. 독혈인을 상대해 보
고 난 이후 청산의 빈자리가 더없이 크게 느껴진 터였다.

“아, 자네가 궁금해할 소식 하나가 있네.”

“무엇입니까?”

“소림 이야기일세.”

“아!”

그렇지 않아도 개방에 소림이 어디까지 왔는지 알아봐 달
라 부탁하려 했던 운현이기에 홍개의 그 말이 굉장히 반가웠
다.

“옥기 대사를 비롯한 소림 무승(武僧) 스무 명이 지금 이곳
으로 오고 있네. 참 대단도 하지, 벌써 호북성에 들어와 있다
네.”

“저, 정말입니까?”

운현이 놀란 표정으로 홍개를 바라보았다.

“지금 개방의 정보를 못 믿겠다는 것인가?”

“그, 그것이 아니고…….”

운현이 그런 뜻으로 말한 것이 아니라는 것을 잘 알면서도
일부러 그리 말하는 홍개였다. 운현의 당황하는 표정을 보며
즐거워했다.

“아마도 내일쯤에는 이곳에 도착할 수 있을 것 같네.”

“그렇군요.”

기대하지 않았던 소림의 빠른 도착에 운현의 얼굴 표정이 밝아졌다.

조금 늦더라도 꼭 와주기만을 바랐건만 이렇게 빨리 도착할 줄은 몰랐다. 분명 자신이 떠나고 얼마 지나지 않아 곧바로 출발한 것 같았다.

“아주 좋습니다. 이제야 걱정이 조금 덜어지는군요.”

“완벽하게 떨치지 못한 것은 저들이 독혈인을 몇 기 보유하고 있느냐 하는 것 때문이겠지?”

“물론입니다.”

운현의 말에 미소를 지어 보인 홍개가 두 손을 활짝 펼쳐 운현에게 보였다. 그것이 무엇을 뜻하는지 모르는 운현이 홍개를 바라보았다.

“이런 답답한 친구가 있나. 열이네, 열.”

“독혈인이 열 명!”

운현의 말에 홍개가 고개를 끄덕였다. 얼굴이 다시 어두워지는 운현이었다.

“그렇다네. 내가 이틀 전에 확인한 사실이니 틀림없다네.”

“이틀 전이라 하셨습니까?”

“그렇다네. 왜 그러는가?”

“개방의 눈과 귀가 낮밤을 가리지 않고 열려 있다 들은 것 같습니다만?”

“그런데?”

“모르는 것이 한 가지 있군요.”

“무엇이 있다는 말인가? 뜸 들이지 말고 말해보게.”

“독혈인의 숫자는 아홉입니다.”

“응?”

운현의 말에 홍개가 알 수 없다는 표정으로 운현을 바라보았다. 이틀 전까지만 해도 열 명이던 독혈인이 갑자기 하나가 줄다니? 그들이 배가 너무 고파 독혈인을 잡아먹지 않았다면 절대로 있을 수 없는 일이었다.

“그제 밤, 그러니까 어제 새벽이 되겠군요. 제가 독혈인 한 명을 잡아먹고 돌아왔습니다.”

“……!”

잡아먹었다. 실제로 먹었다는 말이 아닐 것이다. 그렇다는 말은 운현이 독혈인 한 명을 처리했다는 말과 같았다.

“어떻게?”

“그것이 사실은…….”

운현이 말을 끊었다. 그러자 그 말을 재빨리 청현이 받아 이었다.

“그러니까 저 녀석이 독혈인의 실력이 보고 싶어 밤에 몰래 만독문 진지에 잠입하여 한 명 끌어낸 모양이더군요.”

“허!”

홍개는 알 수 없다는 표정으로 운현을 바라보았다. 아무리

고수라 하여도 만독문의 독혈인을 상대로 감히 실력을 확인하겠다는 말은 하지 못할 것이었다.

"어쩔 수 없었습니다."

"그건 그렇겠지만……. 적어도 여기 청현 도장에게 물었으면 어느 정도 알 수 있었을 것인데……."

홍개의 말에 운현이 고개를 저었다.

"그것은 알 수 없는 노릇입니다. 세월이 많이 흘렀습니다. 아무리 만독문이 약해졌다고는 하지만 그동안 연구를 하지 않고 힘을 키우지 않았을 리가 없습니다. 그러니 그때 당시의 독혈인과 지금의 독혈인의 실력에는 차이가 있을 수 있지요. 그래서 확인이 필요했습니다."

"맞는 말이기는 하지만……."

홍개는 여전히 운현을 괴물 보듯 하고 있었다. 그것은 홍개뿐만이 아니라 그의 뒤에 서 있던 호북성 분타주인 정소광도 같은 표정이었다.

"그럼 저와 사숙, 홍개 어르신과 옥기 대사님, 일단 이렇게 네 명이군요. 독혈인을 상대할 수 있는 사람은."

운현의 말에 홍개가 슬쩍 자신의 뒤에 서 있는 정소광을 바라보며 입을 열었다.

"여기 있는 이 아이도 가능할 것이야. 나이는 젊지만 칠결 제자이니 말이야."

"그런가요?"

운현이 정소광을 바라보았다. 정소광도 운현을 바라보았
다.

"시험해 봐도 되겠습니까?"

"허! 그 친구, 시험을 굉장히 좋아하는구만."

홍개가 약간 당황해하며 정소광을 바라보았다. 역시 그의
짐작대로 정소광의 심기가 불편한 것 같았다.

"세상 사람들이 검존이라 부르면 다 그런 것이오?"

정소광이 입을 열었다. '나 지금 기분 안 좋다' 라는 분위기
를 팍팍 풍기면서.

"다른 뜻은 없었습니다. 홍개 어르신의 말씀을 못 믿는 것
은 아니지만 확실하게 해두고자 함입니다."

홍개를 못 믿거나 해서 그런 말을 한 것은 아니라고 하지만
아직 확신하지 못한다는 말. 정소광은 자존심에 상처를 입었
다.

젊은 나이지만 그 실력을 인정받아 칠결제자가 되었고, 과
분한 자리이기는 하지만 분타주의 자리에까지 올랐다. 그럼
에도 자신을 믿지 못하겠다는 운현을 보고 자존심이 상하지
않을 수 없었다.

"그럼 가르침을 받을 수 있겠습니까?"

정소광이 약간은 도전적인 어투로 운현에게 물었다. 기분
이 상할 수도 있는 어투였지만 운현은 전혀 개의치 않고 고개
를 끄덕였다.

“그렇게 하지요.”

상대가 기분이 상해 있다는 것은 안다. 하지만 운현의 입장에서는 어쩔 수 없었다. 사과는 그 이후에 해도 늦지 않다 생각했다.

운현과 정소광은 사람이 없는 곳으로 향했다. 남들이 알아봐야 별로 좋은 것이 없다는 생각에서였다.

응성 무당파 진지에서 조금 떨어진 곳. 인적이 드문 꽤나 넓은 공터가 하나 나왔다. 그곳에는 운현과 정소광, 청현과 홍개, 그리고 정미현이 있었다.

“후우……”

운현이 작게 한숨을 쉬었다. 꼭 필요한 일임에도 마음이 편치 않았던 까닭이다.

“그럼 검존의 가르침을 받기 위해 선수를 취하겠습니다.”

“그렇게 하십시오.”

운현이 고개를 끄덕이며 대답했다.

“손속에 사정을 부탁하네.”

홍개의 전음. 운현은 고개를 끄덕였다. 비무인 만큼 죽음을 생각한 것이 아니었다. 크게 패하여 정소광이 실의에 빠지지 않을까를 염려한 것이다.

개방의 비기가 장법인 만큼 정소광은 자신의 장심(掌心)에 기력을 모았다.

정소광의 손바닥에 심상치 않은 기운이 모인 것을 알아차린 홍개는 눈을 부릅떴다. 가볍게 치르는 비무가 아니었다.

'이놈!'

잘못된 일인 줄 안다. 하지만 차마 말릴 수가 없었다. 무인의 자존심이 상한 상태에서 아무리 만류한다 하여도 마음속에 앙금이 남아 있을 것이기에.

홍개는 운현에게로 시선을 돌렸다. 못 알아차렸을 리가 없었다. 그럼에도 운현은 덤덤한 시선으로 정소광을 바라보고 있었다.

"타핫!"

선수를 취하겠다고 말한 만큼 정소광이 먼저 움직였다. 운현은 별다른 자세를 취하지 않고 검을 늘어뜨린 상태였다.

"하압!"

정소광의 일장이 운현의 옆구리를 향해 빠르게 파고들었다.

속도도 빨랐지만 그의 우수(右手)에 모인 기운 역시 만만치 않은 것이 막거나 피하기가 어려워 보였다.

하지만 운현은 아주 간단한 움직임으로 그 일장을 피해냈다. 옷깃이라도 스칠 것이라 생각했던 정소광으로서는 허무하리만치 쉽게 피하는 운현이었다.

하지만 거기서 끝이 아니었다.

몸을 빙글 돌린 정소광은 미리 기운을 모으고 있던 좌수(左

手)를 운현의 복부에 꽂았다.

아니, 꽂았다고 생각한 것은 정소광의 착각이었다. 그의 장심은 허공만을 격타했으니.

운현은 어느새 돌아 정소광의 좌측을 점하고 있었다. 그리고는 가볍게 검을 휘둘렀다.

가볍게 휘둘렀지만 결코 가볍지 않았다.

검에 담긴 내력은 정소광의 장심에 담긴 내력에 비할 바가 못 되었다.

"헛!"

정소광이 헛바람을 들이켜며 재빨리 몸을 날렸다. 보법으로 움직인 것이 아닌 말 그대로 땅을 박차고 몸을 우측으로 뛰었다.

부웅!

허공을 가르는 운현의 검.

하지만 그 소리만으로도 정소광은 간담이 서늘해졌다.

적지 않은 내력이 담기고 빠른 속도로 이루어진 자신의 공격을 두 번이나 가볍게 피해낸 운현, 그리고 어느새 자신의 옆구리를 탐한 그의 검.

꿀꺽!

정소광은 침을 삼켰다. 자신의 눈앞에 있는 사람 앞에서 자신 같은 사람은 자존심을 운운할 수 있는 입장이 못 되었다.

"이만하면 된 것 같은데 어찌 생각하는가?"

짧았던 둘의 비무를 보던 홍개가 입을 열었다. 그러자 정소광이 먼저 자세를 바로 했고, 운현은 검집에 구룡검을 집어넣었다.

"어떤가?"

"가능할 것 같습니다."

"내 그렇다 하지 않았던가. 하하하!"

홍개가 시원하게 웃었다. 마치 지금의 어색한 상황을 물리치려는 듯.

"미안하게 되었습니다."

운현이 먼저 정소광에게 다가갔다. 그에 지금 상황에서 자신이 어떻게 해야 하는지에 대해서 심각하게 고민하고 있던 정소광이 황급히 입을 열었다.

"아, 아닙니다! 대협께서는 저에게 지금까지 자만하고 있던 저에게 큰 깨달음을 주셨습니다!"

"대, 대협?"

자신을 대협이라 부르는 정소광의 말에 운현은 당혹스러움을 감추지 못했다.

"저는 대협이 아닙니다."

운현이 어색한 표정으로 정소광에게 말했다. 하지만 그런 운현의 말은 귀에 들어오지 않는 듯 존경심 어린 눈빛으로 운현을 바라보고 있었다.

"하하하! 지금은 대협이 아니지만 이제 대협이 되면 되지 않겠는가? 이보게, 검존.”

“네?”

“자네는 대협이 되시게. 허허허!”

“하…….”

운현이 한숨을 쉬었다.

개방이 이곳에 도착하고 잠시 벌어진 웃지 못할 사건이었다.

다음날, 소림이 도착했다.

미리 그들이 올 것을 알고 준비하고 있던 운현은 그들이 도착했다는 소식에 재빨리 달려나갔다.

그 누구보다도 반가운 얼굴들이 그들이었다.

“어서 오십시오!”

“그간 잘 있었습니까?”

환한 얼굴로 그들을 맞는 운현을 옥기 역시 환한 미소로 반겼다.

“정말 감사합니다!”

“아닐세. 우리 소림이 자네에게 감사해야 하지. 다시금 부처님의 가르침을 생각해 보게 만들어준 은인인데.”

운현은 옥기의 말이 무슨 뜻인지 몰라 눈을 껌뻑거릴 뿐 아무런 말도 하지 못했다.

“허허, 검존께서 내려가시고 우리에게 작은 일이 하나 있었네. 우리에게 아주 큰 도움이 되는 일이었지. 그 때문에 이렇게 천 리 길도 마다 않고 달려온 것이고. 은혜에 대한 보답은 해야 하지 않겠는가?"

옥기의 말에 운현이 표정을 풀고는 다시 미소를 지었다.

"제가 어떤 은혜를 베풀었는지는 잘 모르겠지만 이렇게 와 주셔서 감사합니다."

"아닐세, 일단 들어가세. 홍 장로님도 계시다 들었네."

"예, 들어가시죠."

이제는 완전히 이 무리를 이끄는 수장의 자리에 올라선 운현이었다.

하루가 더 지났다. 이제는 싸움을 해야 할 때. 응산 무당, 개방, 소림의 연합 진지는 분주했다.

비록 그 인원은 그리 많지 않았지만 무당과 개방, 소림이라는 이름만으로도 그들은 결코 무시할 수 없는 세력이었다.

그리고 그 셋이 연합을 하도록 만든 문파, 만독문 역시 결코 무시할 수 없는 곳이었다.

"독혈인이 아홉이라……."

옥기의 얼굴에 어둠이 드리워졌다. 출전하기 전. 어떻게 해야 할지 알 수가 없었다.

"일단 대사님과 저, 그리고 사숙과 홍개 어르신, 저쪽 정 형까지 다섯이 독혈인을 상대할 수 있습니다. 제가 한 명 더 상대한다 하여도 세 명이 모자랍니다."

"일단 소림 무승들 몇 명이 힘을 합치면 한 명 정도는 상대할 수 있지 않을까 하네. 물론 그들 중에서 몇은 목숨을 잃겠지만."

옥기의 말에 운현이 고개를 저었다.

"죽는 사람을 최소화하기 위해서 이렇게 걱정하는 것입니다."

"하지만 싸움에서 죽음은 어쩔 수 없는 일이지. 아무도 죽지 않는 싸움은 없어. 적은 인원이 죽어 많은 인원이 살 수 있다면 그리해야 하지 않겠는가? 자네라면 어떻게 하겠는가? 자네 하나 죽어서 다른 모든 사람들을 살릴 수 있다면?"

"제가 죽겠지요."

"똑같은 이치라네."

"하지만!"

"하지만이 아니네. 자네가 죽고 다른 사람이 살든 자네가 아닌 누군가가 죽어 다른 사람들이 살든 똑같은 것이야."

운현은 아니라고 하고 싶었다. 하지만 옥기의 말을 반박할 무언가를 찾을 수가 없었다.

한참을 고민하던 운현이 결국 옥기의 말을 받아들였다.

"좋습니다. 그럼 그렇게 하지요. 하지만 그래도 일곱입니다."

"나도 한 사람 더 맡도록 하겠네."

옥기가 나섰다. 그럼 여덟. 한 사람이 더 필요했다.

"상황이 어떻게 돌아갈지는 모르는 것 아니겠는가? 그러니 일단은 출전하세. 다들 기다리고 있을 것이야. 상황을 보고 다른 사람들이 상대를 해주면 되겠지. 안 그런가? 좋은 쪽으로 생각하세나."

홍개가 계속 지연이 되는 출전을 위해 현 상황을 정리했다. 그의 말에 운현도 걱정은 되지만 계속 이대로 있을 수만은 없어 고개를 끄덕였다.

"그럼 가지요."

운현이 먼저 자리에서 일어나자 다른 사람들 역시 자리에서 일어났다.

만독문은 무당, 개방, 소림보다 조금 일찍 출전했다. 조금이라도 먼저 한천(漢川)에 가서 그들을 기다리고 있으려는 생각이었다.

그리고 한천을 전장으로 정해놓고 그들을 끌어들이려는 목적도 있었다. 그러기 위해 독강시들 역시 한천에 미리 가져다 놓기도 했다.

"독강시는 결정적인 순간에 투입해야 합니다. 지금 저들의 온 신경은 독혈인에게 쏠려 있을 테니 일단은 독혈인으로 저들의 진을 빼놓은 다음에 독강시로 결정짓는 것이죠."

보통은 반대로 생각한다. 독강시를 이용하여 먼저 적들의 힘을 빼놓은 다음 독혈인으로 마무리 짓는 것을 생각할 텐데 상기욱은 그 반대를 생각하고 있었다.

독혈인의 실력을 보러 올 정도라면 독혈인을 굉장히 의식하고 있다는 것이다. 그러니 온 신경을 독혈인에게 쏠리게 해놓은 다음 오히려 독강시로 마무리 짓겠다는 것이었다.

"한천까지는 얼마나 남았지요?"

"대략 한 시진 정도면 도착할 것 같습니다."

"그렇군요."

상기욱이 상기된 표정으로 고개를 끄덕였다. 문주의 자리에 오른 이후 처음으로 치르는 전쟁. 긴장이 될 수밖에 없었다.

'반드시 이긴다, 반드시!'

그 시각 무당, 개방, 소림 연합 역시 한천 방향으로 출발했다. 격전지가 된다면 한천이라는 생각은 양측의 공통된 생각이었다.

"저들이 먼저 도착할 가능성도 있겠군요."

"그럴 것일세. 하지만 그것이 큰 영향력을 미치지는 않을 것이야. 실제로 만독문의 무사들이라고 해봐야 크게 실력이 높은 것은 아니라네. 다만 그 사이에 섞여 있을 독혈인이 문제이지."

만독문이 먼저 한천으로 출발했다는 홍개의 말에 운현이

고개를 끄덕였다. 만독문의 생각처럼 이들은 독혈인에만 신경을 쓰고 있을 뿐이었다.

"한천의 지형이 변수가 될 일은 없을까요?"

"크게 문제될 것은 없을 것이네. 높은 산이 있는 것도 아니고 낮은 구릉 정도지. 뭐, 변수라고 하면 간간이 있는 호수 정도가 되겠군."

홍개의 말에 운현이 고개를 끄덕였다. 만독문의 특성상 물과는 그다지 친할 것 같지 않으니 낮긴 해도 구릉이 있는 곳만 주의하면 크게 문제될 것은 없을 것 같았다.

"그럼 좋습니다. 독혈인만 잘 막아내면 이길 수 있겠군요."

운현의 말에 다들 고개를 끄덕였다.

만독문과의 싸움까지 대략 한 시진 남았다.

第二章
對 만독문, 전설을 만들고

“만독문과 무당 등이 이제 곧 충돌할 것입니다.”

“그런가? 만독문의 승률은?”

“오 할 정도 되리라 봅니다.”

“오 할? 너무 낮군.”

“그나마 오 할도 독혈인의 존재 때문입니다. 생각보다 많은 수를 보유한 듯하더군요.”

“몇이나 있지?”

“열 명이 있었던 것으로 확인했습니다.”

“있었던 것?”

“예. 그 운현이라는 자가 독혈인 한 명을 쓰러뜨린 모양입니다. 그래서 아홉 명으로 줄어들었죠."

"음……."

곡해성의 보고에 방일원이 고개를 끄덕였다. 독혈인 아홉 명. 이는 분명 엄청난 전력이면서 정파 쪽에는 무시무시한 공포를 되새기도록 할 것이다.

과거 독혈인의 위력은 그 정도로 강했으니.

"과거의 독혈인과 비교하여 어떤가? 더 강해졌는가?"

"그것은 아닌 것 같습니다만, 저희가 보내준 구명즉사독환을 사용했다면 이야기는 또 달라질 수 있을 것입니다."

"그렇군. 녹림은 어찌 되었는가?"

"현재 호남성 용호채를 중심으로 녹림도들이 무언가 꾸미고 있는 모양입니다. 현재 무당과 소림, 개방의 일부가 만독문과의 싸움에 집중이 되어 있으니 아마도 그들이 노리는 것은 섬서의 화산이 되지 않을까 합니다."

"그것도 좋겠지. 이빨이 많이 상했다고는 하나 호랑이는 호랑이니까."

"물론입니다."

곡해성의 대답에 방일원은 만족스럽다는 표정을 지었다.

"우리도 무언가 하나 해야 하지 않겠는가?"

"안 그래도 그럴 생각입니다. 녹림까지 움직여 정파 측에 혼란이 가중되면 저희는 곤륜을 치러 갈 생각입니다."

"곤륜? 청해성에 있는 곤륜 말인가?"

“예.”

“야금야금 힘을 빼먹겠다는 심산이군.”

“그렇습니다. 가장 가깝다는 사천의 청성이나 아미파는 완전히 무너진 상황이고, 그 다음으로 가까운 화산은 녹림에게 당해 화를 면치 못할 것이니 곤륜으로서는 구원을 요청할 수 없는 상황에 처할 것입니다. 그렇다면 지금 현재 우리의 힘으로 곤륜 하나 치는 것은 어렵지 않겠지요. 그렇다면 이제 정말로 남는 것은 소림과 무당, 개방밖에는 남지 않는 것입니다.”

“종남과 공동, 점창은 어찌할 생각인가?”

“종남이야 화산을 처리할 때 녹림이 알아서 할 것이고, 공동이나 점창은 잔챙이들이니 크게 신경 쓰지 않으셔도 됩니다, 나중에 가서 꿈틀대면 그때 확실하게 밟으면 됩니다.”

“좋다! 그럼 계속해서 상황을 예의주시하라!”

“알겠습니다!”

크게 대답한 곡해성은 대전을 빠져나왔다.

무당, 소림, 개방과 만독문은 한천에서 대치하고 있었다. 최대한 사람들이 없는 곳에서 마주친 데다가 그들이 서로 살기를 뿜으며 대치하고 있는 모습에 사람들이 알아서 피하기도 했다.

때문에 그 주변에는 그들 이외에 다른 사람들은 한 명도 없었다.

"생각보다 더 대단한 것 같군요."

상기욱이 중얼거렸다.

"자신감을 가지십시오. 우리는 만독문입니다. 우리들은 충분히 강합니다. 걱정 마십시오."

관대승의 말에 상기욱은 고개를 끄덕였다. 하지만 불안감이 가시지는 않는 것 같았다.

생각했던 것보다 소림과 무당, 개방의 이름이 주는 압박감은 상당했다.

이곳 한천에 오기 전까지만 해도 충분히 이길 수 있다는 자신감이 충만했던 만독문이었지만 지금은 시작도 하기 전에 그 기세가 한풀 꺾인 상황이었다.

기세의 변화는 상대의 눈에 잘 띄는 법이다.

이런 만독문의 기세 변화를 느끼는 무당, 소림, 개방의 제자들은 조금 여유로워진 모습으로 만독문을 대하고 있었다.

강자의 여유.

지금 이들을 두고 하는 말이라 할 수 있었다.

"앞으로 나와 있지 않군요."

운현이 만독문도들 사이에서 독혈인들을 찾으며 말했다.

앞에 내세워 총공세를 펼칠 것이란 예상이 빗나간 것이다.

"이렇게 되면 누가 독혈인을 맡고 안 맡고 할 문제가 아니네. 그냥 눈앞에 보이는 대로 적들을 상대해야지."

옥기 대사의 말에 운현이 인상을 찌푸렸다.

보이는 대로 적을 상대한다. 그리고 적들도 보이는 대로 아군을 상대한다. 말 그대로 전면전이요, 난타전이라 할 수 있었다.

운현은 이런 싸움이 마음에 들지 않았다.

섬서성과 사천에서 입은 피해가 얼마나 많던가?

그것이 싫었다, 운현은. 그런데 적들은 그런 것을 원하는 것처럼 보였다.

그때 만독문 진영에서 누군가가 앞으로 나섰다.

"나는 만독문주 상기욱이라 합니다!"

상기욱의 말에 삼파(三派) 연합 측 무사들의 시선이 전부 그에게로 쏠렸다.

"이거 약해 빠진 만독문을 상대하기 위해 무당과 소림, 개방의 영웅들께서 친히 납시니 본인은 몸둘 바를 모르겠습니다!"

약간의 비꼼이 들어가 있는 말투였다. 마음을 단단히 먹은 듯 상기욱이 술술 말을 풀어내고 있었다.

"과거의 죄악을 다 씻지도 못한 상황에서 어찌 다시 이런 일을 벌인단 말이오!"

옥기 대사가 상기욱을 나무랐다. 하지만 상기욱은 코웃음을 치며 그를 바라보았다.

"대사님의 법명은 어떻게 되십니까?"

“소림의 옥기라 하오!”

“옥기 대사님! 저희 만독문은 친구에게 배신당하고 적들의 손에 처절하게 짓밟혔습니다. 과거의 죄과? 저희가 무슨 죄를 지었는지요? 정파가 아니면 죄를 짓는 것입니까? 그리고 그간 쥐 죽은 듯이 조용히 지냈으면 된 것 아닙니까? 이제 만독문은 과거의 성세를 다시 찾으려 합니다!”

“와!”

“와아!”

상기욱의 말에 만독문 무사들이 함성을 질렀다. 한껏 고무된 그들의 모습이었다.

“흥! 독혈인 열 명! 그것이 쥐 죽은 듯이 지냈다는 것이오!”

“독혈인을 만든 것이 잘못입니까? 우리 문파는 그들을 만들어내는 것이 일입니다!”

“흥! 그러니 죄를 짓는 것이지! 독혈인들이 얼마나 위험한 존재인지 모른단 말이오?!”

“독혈인들이 무엇을 했습니까! 죄없는 사람들을 죽였습니까, 아니면 정파 사람들을 죽였습니까? 그들은 우리 만독문도들과 함께 백운산에서 한 발자국도 나가지 않았단 말입니다!”

상기욱의 말에 옥기는 순간적으로 반박할 말을 찾지 못했다. 그러자 만독문도들의 얼굴에는 고소가 어렸다.

“지금 그것이 중요하오?”

운현이었다.

"그대가 독혈인 한 명을 쓰러뜨린 사람이오?"

"그렇소."

운현의 말에 상기욱의 눈이 이채를 띠었다. 한동안 자리보전을 할 것이라 생각했건만 너무나도 멀쩡한 운현의 모습이었다.

"과거가 어찌 되었든 지금은 적으로 만났소. 그런 것을 따져서 무엇하오."

"맞는 말이오!"

"그래서 제안 하나 하려 하오!"

"무엇이오?"

제안이 있다는 운현의 말에 상기욱이 관심을 보였다. 그에 운현이 입을 열었다.

"일 대 일의 대결을 합시다! 독혈인을 포함하여 그대들이 낼 수 있는 고수들과 우리 측 고수들이 대결을 하는 것이오! 물론 차륜전도 가능하오!"

운현의 말에 삼파연합측과 만독문 측이 소란스러워졌다. 특히나 삼파연합측의 옥기나 청현, 홍개 등은 운현으로부터 아무런 언질도 듣지 못했기에 더욱 놀란 표정을 지었다.

"그게 무슨 말이냐!"

"자네, 무슨 생각으로!"

"아무 말도 없지 않았는가?!"

청현과 옥기, 홍개로부터 각각 전음이 들려왔다. 하지만 운현은 그들의 전음에 아무런 대꾸도 하지 않고 상기욱을 바라보았다.

"잠시만 기다리시오!"

상기욱이 일단 결정을 보류했다. 그에 운현이 한마디 더했다.

"어차피 지금 이대로 싸우면 서로 간에 크나큰 피해를 입을 것이 자명한 것 아니오?"

운현의 말을 뒤로하고 장로들에게 다가간 상기욱이 그들의 의견을 물었다.

"어떻게 하는 것이 좋겠습니까?"

"수적으로 우리가 유리하니 승산이 있다고 봅니다."

"하지만 그럼에도 우리에게 그런 제안을 하는 것을 보면 무슨 속셈이 있을지도 모릅니다."

"음……."

장로들의 말에 상기욱이 고민에 잠겼다.

그사이 삼파연합측에서도 여러 말들이 오가고 있었다. 운현 스스로가 독단으로 저지른 일, 당연히 설명이 필요했다.

"도대체 무슨 생각으로 네 멋대로 그런 결정을 내려 버린 것이냐? 나나 여기 계신 분들은 보이지 않더냐?"

운현을 꾸짖는 청현. 운현은 아무런 말 없이 고개만 숙이고 있을 뿐이었다.

"그만 하십시오, 청현 도장. 다 생각이 있어서 그리하지 않았겠습니까?"

옥기의 말에 청현이 입을 다물었다. 그리고 운현이 입을 열었다.

"희생을 줄이기 위함입니다."

"희생을 줄이기 위함? 하지만 적의 독혈인 숫자는 아홉, 게다가 문주와 장로 네 명이 있네. 그러면 총 열네 명을 우리 다섯이서 상대해야 하네. 그렇다면 힘들지 않겠는가?"

홍개의 물음에 운현이 고개를 끄덕였다.

"물론 힘들지요. 하지만 차륜전입니다. 일 대 일로 붙고 이긴 사람이 한 사람 더 상대하는 것이죠. 한꺼번에 여럿을 상대하는 것이라면 어려울 수 있겠지만 그렇지 않다면 충분히 이길 수 있습니다."

운현의 말이 틀린 말은 아니었다. 차륜전이 불리할 수도 있지만 지금 상황에서는 어찌 보면 유리할 수도 있었다.

"하지만 경솔했다. 적어도 미리 언질은 있어야 하는 것 아니겠느냐?"

"죄송합니다."

운현이 고개를 숙였다. 그에 다들 고개를 저었다.

"아닐세, 이렇게 된 것 어찌하겠는가? 그리고 나쁜 마음을 먹은 것도 아닌데. 문제는 저들이 이 제안을 받아들일 것인가 하는 점이라네."

“받아들일 겁니다. 수적으로도 유리하고 저들은 독혈인에 대한 믿음이 강합니다. 안 받아들일 이유가 없지요.”

운현이 그 말을 할 때 만독문 진영으로부터 상기욱의 목소리가 들려왔다.

“한 가지 물을 것이 있소!”

“물어보시오!”

“아무리 생각해도 그 제안은 우리에게 유리한 제안이오! 혹시 다른 음흉한 수가 있는 것은 아니오?”

“뭐라!”

상기욱의 말에 홍개가 발끈하여 일어섰다. 하지만 그런 홍개를 운현은 진정시킨 다음 차분하게 입을 열었다.

“없습니다. 무당파의 이름과 검존이라는 칭호를 걸고 말씀드리오.”

무당파와 검존. 이는 결코 무시할 수 없는 이름이었다. 무당파도 무당파이지만 검존이라는 칭호를 걸었다면 믿을 수 있다고 봐야 했다.

“좋소! 믿고 그 제안을 받아들이겠소!”

“와!”

“우와아!”

만독문 진영과 삼파연합 진영에서 우레와 같은 함성 소리가 들렸다.

목숨 걱정을 할 필요가 없어진 것이다.

“누가 먼저 나설 것이오?”

상기욱이 물었다. 그에 운현이 옥기 등을 바라보며 입을 열었다.

“제가 먼저 나가겠습니다.”

옥기가 고개를 저었다. 이 중에서 가장 강한 사람을 꼽으라면 운현이다. 그런 운현이 가장 먼저 나가서 패하기라도 한다면 사기는 바닥으로 곤두박질칠 것이었다. 물론 운현이 패할 일은 없겠지만.

“괜찮습니다. 적의 사기를 완전히 꺾어버리지요. 저쪽은 벌써 나왔군요.”

만독문 진영에서는 독혈인이 먼저 나와 있었다. 그리고는 삼파연합측을 지루하다는 듯 바라보고 있었다.

“그럼 부탁하네.”

“조심해야 한다.”

“알겠습니다.”

여러 사람들의 응원을 받으며 운현이 앞으로 나섰다.

“와! 검존이다!”

“정파 최강자!”

운현이 나서자 삼파연합측의 사기는 한껏 고무되었다. 이 싸움은 이미 이긴 싸움이라면서 서로 즐거워하고 있었다.

“무당파 운현이오.”

“독혈인은 이름이 없다.”

전에 만난 독혈인과 마찬가지로 가래 끓는 목소리였다.

하지만 그때도 그랬고 지금도 그렇고 운현은 별다른 반응을 보이지 않고 구룡검을 빼 들었다.

"오!"

구룡검을 가까이에서 보는 것이 처음인 사람들이 탄성을 내질렀다. 굉장히 멋진 검이기 때문이었다.

"차앗!"

"하압!"

둘의 기합성과 함께 싸움이 시작되었다.

삼파 연합도 만독문도 모두 믿지 못할 싸움이었다.

첫 번째 주자로 나선 운현.

그의 신위 때문이었다.

세상에 그 누가 이런 일을 할 수가 있을까?

아니, 과거에도 이런 사람이 있었을까?

이런 생각이 들게 만든 그의 싸움이었다. 더 이상 사람들을 희생시킬 수 없다는 그의 마음이 만들어낸 결과이기도 했다.

"크헉!"

화려하게 변화하던 운현의 검이 독혈인의 심장을 꿰뚫었다. 제아무리 팔다리가 잘려도 고통을 느끼지 못한다 하여도 심장을 꿰뚫리는 데 버틸 수는 없었다.

"후우……."

운현이 심호흡을 했다. 거칠어지지 않은 그의 호흡에서 운현이 아직도 더 많은 사람들을 상대할 수 있다는 것을 알 수 있었다.

"이, 이럴 수가!"

상기욱은 경악했다.

독혈인 아홉 명. 과거 한 명의 독혈인을 상대하기 위해 얼마나 많은 사람들이 목숨을 잃었던가.

물론 과거의 독혈인에 비해서 그 위력은 조금 떨어진다 하지만 온몸의 혈액이 독으로 만들어져 있는 그들을 이기기란 어려운 일이었다.

그런데 운현은 단신으로 독혈인 아홉을 이긴 것이다, 그것도 차륜전에서.

경악의 물결은 삼파연합진영에서도 이어졌다.

처음 운현이 나섰을 때 많아야 세 명을 예상했다. 그렇다면 나머지 사람들이 두 명 이상씩만 상대를 해도 충분히 승산이 있다 생각했다.

그런데 운현 혼자서 아홉 명의 독혈인을 상대하고 승리를 거머쥐었으니 놀라지 않을 수가 없었다.

이제 남은 사람들은 다섯 명. 동률이 되었다.

"검존의 진정한 실력이 나오는 것일까요?"

옥기의 말에 홍개와 정소광 등은 고개를 설레설레 저었다.

특히 정소광의 경우 자신이 저런 사람 앞에서 자존심을 차렸다는 사실에 한없이 부끄러움을 느꼈다.

'너무나도 자랑스럽구나!'

자신의 제자는 아니지만 사질이 이런 실력을 가졌다는 점과 그것도 대무당파에서 배출되었다는 점에서 굉장한 자부심을 느끼고 있었다.

하지만 운현이 지치지 않았다고 해서 상태가 좋은 것만은 아니었다. 치명적인 상처들은 없었지만 자잘한 상처들이 있었고, 그곳을 통해 독이 스며든 상태였다.

황룡기가 독 기운에 대항하여 싸우고는 있었지만 아직 몰아내지 못하고 있었다.

"다음!"

운현이 소리쳤다. 하지만 만독문 측에서는 아무도 나서지 않고 있었다. 아니, 정확히 말하면 아무도 나서지 못하고 있다는 것이 옳았다.

그것은 운현에게 좋은 기회로 작용하고 있었다. 독기운을 몰아내기 위해 황룡기를 움직일 필요가 있었기 때문이다.

운현은 정신을 집중하고 빠르게 황룡기를 돌렸다. 태극진기 역시 뛰어나지만 독 기운이나 탁기(濁氣)를 몰아내는 데에는 황룡기만큼 뛰어난 것도 없었다.

치익!

운현의 손에서 까만 액체가 떨어졌다. 독 기운. 전부 몰아낸 것 같지는 않았지만 그래도 어느 정도 몰아낸 듯 안색이 많이 편안해져 있었다.

"없는가!"

운현이 소리치며 상기욱을 바라보았다. 마치 '이제 독혈인들이 다 죽었으니 문주인 그대가 나와야 하지 않겠는가?' 라고 이야기하는 것 같았다.

부들부들.

상기욱은 몸을 떨었다. 상상만 했던 무위를 지금 눈앞에서 본 것에 대한 감탄과 그런 무위를 가진 사람이 자신의 적이라는 사실에서 오는 공포 때문이었다.

"제가 나가겠습니다."

만독문 삼장로인 추구량이 나섰다. 어느새 그는 자신의 도를 빼 들고 있었다.

"차라리 총공격을 하시지요. 저자는 이길 수 있는 상대가 아닙니다."

상기욱의 말에 추구량이 고개를 저었다. 이미 아홉 명의 독혈인을 상대한 상태. 지치지 않았다는 것은 있을 수 없는 일이었다.

추구량은 자신이 지더라도 상대 역시 더 이상 싸우지 못하도록 할 수 있다는 자신감을 가지고 있었다.

"이제 쉬는 것이 어떻겠는가?"

홍개의 전음. 아마도 운현 다음에 홍개가 나서기로 결정이 되어 있던 모양이었다.

"아직 괜찮습니다."

"하지만 상대는 만독문의 장로라네. 독혈인보다 더 강한자야."

"힘들면 빠지지요."

운현의 마지막 전음에 홍개는 고개를 저었다. 그리고 옥기와 청현 등은 홍개가 고개를 젓자 운현의 말을 대충 예상할 수 있었다.

"정말 대단하시오. 검존이라는 칭호가 오히려 아깝다는 생각마저 들 정도요."

운현의 앞에 선 추구량이 운현을 칭찬했다. 진심에서 우러나오는 칭찬이었다.

"운이 좋았을 뿐이지요."

"운으로 독혈인 아홉 명을 이길 수는 없지."

추구량의 말에 운현은 다른 말을 하지는 않았다. 불필요하게 느껴졌기 때문이다.

"그럼 바로 시작하시지요."

"본인은 그대의 공격을 모두 보았소. 불리함을 알면서도 싸우겠소? 난 그대가 상대한 독혈인들보다 강하오."

차륜전의 불리함이 그것이었다. 한 사람이 계속해서 이기면 이길수록 다음 상대는 더욱더 자신의 무공에 익숙해진다는 점이었다.

운현은 고개를 끄덕였다. 추구량의 몸에서 나오는 기운만 보아도 독혈인의 것보다 훨씬 더 강했다.

"무당의 무공은 눈에 익숙하다고 해서 쉽게 파훼할 수 있는 무공이 아닙니다."

자신감. 무당의 무공에 대한 자신감과 자신의 실력에 대한 자신감. 점점 운현에게도 자신감과 그에 맞는 위엄이 배고 있었다.

"그런가? 대단한 자신감이군요."

"자신감이라기보다는 사문과 제 자신에 대한 믿음이지요."

"그것이 바로 자신감이라오."

그 말을 하며 추구량이 자세를 잡았다. 앞으로 내밀어진 그의 도. 그의 도법인 단혼도법(斷魂刀法)의 기수식이었다.

스윽!

운현 역시 태극혜검의 기수식을 취했다. 절대로 지지 않을 검법이라는 자신감, 그리고 절대로 지지 않을 도법이라는 자신감이 두 사람의 몸에서 느껴졌다.

채앵!

내력 없이 부딪친 도와 검. 신기(神器)라 불리는 구룡검과 부딪쳐 날조차 조금도 나가지 않은 것을 보면 그 도 역시 굉장히 좋은 것인 듯했다.

하지만 두 사람의 머릿속에는 그런 것에 대한 생각이 조금도 없었다.

오로지 눈앞의 상대를 제압해야 한다는 생각뿐. 그것만이 그들의 머릿속을 가득 메우고 있었다.

챙! 채앵!

쾅! 콰앙!

처음에는 금속성이 울리던 것이 점차 시간이 지나며 폭발음으로 바뀌었다.

내력끼리의 충돌이 일어나기 시작한 것이다.

두 사람은 서서히 자신의 내력을 끌어올리고 있었다. 각자의 도법과 검법으로 못 가른 승부를 내력을 합한 위력으로 보려는 것이었다.

노란 빛의 구룡검.

구룡검에 새겨진 용들이 금빛을 받아 살아나는 것 같은 착각을 일으켰다.

황룡기를 이용한 운현의 검기가 만들어낸 착각이면서도 구룡검이 스스로를 증명하듯 내보이는 모습이었다.

움찔!

추구량은 순간적으로 움찔했다. 용을 직접 보지는 못했지만 자신이 용의 앞에 있다면 지금 이런 느낌을 받을 것이라는 생각이 들었다.

호랑이보다 더한 맹수를 만난 것 같은 느낌.

아니, 맹수라기보다는 온화한 듯하면서도 강한 위압감을 주는 느낌이었다.

바로 황룡기의 느낌이었다.

이것이 독혈인과 추구량의 차이였다.

독혈인은 인간이되 인간이 아닌 존재. 하지만 추구량은 인간이었다.

독혈인에게는 머리는 있지만 마음은 없다.

하지만 인간인 추구량은 머리와 마음을 동시에 가지고 있다.

이 점이 지금 이 순간 승부의 행방을 가르는 중요한 사안이 되었다.

촤악!

"끄으윽!"

최대한 몸을 피하기는 했지만 옆구리에 굉장히 깊은 상처가 났다.

옆구리 아래 부분에 상처가 나 골반 뼈의 일부가 보일 정도로 심각한 상처였다.

조금만 반응이 늦었으면 그대로 복부에 상처를 입었으리라.

운현의 검은 멈추지 않았다.

주춤하며 뒤로 물러서는 추구량을 운현이 따라붙었다.

그리고는 앞으로 빠르게 검을 찔렀다.

빠르면서 검기를 머금어 굉장히 위력적인 공격.

단조로운 찌르기이지만 결코 막거나 피하기 어려운 공격

이었다. 하물며 옆구리에 움직이기 힘들 정도로 심각한 상처를 입고 있다면야.

푸욱!

"끄아악!"

운현의 검이 추구량의 복부를 꿰뚫었다. 그러면서 그가 익힌 무공의 근간이 되는 하단전을 그대로 부숴 버렸다.

무인으로서의 생명이 끝나는 순간이었다.

털썩!

추구량이 무릎을 꿇었다. 얼굴 표정을 보아하니 더 이상 싸울 수 있는 상태가 아니었다.

하단전이 깨졌으니 당연했다.

"으아아아!"

추구량이 너무나도 쉽게 패하는 모습을 보이자 상기욱이 소리를 질렀다. 분노와 지금 상황을 받아들일 수 없다는 생각이 그의 이성을 마비시킨 것이었다.

"전원 공격하라! 모두 주살하라!"

상기욱의 명령에 만독문의 문도들이 일제히 운현을 향해 달려갔다.

"비겁한 것들!"

옥기 대사가 소리치며 앞으로 쏜살같이 달려나갔다.

몸을 웅크렸다가 앞으로 튀어나가는 수법. 궁신탄영(弓身彈影)이었다.

순식간에 아수라장으로 변한 전장.

운현은 잠시 검을 내리고 주변을 바라보았다.

자신이 생각한 것은 이런 것이 아니었다.

만독문이든 삼파 연합이든 될 수 있으면 많은 사람들의 목숨을 살리기 위함이었다.

그런데 결과는 또다시 이렇게 되고 말았다.

피이익!

듣기 싫은 피리 소리 같은 것이 울렸다. 누가 분 것인지는 모르지만 그 소리가 많은 사람들의 귀를 고통스럽게 만들었다는 것은 분명했다.

하지만 그 소리를 아무도 심각하게 생각하지 않았다. 단 한 사람, 운현을 제외하고.

'무엇인가!'

심상치 않은 소리였다. 싸움 도중에 갑자기 이런 소리가 날 리가 없다.

음공(音功)? 그것도 아니다. 그저 인상만 조금 찌푸려지는 소리였을 뿐, 내부가 진탕되거나 하지 않았다.

'도대체 무엇이냐!'

그 의문은 곧 풀렸다.

"끄아아악!"

"이건 뭐냐!"

“가, 강시!”

“독강시다!”

만독문이 최후의 보루로 남겨두었던 비장의 무기, 독강시가 모습을 드러냈다.

“젠장!”

산 넘어 산. 그 말이 딱 맞다.

독혈인을 처치하고 장로 한 명을 처치했다.

절대적으로 유리했던 상황. 하지만 상기욱이 전원 공격을 명령한 데에는 믿는 구석이 있었다.

운현은 재빨리 뒤쪽으로 몸을 날렸다. 강시에 대해 익숙한 것은 아니지만 그래도 지금 상황에서 강시들을 막을 수 있는 것은 자신뿐이었다.

독강시의 위력은 실로 놀라운 것이었다.

활강시(活殭屍)가 아님에도 그들의 관절은 굉장히 부드러웠다.

그러면서도 딱딱한 그들의 피부는 도검불침(刀劍不侵)이었고, 그들의 피부에서 나오는 약간의 액체들은 말 그대로 독이었다.

“하압!”

무사들 사이를 유린하는 이십여 구의 독강시. 운현이 그 사이로 뛰어들었다.

깡!

‘깡?’

단단하다는 소리는 들었다. 하지만 내력이 담긴 검, 그것도 구룡검이 생채기 하나 내지 못할 것이라는 생각은 하지 못했다.

“이크!”

운현이 재빨리 몸을 낮추었다. 그리 빠르지는 않지만 독강시의 손이 운현의 얼굴을 노렸기 때문이다.

몸을 낮춘 운현은 조금 더 내력을 불어넣고 검을 휘둘렀다. 하지만 역시 결과는 마찬가지였다.

“관절, 관절일세!”

홍개의 전음. 그에 운현은 재빨리 공격 방향을 관절로 바꾸었다.

깡!

다시 들리는 소리. 하지만 이번에는 어느 정도 효과가 있었다.

휘청!

운현의 검에 무릎을 맞은 독강시가 순간 휘청거렸다.

상대적으로 취약한 관절을 맞아 중심이 흐트러진 것이다.

‘그냥 안 되면…….’

운현이 계속해서 구룡검에 내력을 불어넣었다.

태극진기는 점점 바닥을 보이고 있었고, 황룡기가 그 자리

를 메워주는 속도 역시 조금씩 느려지고 있었지만 어쩔 수 없
는 상황이었다.

'이것으로도 안 되면……. 그땐 끝이다!'

운현의 검에 만들어진 것.

처음으로 독혈인을 상대할 때 만들어 보였던 것.

그때는 혼자만 있었지만 지금은 수많은 사람들이 보고 있
는 그것.

바로 검강(劍罡)이었다.

그리고 그 순간 운현의 귓가를 파고드는 소리가 있었다.

"꺄아아악!"

"정 소저?!"

운현의 신형이 앞에 있는 독강시를 떠나 어디론가 쏜살같
이 쏘아졌다.

재빨리 몸을 움직인 운현의 눈에 들어온 것은 독강시의 손
이 정미현의 오른 어깨를 꿰뚫은 모습이었다.

그리고 순식간에 검게 변하는 그녀의 어깨.

독이 퍼지고 있는 것이었다.

"꺄아악!"

정미현이 참기 어려운 듯 소리를 질렀다.

"정 소저! 하압!"

운현이 독강시를 향해 검을 휘둘렀다.

제아무리 강한 몸뚱이를 가진 독강시라 하여도 세상 모든 것을 자를 수 있다는 검강 앞에서는 종잇장에 불과했다.

서걱!

그대로 잘라지는 독강시의 팔. 그와 함께 운현은 정미현의 어깨에서 독강시의 손을 뽑아냈다.

푸쉬!

그녀의 어깨에서 뿜어져 나오는 검게 변한 피. 독에 중독된 것이다.

탁! 탁! 탁!

운현이 정미현의 어깨 근처의 혈도 몇 곳을 짚었다.

그녀 역시 황룡기를 익히고 있었기에 독 기운이 빠르게 번지지는 않았지만 계속 피를 흘리면 생명에 지장이 있을 수 있었다.

"이놈!"

운현의 분노가 극에 달했다.

여기저기 난무하는 그의 검. 그리고 황금빛 검강.

곁에서 지켜보기에 잔인하도록 아름다운 광경이었다.

독강시의 사지가 잘리고 머리가 날아갔다. 피도 나오지 않았고 그냥 허물어졌다.

운현은 곧바로 몸을 날려 쓰러지려는 정미현을 부축했다. 독 기운이 퍼지지는 않고 있지만 상처가 깊어 많이 고통스러운 모양이었다.

“젠자앙!”

운현이 소리치며 어디론가 향했다. 일단은 그녀를 안전한 곳에 데려다 놓는 것이 시급했다.

운현은 일단 전장에서 조금 떨어진 곳으로 빨리 움직였다. 그리고는 조심스럽게 그녀를 내려놓은 다음 다시 전장으로 시선을 돌렸다.

“절대… 용서 못한다!”

운현의 분노가 폭발하기 시작했다.

넘실거리는 황금빛 물결과 타오르는 한 사람의 분노.

그것은 모든 사람들의 눈앞에서 믿지 못할 광경을 만들어 내고 있었다.

이십여 구의 독강시 사이를 누비는 운현.

평소의 모습과는 전혀 다른 모습으로 독강시들을 상대하고 있었다.

사나운 표정으로 검을 휘둘러 독강시들의 머리를 날려 버리는 그.

독혈인 아홉 명과 추구량을 꺾은 사람이라고는 볼 수 없었다. 전혀 지친 것 같지 않았다.

비산하는 황금빛 검강과 끊임없이 쓰러지는 독강시들.

어느새 주변의 무사들은 싸움을 멈추고 운현의 모습을 보고 있었다.

다들 믿지 못하겠다는 듯 입을 벌린 채로.

그렇게 반 시진이 지났을 때 운현의 주변에는 이십여 구의 독강시가 쓰러져 있었다.

팔다리가 잘리고, 머리가 잘려 여기저기 널브러져 있는 독강시들. 그리고 그 가운데에 서 있는 운현의 모습.

지금까지 보아왔던 운현의 모습과는 전혀 다른 모습을 볼 수 있었다.

"지금이다! 독강시들도 모두 제거되었다! 이 기세를 몰아 만독문을 물리쳐야 한다!"

홍개가 내력을 실어 크게 외쳤다. 그에 잠시 정신을 놓고 운현의 신위를 바라보고 있던 무사들이 정신을 차렸다.

그리고는 자신들의 주변에 있는 만독문도들을 쓸어버리기 시작했다.

운현의 신위를 보고 이미 전의를 상실한 지 오래인 만독문의 문도들은 삼파연합측의 제자들의 검에 추풍낙엽처럼 쓰러졌다.

만독문도들에게 싸움을 지시하고 독강시들을 불러 싸움에 끌어들인 상기욱은 전의를 상실한 채 두려움에 떨고 있었다.

직접 싸움에 참가하고 있지도 않으면서 두려움에 떨며 문도들의 뒤에 숨는, 아까와는 완전히 다른 모습으로 바뀌어 있었다.

문주 된 입장에서 절대로 보여서는 안 되는 모습을 보이고 있는 것이다.

결국 한 시진이 지나고 만독문의 문도들 중 살아 있는 사람은 거의 없었다.

이미 판단력이 흐려진 문주 상기욱을 대신하여 일장로 관대승이 항복하여 싸움이 끝났다.

이로써 만독문의 야심찬 발호는 성과없이 와르르 무너져 버렸고, 이 싸움을 통해 운현은 더욱더 유명세를 타게 되었다.

독혈인 아홉과 만독문 장로 한 명, 그리고 독강시 스물을 혼자서 상대한 전설의 한 조각으로써.

第三章
첩첩산중(疊疊山中)

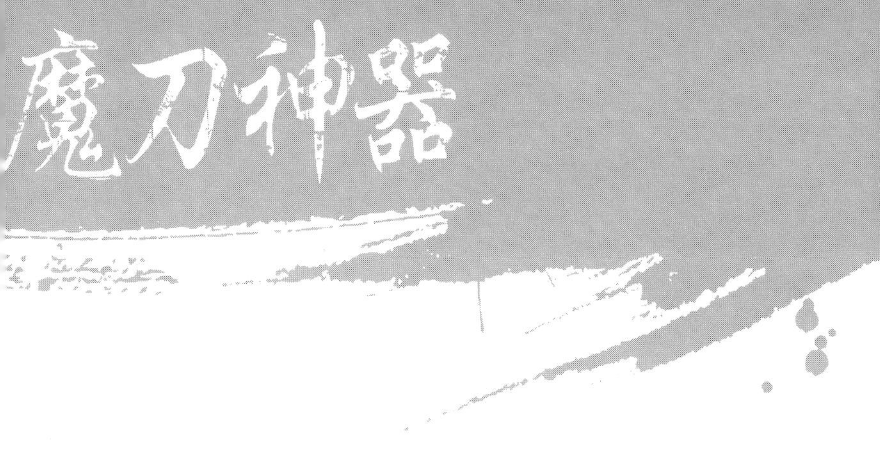

만독문의 발호가 무위로 끝나고, 정파무림은 일단 안정기
로 접어드는가 싶었다.

마교의 움직임이 포착되지 않고 있었기 때문이다.

그러나 결코 안심할 수 없는 일이 벌어지고 있었다. 그것은
바로 곡해성에서 포섭당한 녹림맹주 임호명의 움직임이었
다.

정파는 녹림에 대해서는 전혀 생각하지 않고 있었다.

녹림은 사파도 정파도 아닌 중립적인 입장에 있었으며 설
마 녹림이 정사대전에서 어부지리를 노릴 것이라 생각하지
않았기 때문이다.

하지만 녹림은 자신들끼리 은밀하게 일을 벌이고 있었다.

"대장, 이 일 꼭 해야 합니까?"
"대장? 이 자식을 확!"
임호명이 자신을 여전히 대장이라고 부르는 장기두(張技
頭)를 노려보았다. 예전 같았으면 겁을 집어먹고 몸을 움츠렸
겠지만 지금은 임호명이 장기두 자신에게 아무런 해도 입히
지 않을 것을 알기에 그런 것도 없었다.
"잔말 말고 해. 다른 곳은?"
임호명의 말에 장기두가 한숨을 쉬었다. 한 번 하기로 결정
했으면 하고 마는 그의 성격상 어떤 말도 먹혀들지 않을 것이
었다.
"일단 거의 대부분이 따르겠다고 하더군요."
"거의? 전부가 아니고?"
"요즘 먹고살기 힘든 곳이 몇 군데 있지 않습니까."
"그런 곳이 더 달려들어야지! 이번 일 처리하면 떨어지는
돈이 얼만데?"
"그 정도도 힘든 모양입니다."
"젠장!"
임호명이 작게 중얼거렸다. 일을 하지 못할 정도로 어렵다
면 정말 심각한 문제였다.
"몇 곳이나 되지?"

“일단 네 곳입니다.”

“일단? 그럼 더 있을 수도 있다는 말인가?”

“그럴 일은 없을 것 같습니다. 하지만 혹시 모르는 일이라서.”

“전력 차질 예상은?”

“그리 크지는 않습니다만…….”

“그럼 됐다. 그럼 그 네 곳은 빼고 다른 곳에 기별을 넣어. 보름 후에 일을 벌이겠다고.”

“보름이요?”

장기두는 자신의 귀를 의심했다. 분명 화산을 치겠다고 했다. 화산이 있는 섬서성까지 보름 만에 가겠다는 말이다.

“목표 수정하셨소?”

“무슨 말이야?”

“보름이라면서요?”

“그래, 무슨 문제 있어?”

“섬서성까지 어떻게 보름 만에 가지요? 전혀 이해가 안 가는데요?”

“왜 이해가 안 가는데?”

임호명의 물음에 장기두는 어이가 없다는 듯이 임호명을 바라보았다.

“상식적으로 생각해 보쇼. 한 달은 걸리는 거리를 어떻게 보름 만에 간다는 말입니까?”

“왜 안 돼?”

말이 안 통한다. 장기두는 더 답답한 표정을 지었다.

“인마, 우리가 군인이냐?”

“그건 또 무슨 말이오? 여기서 갑자기 군인 이야기가 왜 나와?”

“멍청한 놈.”

“자신한테 한 말이오?”

“이 자식이!”

이번에는 정말로 때릴 것 같았는지 장기두가 한 발 물러섰다. 하지만 표정의 변화는 거의 없었다.

“우리는 녹림이야. 사람들이 흔히 말하는 산도적이지.”

“그 말 싫어하시지 않으셨소?”

“말 끊지 마라, 응?”

“알았으니 계속하시오.”

“험! 우리는 군인이 아니야, 녹림이지. 왜 관도를 따라가야 하지?”

“그럼 어떻게 갑니까?”

“멍청아, 녹림이면 산을 따라가야지, 안 그러냐?”

“산 따라가면 더 오래 걸리는 것 아니오?”

“멍청한 놈!”

“자꾸 그러지 마시오, 듣는 멍청이 기분 나쁘니까.”

임호명이 바싹 약이 올라 장기두를 바라보았다. 하지만 장기두는 그의 시선을 외면하며 딴청만 부릴 뿐이었다.

"지형은 바꿀 수가 없다. 길을 뚫고 싶어도 산이 있으면 길은 그 산을 비껴서 만들어야 하지. 그래서 더 오래 걸려. 하지만 우리는 산을 타고 간다. 그러면 훨씬 더 시간을 단축시킬 수 있어. 들키지도 않을 수 있고. 섬서성까지? 금방이다."

"그렇군요."

장기두가 고개를 끄덕였다. 듣고 보니 맞는 말 같았다.

"알았으면 어서 나가 준비나 해라! 여기서 말 가지고 장난 치지 말고!"

"알았소!"

장기두가 투덜거리며 일을 하러 갔다. 그런 장기두를 임호명은 싫지 않은 눈빛으로 바라보았다.

"녹림의 움직임이 포착되었습니다."

"그래?"

곡해성의 말에 방일원이 눈을 조금 크게 뜨며 관심을 보였다.

"어떻게 예상을 하는가? 만독문은 큰 수확을 못 거뒀는데 말이야."

"정파는 현재 전혀 눈치 채지 못하고 있습니다. 거기다가 목표는 화산이라 하더군요. 이번에는 큰 효과를 볼 수 있을 겁니다."

곡해성의 말에 방일원이 고개를 저었다.

"내가 말하는 것은 정파 놈들이 아니야. 그 산도적 놈들이 어떻게 될 것인가를 묻는 것이지."

그제야 방일원의 말을 알아들은 곡해성이 고개를 끄덕이더니 입을 열었다.

"녹림은 당연히 지금 가진 힘의 삼분지 일로 줄어들 것입니다. 저희들에게 어떠한 요구도 하기 힘들겠지요."

"화산은 무너지고 녹림도 결국에는 큰 피해를 입는다? 화산이 그 정도의 힘을 가지고 있다고 보기에는 힘든데? 무당과 함께 엄청난 피해를 입은 곳이다."

"물론입니다. 화산은 종이호랑이에 불과하지요. 하지만 화산이 무너진다고 정파가 무너지는 것은 아니지 않습니까? 지금 정파무림은 무당을 중심으로 움직이고 있습니다. 만독문을 상대로 괴물 같은 일을 벌인 검존이 있기 때문이지요."

"그렇겠지."

방일원이 고개를 끄덕였다. 젊은 나이에 만독문을 상대로 그 정도 일을 벌일 수 있는 사람이 있으리라고는 전혀 생각하지 못했던 일이다.

그가 아니었으면 이번 차도살인지계는 거의 완벽에 가깝게 성공했으리라.

"아쉽군, 한 번 보고 싶었는데."

"보게 되실 겁니다. 녹림 따위에게 쓰러질 그가 아닙니다."

“그런가?”
“물론입니다.”
“기대되는군.”
곡해성의 말에 방일원이 미소를 띠며 말했다. 강자와의 대결. 그것이야말로 무인에게 있어서 가장 큰 기쁨이었다.

만독문과의 싸움 이후 무당에 복귀한 운현은 정미현의 간병만 했다.

그 싸움으로 많이 지치고 자잘한 부상도 많이 입었으면서 정미현의 곁에서 치료받으며 절대로 그 자리를 떠나지 않았다.

다행스러운 점은 정미현의 몸속으로 독이 퍼지지 않았다는 점이다.

그녀의 몸에 있는 황룡기가 독 기운이 퍼지는 것을 막고 있었고, 운현처럼 빠른 속도는 아니지만 조금씩 밖으로 배출해내고 있었다.

문제는 그녀의 어깨에 난 상처였다.

꿰뚫지는 못했지만 독강시의 손이 반절 가까이 파고들었기 때문에 상처가 굉장히 심했다.

불행 중 다행이라 할 수 있는 점은 근육이 상하거나 급소 같은 곳은 비껴갔다는 점이다. 그렇게 큰 부상을 입었으면서도 치명적인 곳은 비켜간 것은 그야말로 천운이라 할 수 있었다.

그 부상으로 많은 출혈이 있었기 때문인지 정미현은 무당에 돌아오고 이틀 동안 정신을 차리지 못했다.

태어나서 그 정도 부상을 입어본 적도 그때가 처음이었고, 실제로 부상 정도도 굉장히 심한 것이었으니 당연하다 할 수 있었다.

"으음."

정미현이 눈을 떴다. 잠시 눈을 감고 명상을 하고 있던 운현은 그녀의 신음 소리에 명상에서 빠져나왔다.

"정 소저?"

천천히 눈을 뜨는 그녀. 운현의 입가에는 점점 미소가 번져가고 있었다.

"운… 현?"

"정신이 들어요? 저 운현이에요!"

운현이 기쁜 듯 크게 말했다. 그 때문인지 정미현이 살짝 인상을 찌푸렸다.

"아! 미안해요, 괜찮아요?"

"아니에요, 상처 부위가 아파서 그래요."

정미현이 살짝 미소를 지어 보였다. 하지만 그런 그녀의 미소마저도 굉장히 힘들게 보이는 운현이었다.

"며칠 동안 이러고 있었어요?"

"네?"

"며칠 동안 이렇게 누워 있었냐고요."

“이틀이요.”

“그것밖에 안 되었어요?”

“그것밖에라니요. 얼마나 애간장이 탔는데.”

“운현은 한 번 쓰러지면 사흘은 기본이라고요.”

“그, 그런가요?”

운현이 멋쩍은 미소를 지어 보였다.

“이렇게 아프군요.”

운현이 가만히 정미현을 바라보았다. 그리고 그녀가 계속 말을 이었다.

“운현은 항상 이런 고통을 감수하면서 싸우고 있었네요. 처음 알았어요.”

“저도 깨어나길 기다리던 정 소저의 마음이 어떤지 이번에 알았어요.”

“풉!”

“큭!”

둘이 서로를 보며 웃었다. 그 순간 둘의 표정은 굉장히 행복하게 보였다.

정말 아무도 몰랐다.

당사자인 화산도, 그리고 정파 최고의 정보력을 자랑한다는 개방에서도.

“이것이 정녕 화산이란 말이냐!”

화산의 산문을 들어서며 임호명이 말했다. 산 밑에서부터 거칠 것 없이 올라온 그였다.

몰랐으니 대비도 허술했고, 그간 많은 피해를 입었으니 힘도 약했다.

그런 화산을 임호명이 이끄는 녹림은 손쉽게 제압할 수 있었다.

"녹림 따위에게!"

검을 들고 얼마 남지 않은 매화검수들과 화산파 제자들을 데리고 화산파를 지키고 있는 현양 진인이 소리쳤다.

녹림. 전혀 무섭지 않던 곳이었다.

그들이 맹(盟)을 만들었을 때에도 그저 산적들이 발악하는 것이라 생각했다.

물론 맹주인 임호명을 만만하게 보지는 않았다.

녹림에도 무공 고수들은 있었으니까.

하지만 녹림이라는 곳이 원래 무공을 익힌 사람들이 모여드는 곳이 아니었다.

가끔은 죄를 짓고 도망치는 무림인들이 숨어들어 가기도 했지만 본래는 갈 곳 없는 백성들이 모여 만든 곳이었다.

그랬기에 녹림은 그 누구도 문파라 부르지 않았다.

무림에 있지만 무림의 일원으로 제대로 된 대접을 받지 못하는 곳. 그곳이 녹림이었다.

그런 녹림에게 화산이 무너지기 일보 직전까지 왔다는 사실에 현양은 너무나도 치욕스러움을 느꼈다.

"하하하하! 천하의 화산도 별 볼일이 없구나! 하하하!"

임호명이 크게 웃어 젖혔다. 승자의 여유? 그런 것이 아니었다. 순수한 기쁨. 그간 알게 모르게 받았던 무시 같은 것을 한 번에 날려 버리는 웃음이었다.

하지만 현양은 그렇게 받아들이지 않았다. 아니, 받아들일 수가 없었다.

지금 이 상황에서 임호명의 그런 웃음을 어찌 순수한 기쁨에서 우러나오는 것이라 받아들일 수 있겠는가.

"이노옴!"

현양이 노기를 띠고 소리쳤다.

그에 웃음을 멈춘 임호명이 굳은 표정으로 그를 바라보았다.

"지금 이놈이라 했소?"

"그렇다! 감히 산적 나부랭이가 여기가 어디라고!"

"크하하하하하하!"

현양의 말에 임호명이 다시 웃음을 터뜨렸다.

"산적 나부랭이? 그런 산적 나부랭이에게 무너지는 이곳 화산은 도대체 무엇이란 말인가! 삼류문파 수준밖에 안 되지 않는가!"

일부러 긁는 것인지 임호명의 입에서는 자꾸 현양의 화를 돋우는 말이 흘러나왔다.

그런 그의 발언에 뒤쪽에서 지켜보는 일부 녹림도들은 식은땀을 흘리고 있었다.

"감히!"

"감히? 웃기는군. 아직도 상황 파악이 안 되는가? 내려다보아야 할 위치에 있는 것은 화산이 아니라 우리 녹림이다. 감히? 그 말은 우리가 화산에게 해야 할 말이다! 아직도 너희들이 우리보다 강하다고 생각하는 것이냐!"

임호명의 호통에 현양의 얼굴이 사납게 구겨졌다. 더 이상은 참기 어려운 듯 보였다.

"이노옴!"

현양이 소리치며 앞으로 달려나갔다.

그 누가 말리거나 반응할 새도 없이 빠른 움직임이었다.

"좋은 움직임이다! 하지만!"

임호명이 현양의 돌격에 피하지 않고 맞섰다. 이대로 가다가는 양쪽 다 큰 부상을 입을 수밖에 없는 상황이었다.

"크악!"

그러나 모든 사람들의 예상을 깨고 비명을 지르며 쓰러진 사람은 현양 한 사람뿐이었다. 임호명은 아무렇지도 않은 모습으로 현양을 내려다보고 있었다.

"그런 정신으로 한 문파를 이끌어가다니, 한심하다!"

"입 닥쳐라!"

현양이 겨우겨우 몸을 일으키며 임호명을 노려보았다. 홍분과 분노로 이성을 잃은 모습이었다.

"싸울 때에는 이성을 잃어서는 안 된다! 하물며 한 문파를 이끄는 수장이라면 더더욱!"

"크아악!"

현양이 괴성을 지르며 임호명에게 달려들었다. 이성의 끈은 완전히 끊어졌다.

언제나 내려다보았던 상대에게 패하고 충고까지 듣는 상황. 게다가 자신이 수장으로 있는 문파가 무너지기 직전의 상황이라면 그럴 수밖에 없었다.

반면 임호명은 굉장히 침착했다.

이성이 무너지기는 했지만 고수인 만큼 현양의 움직임은 빨랐다. 하지만 임호명은 그런 현양의 움직임을 끝까지 다 지켜보고 있었다.

스슥.

가볍게 피하는 임호명. 하지만 현양은 기이하게 몸을 틀며 임호명의 명치 쪽으로 검을 뻗었다.

쾅!

임호명의 도와 현양의 검이 부딪쳤다.

"큭!"

이성의 끈이 끊어졌기 때문일까? 현양의 힘이 훨씬 더 강해진 것같이 느껴졌다.

공격에 치중하기 때문일까? 아니면 내력의 소모에 신경을 쓰지 않기 때문일까.

일순간 당황했던 임호명은 금세 그런 기색을 지우고는 현양을 향해 도를 휘둘렀다.

콰콰콱!

현양이 자신의 검을 휘둘러 임호명의 검에 부딪쳐 갔다. 금속끼리 긁히는 소리가 아닌 마치 도끼로 나무를 찍어내는 듯한 소리가 들렸다.

"크악!"

쿵!

현양이 뒤로 날아갔다. 그리고는 그대로 땅바닥에 처박혔다.

거의 본능만으로 싸움에 임했던 상태인 데다가 현양의 검에 맞서는 임호명의 힘이 상상 이상으로 강했기 때문에 벌어진 일이었다.

"푸우!"

현양의 입에서 핏물이 분수처럼 뿜어져 나왔다. 심각한 내상을 입은 것이다.

"와—!"

녹림도들이 환호성을 질렀다. 언제나 못 오를 하늘처럼 느껴졌던 화산파의 장문인을 자신들의 대장이 이겨낸 것이다.

이제까지 살면서 그들에게 지금처럼 기쁜 순간은 또 없었다.

"화산은 끝이다! 이대로 내려간다!"

현양이 당하고 멍하게 있는 화산파 제자들을 뒤로하고 녹림도들이 화산을 내려갔다.

그들을 먼저 내려 보낸 임호명은 천천히 바닥에 누워 있는 현양에게 다가갔다.

그런 임호명을 남아 있는 화산파 제자들은 제지하지 못했다.

그들에게 있어서 언제까지나 하늘처럼 여겨지던 현양이 당했다는 사실에 받은 충격이 상당했기 때문이었다.

"이제 좀 깨달으셨소?"

임호명이 허리를 굽혀 현양을 내려다보며 물었다. 얼굴 전체가 자신이 뿜어낸 핏물로 인하여 얼룩진 현양. 그의 시선은 하늘에 향해 있었다.

"이제야…… 알 것 같소……."

현양이 힘겹게 입을 열었다. 그리고 그의 말에 임호명은 허리를 폈다. 그리고는 몸을 돌려 녹림도들의 뒤를 따라 화산을 벗어났다.

"순간… 그대의 얼굴이 하늘인지, 하늘이 그대의 얼굴인지… 헷갈렸다오."

그 한마디. 그리고 현양은 정신을 잃었다.

이 사건은 중원 전체에 퍼졌다.

녹림의 야욕. 그리고 화산의 봉문(封門). 이 경천동지(驚天動地)할 사건은 하루 만에 중원 전역에 퍼진 상태였다.

섬서성의 패자(覇者)인 화산을 무너뜨린 자. 녹림맹주 임호명. 그의 이름을 이제 모르는 사람이 없었다.

단신으로 현양 진인과 싸워 이겼으며 몸에 생채기 하나 없을 정도로 완벽한 승리를 거두었다. 비록 현양이 이성을 잃고 싸웠다고는 하지만 이는 놀라운 사실이었다.

물론 그 뒤에 마교의 음모가 있을 것이라고는 전혀 생각하지 못했다.

그에 사람들은 마교 하나만으로도 벅찬데 녹림까지 나타나 혼란을 가중시킨다면서 걱정이 이만저만이 아니었다.

화산이 녹림에게 당한 소식을 들은 무당에서도 대책 회의가 열렸다.

병상에서 일어나 어느 정도 몸을 움직일 수 있게 된 청산을 중심으로 청현 등 장로들과 운현까지 포함한 회의였다.

“녹림까지 일어날 줄은 몰랐습니다.”

“그러게 말이다. 도대체 세상이 어찌 돌아가려는 것인지.”

“마교는 잠잠하군요.”

“아마 예전에 입은 피해가 너무 크기 때문일 것이다.”

청산의 말에 장로들이 고개를 끄덕였다. 자신들이 그 정도 피해를 입었다면 잘 해야 봉문이고 아니면 멸문지화까지 입었을지도 모르는 일이었다.

“도대체 어떻게 섬서성에 갑자기 나타났을까요? 개방의 눈을 피해서 움직이기는 어려울 텐데 말입니다.”

청현의 물음에 청산이 고개를 저었다. 설마하니 산을 타고 어두운 밤을 틈타 몰래 움직였다고는 생각하지 못하고 있었다.

“지금 문제는 그것이 아니다. 섬서성에 있는 그들이 어느 쪽으로 방향을 잡느냐가 문제이지. 서쪽으로 방향을 잡으면 소림이요, 서남쪽으로 방향을 잡으면 우리 무당이다.”

“아무래도 우리 무당이 되지 않겠습니까? 아무리 그들이라도 소림은 껄끄러울 테니 말입니다.”

청산이 고개를 끄덕였다. 자신이 임호명이라고 해도 무당으로 올 것 같았다.

“현이 네 생각은 어떠하냐?”

“무엇이 말입니까?”

“그냥 이번 일의 전반적인 것에 관해서 말이다.”

“음…….”

지금까지 한 번도 생각해 보지 않았다는 듯 운현이 고민에 잠겼다. 그에 청산의 얼굴이 살짝 찌푸려졌다.

“솔직히 말씀드리면 만독문이나 녹림이 치고 나올 수 있는 시기라고 생각은 되네요. 마교가 정파와 싸우다가 잠시 물러난 상황이고, 정파 역시 마교와의 싸움에 많은 피해를 입은 상황이니. 하지만 녹림이 이 정도까지 일을 벌이는데 마교가 너무 조용한 건 아닌가 하는 생각이 드네요.”

잠시 생각한 것치고는 꽤 길게 말하는 운현이었다.

“아마 마교도 지금쯤이면 안달이 나 있을 것이다. 이대로 녹림의 손에 중원이 넘어가는 것은 아닌가 싶어서 말이야. 어쩌면 적인 우리를 응원하고 있을지도 모르겠구나.”

청현의 말에 청산과 운현을 비롯한 다른 장로들이 미소를 지었다. 정말로 그럴지도 모른다면서.

그렇게 조금은 여유로운 분위기 속에서 그들은 회의를 하고 있었다.

무당의 예상과는 반대로 마교는 녹림의 활약에 기뻐하고 있었다.

녹림이 한 번 뒤흔들어 주고 그사이에 마교가 힘을 보충해 중원으로 나간다면 충분히 승산이 있으리라 생각한 것이다.

물론 이러한 생각의 전제는 녹림이 정파무림과 거의 양패구상 직전까지 간다는 데 있었다.

“녹림의 다음 행보는?”

“아직 정확히는 모르겠습니다. 정파에서 그들에게 온 신경을 기울이고 있으니 섣불리 움직일 생각을 하지 못하는 모양입니다.”

“그런가? 그럼 우리가 나서서 한 번 흔들어주어야 하지 않겠는가?”

　방일원의 말에 곡해성은 고개를 저었다.

“그런 것을 원할 사람이 아닙니다, 임호명이라는 사람은.”

“그런가?”

“예. 혼자서 처리하면 했지 누구의 도움을 받을 생각은 하지 않을 사람입니다.”

“음…….”

방일원이 고개를 끄덕였다.

“하지만 이대로 큰 효과 없이 물러난다면?”

“너무 걱정하지 마십시오. 직접적인 도움은 어렵지만 간접적으로 도와줄 생각이니 말입니다.”

“어떤 식으로?”

방일원의 물음에 곡해성이 미소를 지었다.

“적어도 녹림이 어디로 어떻게 움직이는지만 정파 놈들이 모르면 되지 않겠습니까?”

“개방의 눈을 돌리겠다는 말인가?”

“개방뿐만 아니라 다른 문파들의 눈 전부를 혼란스럽게 만들어야겠지요.”

“내가 아무리 실무에 한발 물러서 있다고는 하지만 지금 우리의 여력이 그 정도 일을 할 수 있을 것이라고 생각되지는 않는데?”

“물론입니다. 하지만 제게 다 방법이 있습니다.”

“방법이 있다?”

“예. 안 되는 것은 되게 하면 됩니다. 그러니 교주님께서는 그 운현이라는 자와의 싸움만 기다리시면 됩니다.”

“굿이나 보고 떡이나 먹어라?”

“어감이 조금 예의없게 들리기는 하겠지만 정답입니다.”

“좋다, 믿어보지. 지금 나는 승리에 목말라 있다. 한 번 크게 뒤집어봐!”

“알겠습니다.”

곡해성이 대전을 나갔다. 그리고 대전 안에는 앞으로의 일 때문에 걱정스런 표정을 짓고 있는 방일원만 남게 되었다.

임호명은 고민에 고민을 거듭하고 있었다.

화산을 쳤으니 이 소문은 중원 전 지역으로 퍼졌을 것이고, 이제 모든 시선은 자신들에게 쏠릴 것이다.

단순히 무림 문파들만 관심을 갖는다면 크게 문제가 될 것이 없다, 부수고 가면 되니까.

하지만 자신들 스스로가 녹림이라 지칭한다고 해도 자신들은 어디까지나 도적 무리. 관(官)에서 자신들을 감시하지 않을 리가 없었다.

가장 껄끄러운 적이라 할 수 있었다.

“대장!”

“이놈!”

“이크!”

장기두가 자신에게 날아오는 돌멩이 하나를 재빨리 피하며 비명을 질렀다. 크게 빠르지는 않았지만 맞으면 아프기에 어쩔 수 없었다.

"내가 뭐라고 했지?"

"아, 죄송합니다, 맹주님. 어떻게 할까요? 다들 언제 출발하나 목이 빠지게 기다리고 있습니다."

"아직 결정 못했다."

"예에?!"

벌써 사흘이다, 화산을 물리치고 화산에 자리를 잡은 지. 이제는 떠나야 할 시간임에도 임호명은 아직 어떻게 해야 할지 결정도 못하고 있었다.

"그러지 말고 네가 결정해 봐라. 소림으로 갈까, 무당으로 갈까?"

"그걸 왜 제가 정합니까? 대장, 아니, 맹주께서 정해보시구려."

"끙!"

임호명이 앓는 소리를 내었다. 마음 같아서는 소림으로 바로 가고 싶지만 소림이라는 이름의 무게를 이겨내기가 쉽지 않을 것 같고, 무당으로 가자니 요즘 검존으로 한창 이름을 날리고 있는 녀석이 있어 껄끄러웠다.

"그냥 속 편하게 결정하쇼. 뭘 그렇게 머리를 싸매고 고민한단 말이오?"

"어떻게?"

"몰라서 묻습니까? 항상 하던 그거 있잖소, 그거."

"설마……!"

임호명이 어이없다는 눈빛으로 장기두를 바라보았다. 하지만 그런 임호명의 눈빛을 장기두는 아무렇지도 않게 받아넘길 뿐이었다.

"이놈아! 이런 중차대한 결정을 어떻게 그렇게 결정한단 말이냐!"

"그럼 계속 그렇게 머리 싸매고 있으면 무슨 답이 나온답디까? 그렇게라도 결정하는 게 낫지!"

장기두가 지지 않고 소리쳤다. 친하지 않았다면 하극상이라고 처벌을 받았어야 할 행동이었지만 장기두는 전혀 개의치 않고 행했다.

"젠장!"

작게 소리친 임호명이 자신의 품속에서 일 문짜리 동전 하나를 꺼냈다.

쨍!

그의 손이 튕겨짐과 동시에 작은 동전이 하늘로 올라갔고, 그것이 떨어지기 전에 장기두가 소리쳤다.

"전(前)무(武), 후(後)소(小)!"

쨍! 째쟁! 텁!

장기두의 말이 끝남과 동시에 동전이 바닥에 떨어져 몇 번

튀기고는 쓰러졌다.

　그리고 장기두가 자리에서 일어서더니 녹림도들이 서 있는 쪽을 바라보고 크게 소리쳤다.

　"모두 출전 준비! 무당으로 간다!"

　"젠장!"

　임호명이 자리에서 일어서며 중얼거렸다. 그리고 그의 발치에는 앞면이 위로 올라가 있는 동전 하나가 떨어져 있었다.

第四章
움직임

魔刀神器

　다음 목적지를 어느 곳으로 할 것인지를 동전 하나로 결정
한 임호명은 찝찝함을 지울 수가 없었다.

　물론 장기두의 말처럼 계속 그렇게 고민하고 있다고 해서
쉽게 결정할 수 있는 것이 아니었겠지만 왠지 이번 결정은 잘
못된 것 같다는 생각이 계속 들었다.

　"이거 왠지 불길한데……."

　임호명이 자신의 속마음을 입 밖으로 내고 말았다. 그리고
그것을 곁에 있던 장기두가 들었다.

　"맹주라는 사람이 자꾸 그러면 어쩌오? 싸우러 가는데 불
길한 마음 안 드는 사람이 어디 있다고!"

"그래도 그런 생각이 드는 걸 어쩌느냐!"

임호명이 장기두에게 소리쳤다. 그리고 잠시 뭔가 생각하더니 다시 장기두를 바라보고 소리쳤다.

"그런데 왜 자꾸 잔소리야! 네가 내 상전이냐?"

"하도 답답하니까 그러는 것 아니오!"

"이것이 내 마누라도 네놈처럼 잔소리는 안 한다! 한 번만 더 그러면 확!"

임호명이 주먹을 들어올리며 장기두를 위협했다. 그러자 장기두는 몸을 움츠리며 뒤로 뺐다.

"아, 알았소."

"그럼 잔말 말고 혹시라도 우리의 움직임을 감시하는 놈들이나 잘 살펴봐."

"없을 거라 하지 않으셨소?"

"내가 언제?"

임호명의 말에 장기두가 어이없다는 표정을 지으며 그를 바라보았다.

"형산에서 그러지 않으셨소! 산 타고 다니면 모를 거라고."

"으이구!"

임호명이 머리를 붙잡았다. 그리고는 한심하다는 눈빛으로 그를 바라보았다.

"도대체 너는 머리가 좋은 거냐, 아니면 나쁜 거냐?"

"뭔 말이오? 난 맹주가 한 말을 그대로 한 것뿐인데."

“생각 좀 하고 살아라! 그때는 일을 벌이기 전이고 지금은 한 번 일을 벌인 후 아니냐! 그럼 저들도 우리한테 신경을 쓰지 안 쓰겠냐? 당연한 것을 생각도 못해!”

“아……!”

“아? 빨리 안 움직여!”

“알겠소!”

임호명이 두 눈을 부릅뜨자 겁을 집어먹은 장기두가 속히 수하들과 주변 경계에 들어갔다. 그 모습을 보며 임호명은 다시 머리가 아프다는 듯 손으로 이마를 매만졌다.

하지만 임호명이 걱정하는 그런 감시는 없었다. 녹림의 움직임이 쉽게 예측하기 어려운 면도 있었지만 결정적인 이유는 다른 곳에 있었다.

바로 곡해성이었다.

방일원에게 개방의 정보력을 흐트러뜨리겠다고 공언한 곡해성은 대전에서 나와 곧바로 서찰을 썼다. 그리고는 지난번과 같이 백응의 다리에 그 서찰을 묶었다.

그리고 그 백응은 자신이 전달해야 할 서찰이 도착할 데를 정확히 알고 있는 듯 빠른 속도로 남쪽 하늘을 향해 날아갔다.

“음. 또다시 백응 녀석이로구나.”

검은 머리의 노인이 백웅의 다리에 묶여 있는 서찰을 풀었
다. 그리고는 서찰을 펼쳐 읽어 내려가기 시작했다

"음?"

약간 인상을 찌푸리는 노인. 서찰에 적힌 내용이 별로 마음
에 안 드는 모양이었다.

"이건 나 혼자 결정하기 힘든 일이군."

그렇게 중얼거린 노인은 계곡 깊은 곳으로 더 걸어 들어갔
다.

어두운 방 안. 햇빛이 들지 않는 곳인지 방은 촛불 대여섯
개로 밝혀져 있었다.

그리고 거대한 하나의 원탁에 검은 머리의 노인을 비롯한
여섯 노인이 앉아 있었다.

"무슨 일인가, 독고천(獨孤天)?"

검은 머리 노인의 이름이 독고천인 듯 백발의 노인이 그를
향해 물었다.

"성이 그 녀석에게서 서찰이 왔네."

"그래, 찾았다던가?"

백발노인의 물음에 독고천이 살짝 인상을 찌푸리며 고개
를 저었다.

"아직인 것 같더군. 그 녀석도 나름대로 필사적인 모양이
야."

독고천의 말에 이번에는 색목인들에게서나 볼 수 있는 금발의 노인이 입을 열었다.

"그럼 무슨 내용의 서찰인가? 설마 이제 더 이상은 못하겠다는 내용인가?"

금발머리의 말에 독고천이 인상을 구겼다.

"말이 심하군, 종리호(鐘離號)."

독고천의 말에 더 이상 다른 말을 하지는 않았지만 종리호는 그의 사나운 눈빛을 정면으로 바라보았다.

"그만들 하지. 일단 성이 그 아이에게서 온 서찰이 무슨 내용인지나 먼저 알려주지 않겠는가?"

백발노인이 둘을 말리고는 신경을 곡해성으로부터 온 서찰로 집중시켰다.

"도움을 요청하는군."

"으음……."

"험! 험!"

독고천의 말에 다들 난처한 기색을 띠며 헛기침만 할 뿐이었다.

"알지 않는가? 우리는 아직 모습을 드러낼 수 없다네. 그것을 찾기 전까지는."

"알고 있네. 성이 그 녀석도 그것을 모를 리 없고."

"그렇다면 다른 이야기가 있었을 텐데?"

"물론이네."

독고천이 고개를 끄덕이고는 계속해서 말을 이었다.

"우리더러 마교 행세를 해달라는군."

"뭐라? 우리보고 그깟 허접한 문파의 행세를 하라고!"

종리호가 흥분하여 소리쳤다. 그런 종리호를 백발노인이 손을 들어 제지했다.

"그리고?"

"그저 단순히 개방의 시선을 분산시켜 달라고 적혀 있네."

"개방의 시선을 분산시켜 달라?"

"그렇다네."

종리호와 독고천을 제외한 나머지 네 명의 노인이 생각에 잠겼다. 곡해성이 부탁을 하는 것인 만큼 자신들이 하는 일과 크게 무관하지 않을 것이라는 판단 때문이다.

"난 돕겠네."

백발노인이 가장 먼저 입을 열었다. 그러자 다음은 회색 머리의 노인이 돕겠다고 나섰다.

"나도 돕지."

"나도."

이번에는 나무줄기와 같은 갈색 머리의 노인이었고, 그 다음은 녹색 머리의 노인이었다.

나머지 네 명의 노인들이 돕겠다고 나서자 독고천은 만족스런 미소를 지었고, 종리호는 살짝 인상을 구겼다.

"어쩔 수 없지."

결국 종리호도 돕겠다고 나섰다. 그에 독고천은 만족스런 표정을 지었다.

"자, 그럼 앞으로 어떻게 해야 하는가?"

"그건 말이지……."

백발노인의 물음에 독고천이 곡해성으로부터 온 서찰에 적힌 내용을 상세하게 전달하기 시작했다.

녹림의 화산 공격이 있은 이후, 개방은 녹림의 움직임에 특별히 신경을 썼다.

중원 전체의 최고 정보 조직인 만큼 지난번 화산에서의 일은 그들의 자존심에 금이 가는 일이었기 때문이다.

"절대로 이번에는 놓쳐서는 안 된다. 저들의 경로를 파악하고 해당 문파에 정보를 넘겨라, 알겠나!"

"예!"

신경이 예민해진 홍개가 수하들을 재촉했다. 최강 정보력의 개방 내에서도 정보의 핵심에 있는 그였기에 그가 느끼는 압박은 다른 사람들의 압박에 비하면 훨씬 더 큰 것이었다.

"장로님!"

"뭐냐! 찾아낸 것이냐!"

"찾기는 찾았는데……."

"찾았는데?"

"녹림이 아닙니다."

“뭐? 그럼 뭐야?!”

“마교입니다.”

“뭐!”

순간 그 자리에 있는 모든 사람들의 동작이 멈추었다. 그리고 그들의 시선이 한곳으로 모아졌다.

마교. 잠잠하던 그들이 이 틈을 타서 움직이기 시작한 것이다.

“젠장! 비상이다! 지금 이 자리에 있는 반은 마교 쪽으로 신경을 돌려라!”

“예!”

“그리고 방주에게 연락하여 인력 보충을 요청하고!”

“예!”

“녹림의 움직임도 절대로 놓쳐서는 안 된다!”

“예!”

아까보다 배는 더 분주해진 그들의 움직임이다. 녹림과 마교. 거대한 적이 동시에 자신들을 위협하는 상황이니.

‘제길!’

홍개가 이를 악물었다.

“아~! 이런 것 정말 싫다!”

한 청년이 소리쳤다. 무엇이 싫은지 몸도 배배 꼬고 있었다. 무슨 일인지 모르겠지만 정말로 싫은 눈치였다.

“시끄러워 죽겠네!”

그 옆에서 누군가가 소리쳤다. 바로 곡해성의 사제이자 독고천의 제자인 단창이었다.

“이봐, 창! 넌 이게 좋아?”

“싫으면 어쩔 건데? 해야지, 안 그래?”

“그건 그렇지만…….”

“자꾸 그러면 네 사부님께 일러바칠 거야!”

“헉!”

이름 모를 청년의 정체는 종리호의 제자인 홍소담(弘疎潭)이었다. 사부의 성격을 잘 아는 홍소담은 단창의 말에 입을 틀어막았다.

“미안, 잘못했다. 그러니 사부한테는 비밀이다.”

“알았다. 뒤에 수하들도 있는데 부끄러운 줄 좀 알아라.”

단창이 힐끗 자신들을 따르고 있는 서른 명 정도의 무사를 바라보았다. 그들은 하나같이 마교의 복장을 하고 있었다.

“알았다고.”

“자, 어느 정도 걸려들었는지 좀 살펴볼까?”

단창이 발걸음을 멈추고 입을 열었다. 그에 곁에 있던 홍소담 역시 고개를 끄덕였다.

“십이령(十二靈).”

단창의 부름에 열두 명의 무사들이 그 앞에 와 섰다.

“너희들은 지금부터 주변 탐색을 해라. 아까보다 거지들이 얼마나 늘었는지 확인하고, 혹시 다른 문파의 움직임이 있는지도 파악해라."

"명(命)!"

사삭!

열두 명의 무사들이 순식간에 어디론가 사라졌다. 그러자 단창이 그 자리에 주저앉으며 무사들에게 소리쳤다.

"휴식이다!"

그러자 십이령을 제외한 나머지 열여덟 명의 무사가 저마다 휴식을 취하기 시작했다.

"하… 난 저 녀석들이 마음에 안 들어."

"누구?"

"십이령 녀석들."

"뭐가 그렇게 마음에 안 들어?"

"재미없어."

"환장하네."

단창이 고개를 설레설레 흔들며 중얼거렸다. 그에 홍소담이 눈을 동그랗게 뜨고 단창을 바라보았다.

"세상에 너 같은 놈만 있으면 그게 더 걱정이다. 그래도 저런 녀석들이 있으니까 마음 놓고 일도 맡기는 거지."

홍소담이 자신을 노려보고 있음에도 단창은 아무렇지도 않게 쏘아붙였다. 결국 홍소담은 고개를 저으며 푹 숙였다.

"네 말이 맞다. 쳇, 거지 새끼들은 따라붙기만 하고 싸움은 안 거나?"

"이 녀석 큰일 날 소리 하네."

단창이 홍소담에게 또 입을 열었다.

"나도 안다, 알아! 싸우면 안 되는 것 다 아는데, 심심하잖나. 괜히 도망 다니는 것 같고."

그때 정찰을 나갔던 십이령이 돌아와 단창의 앞에 섰다. 그들이 돌아온 것을 본 무사들은 휴식을 멈추고 자리에서 일어났다.

"어떻게 되었지?"

"거지들의 숫자는 더 늘어났습니다. 하지만 아직 다른 문파들의 모습은 보이지 않고 있습니다."

"역시 개방이란 말이군."

개방이 최고 정보 조직인 만큼 다른 문파들은 아직 자신들의 존재를 알아차리지 못했다는 말이다.

"가자! 다시 한 번 말하지만 우리의 목적은 저들의 시선을 분산시키는 것이지 저들과 싸우는 것이 아니다! 혹시라도 마주치게 되면 무조건 피하라!"

"예!"

단창의 말에 서른 명의 무사가 대답했다. 개방 거지들이 들어도 상관이 없다는 듯이 큰 목소리였다.

"가자!"

단창이 앞장섰고, 그 뒤를 홍소담과 서른 명의 무사가 따랐다.

개방으로부터 녹림뿐만 아니라 마교까지 움직임을 보이고 있다는 소식을 전해 들은 각 문파들은 당황하고 있었다.

녹림도 녹림이지만 마교의 발호가 더 걱정되는 그들이었다.

비록 녹림이 화산을 물리쳤다고는 하지만 그간 마교와의 싸움으로 무진 도장과 전력의 반 이상을 잃은 상황이었기에 녹림의 힘이 그리 크다고 생각하지는 않았다.

하지만 마교의 경우에는 지금까지 자신들에게 엄청난 피해를 주고도 아직 무너지지 않은 거대한 적이었다.

그렇기 때문에 아무래도 그들로서는 녹림보다 마교에 더 신경이 갈 수밖에 없었다.

"마교라……."

개방으로부터 온 정보를 전해 들은 운현이 중얼거렸다. 녹림이 발호하여 큰 위협을 하고 있는데 마교가 움직이지 않을 리 없다고 생각하고 있던 운현이기에 크게 놀라지는 않았다.

"뭐 해요?"

"아, 몸은 좀 괜찮아요?"

만독문과의 싸움 이후 몸이 많이 약해진 정미현이었다. 그래도 최근에는 많이 회복되어 예전의 활발한 모습을 되찾고 있었다.

"네, 괜찮아요. 뭐 하고 있었어요?"

“그냥요. 요즘 분위기가 뒤숭숭하니까요.”

“하긴, 이 일에 가장 가까이 있는 사람 중에 하나니까 그럴
수도 있겠네요.”

끄덕.

운현이 고개를 끄덕였다. 그 이야기를 하니 괜히 또 얼굴이
어두워지는 것 같았다.

“이번에는 여기에 있어요. 따라오지 말고.”

운현이 걱정스런 표정으로 정미현을 바라보며 말했다. 운
현에게 있어서 가장 큰 걱정은 중원이나 무당이 아니라 정미
현이었다.

“알았어요. 저도 이번에 느낀 것이 많아요.”

정미현의 말에 운현은 고개를 끄덕였다. 요즘 들어 가끔 생
각에 잠기는 모습을 보이는 그녀였다.

“그래요. 마침 운진도 이제 어느 정도 걸을 수 있게 되었다
니 함께 있으면 좋을 거예요.”

“그럴게요.”

정미현이 미소를 지으며 고개를 끄덕였다.

“저는 사부 좀 만나러 가봐야겠어요. 상의할 것도 있으
니.”

“그래요. 이번에는 너무 무리하지 말고요. 지난번에도 꽤
힘들었을 텐데.”

만독문과의 싸움에서 올렸던 운현의 전과를 생각하며 정

미현이 걱정스런 표정을 지었다. 아무리 태극진기와 황룡기를 가지고 있다고 해도 버거운 싸움이었을 것이다.

"하하! 그때에는 눈에 보이는 것도 없었어요. 어디서 그런 힘이 났는지는 모르겠지만 싸움 끝나고 나니까 몸이 축 처지더라니까요."

"그러니까 이번에는 너무 무리하지 말라고요."

"알았어요. 몸조리나 잘 하고 있어요."

"그래요."

운현이 청산이 있는 곳으로 발걸음을 옮겼다. 그런 운현의 뒷모습을 보면서 정미현은 걱정과 함께 어떤 결심 같은 것을 했다.

"사부."

"들어오너라."

청산도 몸이 거의 다 회복이 되어 이제는 자소궁에서 집무를 볼 수 있을 정도가 되었다.

"드릴 말씀이 있어서요."

"무슨 말?"

"좀 다녀와야겠습니다."

"어디를?"

"마교가 나타났다면서요. 녹림까지는 제가 신경 쓰지 않아도 될 것 같지만 마교는 영 신경이 쓰이네요."

“그건 그렇지만 녹림도 무시할 수가 없다. 개방과 은자각에서 올라온 보고에 의하면 녹림이 이쪽으로 오고 있다더구나.”

“그렇습니까?”

되묻는 운현의 얼굴은 크게 걱정이 되는 표정이 아니었다. ‘녹림 그 까짓것’ 이라는 표정이었다.

“지금 녹림을 무시하냐?”

“예?”

“녹림맹주 임호명이 화산 장문인을 가.볍.게. 눌렀다.”

“들었습니다.”

“그런데도 그렇게 여유만만이냐?”

“현양 진인이 강합니까 사부가 강합니까? 당연히 사부 아닌가요?”

“그렇지.”

“그럼 여기에는 사부가 있는데 무슨 걱정이에요?”

“맹주가 나보다 강하면 어쩌려고 그러느냐?”

“에이, 설마요.”

“그런 마음가짐 때문이다.”

“예?”

운현이 무슨 소리냐는 듯 청산을 바라보았다.

“지금 네가 가지고 있는 마음가짐 때문에 화산이 그 모양 그 꼴이 된 것이란 말이다.”

“하지만 화산은 삼류방파 몇 군데가 달려들면 쓰러질 정도로 힘을 잃은 상황이었잖아요. 승리는 했지만 많은 피해를 입은 상황이었으니.”

“아무튼 지금은 마교보다 녹림에 더 신경을 써야 한다. 게다가 마교는 지금 모습만 보이고 있지 실질적으로 도발을 하거나 충돌을 일으키고 있지는 않다.”

“쩝.”

운현이 아쉽다는 듯 입맛을 다셨다.

“그럼 좋습니다. 마교가 아니라 녹림 쪽에 다녀와도 되겠지요?”

“녹림으로?”

“예. 이번에 가서 그들을 좀 살펴보고 오지요.”

“음……”

청산이 눈을 가늘게 뜨고 운현을 바라보았다. 그에 운현은 그 표정이 무슨 표정이냐는 듯 마주 청산을 바라보았다.

“왜 그래요?”

“설마 녹림으로 간다 해놓고는 다른 곳으로 새려는 것은 아니지?”

“설마요.”

“설마가 사람 잡는다더라.”

“사부!”

운현이 소리를 빽 질렀다.

"좋다, 다녀와라. 하지만 위험할 수도 있으니 큰 충돌은 일으키지 마라."

"알겠습니다."

"뭐, 가서 맹주 모가지라도 따오면 좋고."

"사부, 너무 잔인하네요. 모가지를 따오라니."

"그럼?"

"그냥 '이기고 와라!' 라든지 아니면 '손 좀 봐주고 와라' 정도의 말도 있잖아요?"

"알았다. 뭐, 네 녀석 알아서 해라."

"알겠습니다. 그럼 다녀오지요."

운현이 방을 나서려 하자 청산이 입을 열었다.

"혼자 가려느냐?"

"그것이 편합니다."

"내가 안 가도 되겠느냐?"

"허약한 사부 챙기기 힘들어요. 혼자 갈래요."

"이 녀석아! 내가 나이는 먹었어도 아직 힘이 남아돈다!"

"그래서 새파랗게 젊은 놈한테 칼 맞고 누워요?"

"끙!"

"갈게요!"

운현이 방을 나섰다. 그런 운현의 뒷모습을 보며 청산이 흐뭇한 미소를 지었다.

자신의 부상이 시발점이 되었는지 정미현의 부상이 시발

점이 되었는지는 모르겠지만 확실히 운현이 바뀌었다. 아주 좋은 방향으로.

"녀석."

짧게 한마디 내뱉은 청산이 다시 업무에 집중했다.

간단한 준비만 하고 은자각에 들러 녹림의 이동 경로를 전해 들은 운현은 곧바로 그들이 있는 쪽으로 달렸다.

'녹림이라……'

사실 아직도 운현은 녹림이 별것 아니라고 생각하고 있었다. 아니, 크게 신경 쓰이지 않는다는 말이 옳았다.

그리고 지금 중요한 것은 마교라는 생각을 지울 수가 없었다.

마음은 마교 쪽으로 가라고 하고 있었지만 머리와 몸은 청산의 말 때문에 녹림으로 향하고 있었다.

'뭔가 불길하단 말이야.'

녹림으로 향하면서도 계속 생각은 마교 쪽에 쏠려 있었다. 직접적인 충돌 없이 계속 모습만 보이고 있다는 점이 자꾸만 운현의 신경을 건드리고 있었다.

"일단 빨리 녹림을 확인하고 마교 쪽으로 이동하자. 그냥 맹주를 잡아버려?"

현양 진인을 가볍게 제압한 임호명을 운현은 너무나도 쉽게 생각하고 있었다.

“드디어 호북성이다.”

운현이 자신들에게 오고 있다는 사실도 모른 채 임호명을
비롯한 녹림도들은 무당으로 향하고 있었다.

처음 섬서성으로 갈 때와 달리 더딘 걸음이었지만, 화산을
쓰러뜨렸다는 사실에서 오는 자신감은 그들의 사기를 하늘
높은 줄 모르고 치솟게 하고 있었다.

“너무 느리지 않습니까?”

“느리지.”

“그럼 좀 더 빨리 가면 안 될까요?”

“안 돼.”

“왜요!”

답답하다는 듯 장기두가 소리쳤다. 그에 임호명은 무감정
한 표정으로 그를 바라보았다.

“왜냐고? 불길하니까.”

“하…….”

장기두가 한숨을 쉬었다. 그리고는 뒤쪽에 따라오고 있는
녹림도들을 한 번 바라보고는 다시 임호명을 바라보았다.

“저들의 사기는 하늘을 찌르는데 왜 맹주의 사기는 바닥이
오? 그깟 예감 때문에?”

“내 예감은 틀린 적이 없거든.”

“그럼 이번에는 틀릴 것이오.”

“그럴까?”

“그렇다니까요! 언제까지 그딴 미신을 믿고 있을 것이오?”

“미신? 지금까지 확률 십 할을 자랑하는 내 예감이 미신이라고?”

“좋은 예감 맞은 적 있소?”

“있지.”

“얼마나?”

“글쎄? 그다지 많지는 않은 것 같은데?”

“그런데 무슨 확률 십 할이오?”

“불길한 예감이 십 할이란 말이다!”

장기두가 고개를 숙였다. 말이 안 통하는 사람이다. 맹주만 아니라면 두들겨 패서라도 정신 차리게 만들어주고 싶을 정도로.

“도대체 출발하기 전의 자신감은 다 어디로 갔소?”

“모르겠다.”

“그럼 차라리 여기서 방향을 돌리던지!”

“그럴까?”

“으이구!”

장기두가 답답하다는 듯 자신의 머리를 때렸다. 하지만 자신의 손만 아플 뿐 답답함은 풀리지 않았다.

“그런데 방향을 돌리기는 틀린 것 같다.”

임호명의 말에 장기두가 고개를 번쩍 들며 소리쳤다.

"그걸 말이라고 하시오! 여기까지 와서 돌리긴 뭘 돌리오?!"

하지만 임호명은 고개를 저었다. 그리고는 한쪽을 가리켰다.

"저길 봐라."

"응?"

임호명이 손가락으로 가리킨 곳을 봤지만 장기두는 아무것도 발견할 수가 없었다. 그곳에는 그저 울창한 숲만 잔뜩 있을 뿐이었다.

"뭐가 있다고 그러시오?"

"음? 아직 안 보이나? 그럼 조금 있으면 보일 것이다."

"음……."

진지한 임호명을 보니 무언가가 있는 것 같았다. 그에 장기두 역시 아까의 분위기를 집어던지고 긴장을 하기 시작했다.

스윽.

장기두가 손을 들어올렸다. 그러자 녹림도들이 자신들의 무기에 손을 가져갔다. 유사시에 대비하기 위함이었다.

"그대는 누군가?"

이제야 장기두의 시야에도 누군가의 모습이 들어오기 시작했다. 청년. 그것도 도복을 입은 청년이었다.

"제 옷에 그려진 문양이 보이실 텐데요?"

"무당의 도사님이시군요. 그런데 이곳은 어쩐 일로 오셨소

이까?”

“맹주의 위명이 하도 자자하여 좀 만나보고 싶어서 왔습니다.”

“그렇소? 그런데 이름은 언제 알려주실 것이오? 궁금해 미칠 지경이오.”

“아!”

그제야 운현은 자신을 소개하지 않았다는 것을 알고는 구룡검을 꺼내 들었다.

“이것이 구룡검입니다.”

“검존!”

장기두의 입에서 검존이라는 말이 튀어나왔다. 너무 놀라 무의식적으로 뱉은 말이지만 그 파급 효과는 상당했다.

“검존?”

“독혈인 열을 혼자 상대했다던?”

“사람이 아니잖아!”

“우린 죽었다!”

공포. 검존을 적으로 돌렸으니 이젠 죽은 목숨이다. 그러한 사실에서 오는 공포가 삽시간에 녹림도들 사이에 퍼져 나갔다.

‘아뿔사 !’

그제야 장기두는 자신의 실수를 책망했다. 무의식적으로 튀어나온 말이지만 절대로 내뱉어서는 안 되는 말이기도 했다.

"검존께서 저를 보러 오셨다고요?"

임호명이 끝까지 존대를 지켰다. 배분도 중요하기는 했지만 무림은 강자존(强者尊)의 세계. 운현에게 함부로 할 수는 없었다.

"제 사문으로 가는 길이시겠지요?"

"그렇소."

"음……."

운현이 고민하기 시작했다. 지금 상황에서 무슨 고민할 것이 있느냐 하겠지만 운현으로서는 고민이 될 수밖에 없었다.

'저 맹주는 내 상대가 되지 못한다. 여기서 저자를 끝내고 마교 쪽으로 가? 그러면 늦는데……. 그럼 그냥 가? 그것도 안 되고…….'

참으로 쓸데없는 고민이었다.

지금 상황에서는 당연히 눈앞에 있는 적에 신경을 집중해야 할 것인데 그렇게 못하고 있는 것이다.

그만큼 녹림을 하찮게 보고 있다는 증거이기도 했다.

"우리를 막으러 왔소?"

"아, 원래는 그냥 정찰이었는데……. 어찌하다 보니 이렇게 앞에 나타나게 되었습니다."

"그냥 안 나타나셨어도 되었을 것이오."

"그렇습니까?"

“그렇소, 우리 입장에서는.”

이 말은 임호명 스스로가 운현의 상대가 되지 않음을 간접적으로 밝힌 것이라 할 수 있다.

강자는 강자를 알아보는 법. 임호명은 벌써 식은땀을 흘리고 있었다. 하지만 그의 몸은 강자를 만난 흥분으로 떨리고 있었다.

“여기까지 오셨는데 그냥 가실 생각이시오?”

“음?”

운현은 상대가 일단 뺄 것이라 생각했다. 자신의 강함을 알 것이라 생각했으니까. 자신 역시도 아직까지 피를 보는 싸움은 하기 싫었고.

하지만 상대가 먼저 저런 식으로 나오자 어쩔 수가 없었다. 여기서 안 하겠다고 하면 패하는 것 같아 어쩔 수 없었다.

“좋습니다. 짧게 끝내도록 하죠.”

발끈!

짧게 끝낸다는 말. 임호명을 자극하는 말이었다.

‘승리는 장담할 수 없다. 하지만 결코 쉽게 지지 않는다! 병석에 몇 년 눕혀주마!’

이를 악문 임호명. 그리고는 자신의 도를 움켜쥐었다.

운현 역시 진지하게 구룡검을 꺼내 들었다. 임호명의 뒤쪽에 있는 녹림도들은 모습을 드러내는 구룡검의 나신에 감탄사를 터뜨렸지만 임호명은 눈 하나 깜짝하지 않았다.

"타핫!"

먼저 움직인 것은 임호명이었다. 빠른 공격으로 선수를 가져오기 위함이었다.

순식간에 사라졌다 순식간에 운현의 지척에 나타난 임호명이 내력을 가득 머금은 자신의 도를 아래에서 위로 올려쳤다.

운현을 반으로 쪼갤 듯한 기세로 날아드는 도. 하지만 운현은 조금도 당황하지 않았다.

콰콱!

운현의 검이 임호명의 도와 부딪쳤다.

그 반동에 한참 뒤로 밀리는 임호명이었다.

'큭! 굉장한 힘!'

하지만 그런 생각을 하고 있을 틈도 없이 임호명은 바로 다음 동작으로 들어가야 했다.

자신이 밀려남과 동시에 운현이 따라붙으며 검을 찌르고 있었기 때문이다.

파밧!

그대로 땅을 박차고 몸을 뒤로 날리는 임호명. 하지만 그와 동시에 운현 역시 가볍게 땅을 박찼다.

'젠장!'

이를 악문 임호명이 공중에서 몸을 틀었다. 공중에서는 하기 어려운 동작이지만 임호명은 가볍게 해내고 있었다.

찌이이익!

재빨리 몸을 틀었기에 상처를 입지는 않았지만, 그의 옷이 길게 찢어지는 것을 막지는 못했다.

가슴 쪽부터 옆구리를 거쳐 등 쪽까지 길게 찢어진 옷자락이 다 끊어지지 못하고 매달려 있었다.

"제대로 무시당했군."

임호명의 입에서 알 수 없는 말이 나왔다. 지금 상황과 자신이 무시당한 것에 무슨 관련이 있는 것인지 듣는 사람들은 알 수가 없었다.

하지만 그것을 알아들은 사람이 한 사람 있었으니 바로 운현이었다.

"무시라고 생각하십니까?"

"그럼?"

"차이를 보여 드린 것뿐입니다."

"차이?"

"그렇죠, 차이."

"그럼 한 가지 묻겠소. 왜 죽이지 않은 것이오? 짧은 시간이었지만 기회가 두 번은 있었을 텐데 말이오."

"말씀드렸을 텐데요. 제가 이곳에 온 목적은 정찰이지 싸움이 아닙니다. 게다가 저는 이곳에서 힘을 쏟을 수 없습니다."

임호명은 이해할 수가 없었다. 정찰을 목적으로 온 것이기에 죽이지 않았다?

지금 이 자리에서 자신을 죽인다면 이번 싸움은 손쉽게 끝날 것이다. 게다가 그렇게 되면 더 이상의 큰 피해를 보지 않아도 되는 상황이다.

물론 자신 말고 다른 채주들이 계속해서 이번 일을 진행시킬 수도 있겠지만 임호명이 보기에는 그 정도 배포를 가진 인물은 없었다.

"역시 다른 무슨 이유가 있다는 말이오?"

스스로 생각하고 내린 결론을 입 밖에 내며 임호명이 운현을 바라보았다.

"녹림을 무시하는 것은 아니지만 지금은 녹림보다 더 큰 적이 있어서 말입니다."

"마교 말이오?"

끄덕.

비록 산을 타고 움직이며 무당으로 향하고 있는 녹림이기는 했지만 적어도 마교가 움직이고 있다는 소식 정도는 접해 들은 그들이었다.

"실은……. 아닐세."

"……?"

임호명이 무슨 이야기를 하려다가 입을 닫았다. 그에 순간 의아한 표정을 지었던 운현은 이내 표정을 지우고 몸을 돌렸다.

"저는 이만 가보도록 하겠습니다. 녹림이 무당에 도착했을 때에 제가 있을지 없을지는 모르겠지만 다음번에 만날 때에 는 목숨 버릴 각오를 해야 할 겁니다."

운현의 말에 임호명은 대답없이 고개를 끄덕였다.

임호명의 고개가 끄덕여지는 것을 본 운현은 곧바로 그 자 리를 벗어났다.

운현이 사라지자 마치 방금 전까지 악몽에 시달린 듯 녹림 도들은 그대로 자리에 주저앉아 버렸다.

그렇게 녹림은 한동안 그 자리에서 움직이지 못했다.

임호명과 헤어진 운현은 곧바로 개방 분타를 찾아갔다. 무 당에서 나오면서 은자각에 마교에 대해서는 물을 수 없었기 때문이다.

"현재 섬서성과 사천에서 주로 모습을 보이고 있지만 직접적으 로 충돌은 없습니다. 그래서 저희들도 그저 거리를 두고 관찰만 하는 중입니다."

개방 호북 분타에서 들은 내용이었다. 마교와 한창 싸움을 벌일 때에도 사천과 섬서성에서 주로 나타났으니 크게 이상 할 것은 없었다.

하지만 섬서성을 향해 달리면서도 운현은 무언가가 자꾸

걸렸다. 알 수 없지만 기존의 마교를 통해 느꼈던 것과는 다른 무언가가 있었다.

"가보면 알 수 있겠지."

그렇게 중얼거린 운현은 섬서성으로 가는 속도를 더욱더 높였다.

"이 짓도 이제 지겹다! 그냥 살짝 손만 좀 봐주면 안 될까?"

"시끄러!"

단창이 홍소담에게 소리쳤다. 그날 이후 며칠 동안은 잠잠하더니 그것도 얼마 가지 않아서 벌써 이렇게 투정을 부리는 그였다.

"녹림 녀석들은 뭐 하는 거야! 우리가 이렇게 생고생을 하는데 아직까지 아무런 소식도 없다니!"

홍소담이 말을 돌렸다. 자신들이 이렇게 하고 있는 것은 정파의 시선을 분산시켜 녹림이 일을 벌이기까지의 시간을 벌어달라는 것이었다.

다시 말하면 녹림이 일을 제대로 처리하고 끝낸다면 자신들을 더 이상 이 짓을 하지 않아도 된다는 말이었다.

"시끄럽고. 녹림이 지금 호북에 들어갔다고 하니까 이제 조만간 일이 터질 거다. 소림 다음으로 까다로운 무당이라니까 그곳만 처리하고 나면 우리도 돌아갈 수 있을 거다."

"그렇겠지?"

끄덕.

홍소담이 기대에 찬 표정으로 단창을 바라보았고, 단창이 고개를 끄덕이자 더욱더 기쁜 표정으로 바뀌었다.

"그런데 무당인지 뭔지 하는 곳에는 그 검존이라는 사람이 있다면서? 강하다고 하던데……."

홍소담의 입에서 운현에 관한 이야기가 나왔다.

'검존이라……. 그러고 보니 그때 구룡검을 들고 있었던가?'

단창이 무당의 청산을 찾아갔을 때를 떠올렸다. 청산도 굉장히 강했었다. 자신 역시 큰 부상을 입었을 정도니.

하지만 그런 청산보다 더 강한 사람. 비록 한 번 본 정도에 그쳤지만 그 강함을 느낄 수 있었다.

'하지만 사형에게는 아직 안 될 것이다!'

그렇게 생각한 단창이 여전히 자신을 바라보고 있는 홍소담에게 말했다.

"나도 만나봤지."

"정말? 언제? 어떻게 됐어? 죽였어?"

"아니, 못 죽였어. 그때는 나도 부상이 심했으니까. 강하기는 하더라. 하지만 그렇게 큰 차이는 못 느끼겠더라고."

"그래? 나도 만나보고 싶다."

"너, 나 이길 수 있어?"

뜬금없는 단창의 물음에 홍소담이 잠시 생각에 잠기더니

고개를 저었다.

"아니, 아직 무리다. 그러니까 네가 우리 단대장이지."

"그렇지? 그런데 나도 그 사람을 이길 수 있을지 모르겠다."

"그 정도야?"

끄덕.

"그럼 곡 사형이랑 싸우면 어떻게 될까?"

"곡 사형이 이겨."

"그래?"

홍소담의 물음에 단창이 고개를 끄덕였다.

"그럼 별거 아니네."

"별거 아니긴. 네가 생각하기에는 나보다 강하고 곡 사형보다 약한 사람이 별것 아니게 보여?"

"그런 뜻이 아닌 것 알잖아."

"됐고. 아무튼 며칠만 더 고생하자. 조만간 끝나겠지."

"그래."

단창과 홍소담이 다시 길을 걷기 시작했고, 그 뒤를 부하들이 따랐다.

"저쪽이다!"

쉬지 않고 달려 오 일 만에 섬서성에 도착한 운현은 객점 하나를 잡고 하루를 쉬었다.

작은 마을의 객점이었지만 사람이 없는 것이 아니었고, 여기저기를 오가는 사람들이 모이는 객점인 만큼 운현을 알아보는 사람들도 있었다.

아니, 정확히 말하자면 운현이 들고 있는 구룡검을 알아보는 사람들이었다.

그에 운현은 그날 하루를 그곳에서 굉장히 편하게 보낼 수 있었다. 물론 육체적으로는 편안했지만 심적으로는 사람들이 알아볼까 봐 굉장히 불편했다.

그렇지만 일단 오 일 동안 거의 잠 한숨 안 자고 달려왔기 때문에 피로가 너무 많이 쌓여 간단하게 요기를 하고는 곧바로 준비된 방에 들어가서 쓰러져 잤다.

그렇게 하루를 자고 일어난 운현은 간단한 요기만 하고는 서둘러 그 객점을 빠져나와 마교 일행을 찾아 나선 것이다.

물론 조금 더 머물고 가라는 주인의 부탁이 있었지만 운현은 무당의 중요한 일을 수행하고 있다는 것을 핑계로 그곳을 빠져나올 수 있었다.

'숫자는… 대략 서른? 그 이상?

빠르게 한 무리 사람들의 인기척이 느껴지는 곳으로 달려가며 사람들 수를 헤아려 보는 운현이었다.

서른이면 자신이 감당하기 어려울 수 있겠지만 지금 자신이 그들과 싸우려고 가는 것이 아닌 만큼 최대한 조심할 생각이었다.

삭!

근처까지 기척을 죽여 다가간 운현은 으슥한 곳에 숨었다.

'음…….'

운현이 고개를 갸웃거렸다. 분명 그들이 입고 있는 복장은 마교의 옷이었다. 그러나 그들에게서 느껴지는 기운은 바교 특유의 기운과는 완전히 달랐다.

사파 특유의 마(魔)의 기운이 느껴지지 않았다. 오히려 정파 쪽의 느낌과 비슷하다고 할 수 있었다.

두근!

'뭐지?'

운현은 순간 자신의 가슴이 두근거리는 것을 느꼈다. 원인 모를 두근거림에 운현은 적지 않게 당황하고 있었다.

'저 얼굴은!'

두근거림을 진정시키며 마교 무리를 살펴보던 운현의 눈에 낯익은 얼굴 하나가 들어왔다.

절대로 잊을 수 없는 얼굴.

자신에게 큰 아픔을 주었던 인물이자, 자신이 한 단계 성숙해지는 데 일조를 한 인물이기도 했다.

운현이 흥분을 했기 때문일까? 운현의 기운이 조금 밖으로 흘러나왔고, 그 기운을 상대방이 느낀 것 같았다.

"나와라!"

한 사내가 소리쳤다. 그와 동시에 그를 따르고 있던 수하들이 일제히 주변을 경계하기 시작했다.

사삭.

운현이 모습을 드러냈다. 분노에 찬 모습. 상대를 잡아먹을 듯 노려보고 있었다.

"너는!"

상대가 운현을 보고 놀란 표정을 지었다.

"잘 만났다!"

운현이 분노에 찬 목소리로 소리쳤다. 운현이 잡아먹을 듯 노려보고 있는 상대는 청산을 오랜 시간 병석에 눕혀놓았던 단창이었다.

"어떻게 네가 여기에 있는 것인가!"

"그건 네 알 바 아니다! 네놈을 다시 만나기를 기다리고 있었다!"

"흥! 네놈이 내 상대가 될 것 같더냐!"

단창이 소리쳤다. 자신은 운현의 상대가 되지 않을 것이라는 것을 잘 알고 있지만 지금 상황은 자신에게 유리한 상황. 자신 혼자뿐이라면 모르겠지만 지금 옆에는 홍소담과 서른 명의 수하도 있었다.

"잘도 내 사부님을 그렇게 만들어놓았겠다!"

"아, 그 청산이라는 늙은이 말인가? 뒈졌나?"

"이놈!"

운현이 분노를 겨우겨우 참으며 몸을 부르르 떨었다. 자신을 욕하고 비난하고 깎아내리는 것은 상관없다. 하지만 어렸을 때부터 자신에게 많은 것을 가르쳐 주고 길러준 청산을 욕하는 것은 참기가 어려웠다.

"너는 지금 이 자리에서……."

스릉!

운현이 구룡검을 검집에서 꺼냈다.

우웅!

운현의 마음을 대변하기라도 하듯이 구룡검이 낮은 울음을 토해내었다.

"살아서 돌아갈 생각을 하지 마라!"

쿠오오오!

운현의 몸에서 엄청난 기운이 폭사되었다. 그에 단창과 홍소담을 제외한 나머지 무사들은 서 있는 것조차도 어려울 정도였다.

우우웅!

구룡검이 아까보다 더한 울음을 토해냈다. 그와 동시에 구룡검은 황금색의 검강이라는 옷을 입었다.

"황금빛?!"

구룡검의 주인이고 그의 몸에서 느껴지는 기운을 통해 단창과 홍소담은 운현이 황룡기를 익혔다는 것을 알 수 있었다.

하지만 구룡검에 덧씌워진 검강은 황색이 아닌 황금빛이었고, 그것을 본 단창과 홍소담은 놀라움을 금치 못했다.

특히나 금룡기(金龍氣)를 익히고 있는 홍소담의 놀라움은 더욱더 클 수밖에 없었다.

아직 자신은 검강까지 만들어내지 못하지만 자신이 만들어내는 검기 역시 운현의 것과 비슷한 황금빛이기 때문이었다.

물론 운현의 경우에는 황룡기와 태극진기가 어우러져 만들어진 황금빛이었지만 홍소담이나 단창이 그런 것을 알 리가 없었다.

"하아!"

운현이 빠르게 앞으로 달려나가며 검을 뿌렸다.

그와 동시에 운현의 검에 만들어진 검강이 한 자 이상 더 앞쪽으로 뻗어 나왔다.

"헛!"

정확히 단창의 심장 부근을 노리는 공격.

단창은 그것에 부딪쳐서 승산이 없음을 깨닫고는 곧바로 몸을 틀며 뒤로 빠졌다.

콰콰콱!

운현의 검강이 단창이 서 있던 곳 주변에 깊은 웅덩이 하나를 만들어놓았다.

꿀꺽!

단창과 홍소담이 동시에 침을 삼켰다.

엄청난 위력의 공격.

초식 공격이 아닌 단순한 휘두름이 이 정도 위력을 보이는데 운현이 진짜로 초식을 이용하여 공격을 시작하면 어떻게 될 것인지 알 수 없었다.

"너는 속히 수하들을 데리고 이곳을 빠져나가라!"

"뭐? 넌!"

"난 남는다!"

"미쳤구나!"

혼자 남으려는 단창에게 홍소담이 전음으로 소리쳤다. 하지만 더 이상 한가롭게 대화나 나누고 있을 수가 없었다.

운현의 이차 공격이 시작되려 하고 있었기 때문이다.

"어서!"

"제길!"

단창이 홍소담의 앞을 가로막았고, 홍소담은 욕을 하며 뒤로 돌아섰다.

"이서 가!"

"죽지 마라!"

그 말을 남기고 홍소담은 수하들과 함께 도망치기 시작했다.

그것을 본 운현이 입을 열었다.

"살아서는……."

파박!

단창을 향해 달려가던 그 속도를 살려서 운현이 땅을 박찼

다. 그리고는 단창을 뛰어넘어 도망가는 홍소담의 뒤쪽으로
착지했다.

"못 돌아간다!"

쒜에엑!

푸욱!

"크아아악!"

그대로 홍소담의 왼쪽 가슴을 관통하는 운현의 검. 그와 동
시에 홍소담의 입에서 엄청난 양의 피가 쏟아져 나왔다.

"소담!"

단창이 소리쳤다. 하지만 홍소담은 그 말을 듣지 못하고 그
대로 쓰러져 버렸다.

"후우!"

운현이 호흡을 가라앉혔다. 지금까지 뛰었던 가슴도 어느
정도 진정시켰다.

"내 분노를 끌어올린 것을 후회해라."

운현의 눈빛은 아직도 불타오르고 있었다.

"헉! 헉! 헉!"

단창이 거친 숨을 몰아쉬고 있었다. 온몸에는 상처들이 가
득했으며, 한쪽 무릎을 꿇은 채 운현을 올려다보고 있었다.

운현은 여전히 분노가 가시지 않은 표정이었다.

청산이 병석에 누워 고생을 하고 자신이 했던 마음고생을

생각하면 지금 이것도 약하다는 것이 운현의 생각이었다.

"그때의 그 실력은 다 어디로 간 것이지? 그때의 그 자신감과 오만한 표정은 어디로 갔느냔 말이다!"

운현이 소리쳤다. 하지만 단창은 말없이 운현을 올라다볼 뿐이다.

"일어서라! 일어서란 말이다!"

운현이 악에 받쳐 소리쳤다.

그 말을 들으려는 듯 단창이 힘겹게 몸을 일으켰다. 그리고는 심호흡을 한 번 하고는 운현을 바라보았다.

"누구냐, 넌?!"

운현이 물었다. 그런 운현을 단창은 물끄러미 바라보았다.

"난 마교도다. 이 옷을 보면 모르는가?"

"마교? 웃기는 소리! 네놈들은 마교도가 아니다!"

운현이 소리쳤다. 그에 단창의 눈동자가 살짝 흔들렸지만 아주 미약했고, 그것을 운현은 알아차리지 못했다.

"무슨 소리를 하는지 모르겠군. 나는 마교 군사님의 명을 받아 지금 이 일을 하고 있는 것일 뿐이다."

"훙! 마교도가 자신들의 군사가 시킨 것이라고 그렇게 쉽게 내뱉는다고? 웃기는 소리! 네놈들은 마교가 아니야! 진정한 정체를 밝혀라!"

"난 마교도다."

운현은 답답함을 느꼈다.

"네놈의 몸에서 나타나는 기운. 마교의 것이 아니다. 어딘가 익숙한 기운이지. 정체를 밝혀라."

운현이 흥분을 가라앉히고 조근하게 말했다.

운현의 입에서 자신의 기운에 대한 이야기가 나오자 단창은 약간 흐트러지는 모습을 보였다.

자신은 운현이 황룡기를 익힌 것을 알고 있지만 상대는 그것을 모를 것이라 생각하고 있었기 때문에 운현의 입에서 기운 이야기가 나오자 당황한 것이다.

게다가 느껴지는 기운이 마교의 것과 다르다는 말 역시 단창에게는 놀라운 것이었다.

사실 지금까지 다른 사람의 몸에서 풍기는 기운을 가지고 그 사람을 평가한다는 말은 들어본 적이 없었고, 그렇게 해본 적도 없었다.

중원에서는 흔한 일이기는 하지만 지금까지 중원에서 활동해 본 적이 없었던 그들이기에 지금 단창의 놀라움은 당연한 것이었다.

"무, 무슨 소리냐!"

"알고 있을 텐데? 네 자신에게 물어라."

운현은 단창이 자신의 유도심문에 말려들어 가는 것을 보며 계속 질문을 던졌다.

직선적인 화법이 아닌 돌려 따라 하는 것에 약한 단창은 지금 운현이 하는 말에 점점 혼란만 가중되고 있었다.

“네가 익힌 것은 황룡기인가?”

‘역시!’

단창에게서 느껴지는 기운이 익숙하다는 운현의 말은 거짓말이 아니었다. 다만 이미 다 알고 있는 것처럼 행동하고 말한 것이 거짓이었을 뿐이다.

“이미 알고 있던 것 아닌가?”

끄덕.

단창이 힘없이 고개를 끄덕였다.

“너는 무슨 기운을 익혔지?”

“흑룡기다.”

“흑룡기…….”

자신이 알고 있는 황룡기와 적룡기, 청룡기 이외에 다른 기운의 등장이었다.

“그럼 저놈은 무슨 기운을 익힌 것이지?”

“금룡기다.”

“그렇군.”

“이제 어떻게 할 셈이냐?!”

“어떻게 할까?”

자신에게 물은 단창을 향해 운현이 되물었다. 그러자 순간적으로 단창은 당황스러운 표정이 되었다.

“아, 한 가지 물어볼 것이 있다. 지금 중원에서 마교 행세를 하는 녀석들이 전부 네놈들 짓인가?”

“그렇다.”

“그렇군. 일단은 크게 위험하지 않겠어. 마교 놈들은 도대체 무슨 생각으로……?”

혼자 중얼거리던 운현이 단창을 바라보았다. 이제는 어떤 식으로든 눈앞에 있는 사람을 처리해야 할 때였다.

“죽이지는 않겠다.”

아까까지만 해도 죽이고 싶은 마음이 강하게 들었지만 운현은 일단 살려주기로 했다. 마교와 이들, 그리고 자신 사이에 무언가 연결 고리가 있을 것이라는 생각이 든 것이다.

운현의 말에 단창은 흔들리는 눈동자로 운현을 바라보았다. 지금 당장 죽어도 어찌 할 방법이 없는 상황. 그럼에도 자신을 살려주는 운현을 이해할 수가 없었다.

“무슨 꿍꿍이지?”

“음?”

“왜 살려주는 것이냐고 묻는 것이다.”

“글쎄, 왜 살려주는 것일까?”

운현이 미소를 지으며 말했다. 그러자 단창은 알 수 없다는 표정을 지으며 운현을 바라보았다.

“가서 전해라. 너희들의 야심은 내가 막아주겠다고. 금선도는 절대로 세상으로 나오지 못할 것이라고.”

운현의 말에 단창은 눈을 동그랗게 뜨고 운현을 바라보았다. 설마하니 그런 것까지 알고 있을 것이라고는 생각하지 못한 것이다.

"내가 이러한 사실을 알고 있는 것이 신기한가?"

"솔직히 그렇다."

"내가 이 검을 가지고 있다는 사실만으로도 알고 있을 텐데?"

"그렇군. 생각이 짧았다."

어느새 단창의 상처에서 흘러내리던 피가 멈추었고, 작은 상처들은 아물어가고 있었다.

"흑룡기의 효능인가?"

"그렇다. 황룡기도 비슷하겠지."

단창의 말에 운현이 고개를 끄덕였다.

"살려준 것에 대해서는 고맙게 생각하지. 하지만 이번이 마지막이다. 죽은 내 친구 녀석의 원한은 반드시 갚을 것이고 내가 아니더라도 나보다 더 강한 누군가가 복수를 할 것이다. 우리는 언제나 죽어도 같이 죽고 살아도 같이 살자고 맹세를 한 사이니까."

단창의 말에 운현은 고개를 끄덕였다.

"아까도 말했듯이 두렵지 않다. 너희들의 그런 야욕, 내가 막아주겠다."

운현의 말에 고개를 끄덕인 단창이 홍소담의 주검으로 다가갔다. 싸늘해진 그의 주검을 들어올리며 단창은 눈물을 흘리고 있었다.

“가자!”

홍소담이 죽고 지금까지 이 자리에 있었던 단창의 수하들이 그의 뒤를 따랐다.

운현은 멀리 사라져 가는 그들의 뒤를 한참 바라보았다.

“이제 녹림인가? 시작되었을지도 모르겠군.”

일단 이곳에 오기 전에 발은 묶어두었지만 상황이 어떻게 되었는지 모르기에 운현은 곧바로 무당으로 향했다.

그리고 방금 전에 알아낸 사실은 잠시 묻어두어야겠다고 생각하는 운현이었다.

第五章
녹림 對 운현

"이 녀석은 도대체 어디로 간 거야!"

"사형, 흥분하지 마십시오. 안 그러면 또 몸 상하십니다."

"시끄럽다!"

청산이 흥분하여 소리쳤다. 무슨 일 때문인지 굉장히 화가 난 것처럼 보였다.

"오겠지요. 그 녀석이 어디로 갔겠습니까? 게다가 혼자 돌아다닌다고 한들 그 녀석 몸에 생채기 하나 낼 수 있는 사람이 있겠습니까?"

"그래도! 어디를 가면 간다 말을 하고 다녀야 할 것 아니야!"

돌아오지 않은 운현 때문에 잔뜩 화가 난 청산은 쉽게 흥분을 가라앉히지 못하고 있었다.

"녹림은?"

"얼마 안 왔습니다. 현이 녀석이 어떻게 손을 써놓은 모양입니다."

"흥!"

청산이 콧방귀를 뀌었다. 운현이 자신의 말을 들었을 것이라 생각하지 않고 있는 모양이었다.

"아무튼 조금 기다려 보지요. 당장 급한 것도 아니고 곧 돌아올 겁니다."

"모른다! 어쨌든 저들이 언제 속력을 높여 이곳으로 쳐들어올지 모르는 일이니 단단히 준비를 해둬라. 녹림이라고 해서 절대로 무시해서는 안 돼! 우리는 화산과 다르다!"

"알겠습니다."

청현이 고개를 끄덕였다. 그리고 청산은 여전히 분이 풀리지 않은 표정을 지은 채로 창밖으로 시선을 돌렸다.

단창 등과 헤어진 운현은 곧바로 무당으로 향했다. 청산의 몸이 완벽하지 않은 상태에서 임호명을 상대하기란 역부족이라고 생각했기 때문이다.

잠시 보고만 오려 했지만 뜻밖의 상황으로 시간을 어느 정도 지체했기에 운현의 발은 더욱더 빠르고 쉼없이 움직여 갔다.

“젠장. 사부가 욕하고 있나?”

운현이 가려운 귀를 만지며 중얼거렸다. 자신이 돌아오지 않아 불같이 화를 내고 있을 청산의 모습이 눈앞에 선했다.

“얼마 안 남았으니 서두르자.”

무당으로 향하는 운현의 발이 더욱더 빨라졌다.

“맹주, 꼭 가야 하는 거요?”

“그럼 가야지, 어쩌겠느냐? 그리고 갑자기 왜 이래? 얼마 전까지만 해도 빨리 가자고 서두르던 놈이!”

입장이 바뀌었다. 처음에 가기 싫어했던 임호명은 무당으로 가야 한다고 발걸음을 재촉하고 있었고, 빨리 가자고 했던 장기두는 가기 싫어하는 표정이 역력했다.

“그거야 그때는 검존의 실력이 그렇게 고강할 줄 누가 알았겠소? 맹주 정도면 상대할 수 있을 줄 알았지.”

“너는 소문도 못 들었냐?”

“무슨 소문?”

“검존 혼자서 독혈인 아홉 명을 상대했다는 그 소문 말이다. 그리고 나서도 독강시 스물을 상대했고, 만독문 장로 한 명을 혼자 상대했다는데?”

“그거야 처음에는 안 믿었죠. 소문이야 부풀려지게 마련 아니겠소?”

“부풀려지는 것도 정도가 있는 거다. 그 정도로 부풀려지려면 원래 크기는 어느 정도 되는지 감도 못 잡느냐?”

“끄응!”

장기두가 앓는 소리를 냈다. 그도 그럴 것이 임호명의 말 중에서 틀린 말은 하나도 없었기 때문이다.

“그런 맹주는 어째서 가려는 것이오? 처음에는 그렇게 가기 싫어했으면서?”

“그 사람을 안 만났으면 모르지만 만났는데 어찌 그냥 도망갈 수가 있냐?!”

“왜 그러면 안 되오?”

“하…….”

임호명이 머리를 짚으며 한숨을 쉬었다. 멍청한 것인지 아니면 극도로 지능이 높은 것인지 잘 분간이 안 가는 인간이다.

“안 만났다면 그냥 이대로 방향을 틀어 다른 곳으로 가면 된다. 화산 옆에 빌붙어 사는 종남도 있고.”

“그렇지. 그런데 왜 안 되오?”

“만났으니 문제가 된다. 우리와 만났다는 것은 우리의 움직임이 읽히고 있다는 것. 그것은 비단 무당에만 해당되는 말이 아닐 것이야. 지금에 와서 방향을 돌리기에는 적들이 대비를 할 시간이 늘어난다.”

“당사자인 무당은 더 많이 대비할 것 아니오?”

“하지만 무당의 힘은 많이 약해진 상태. 아무리 대비를 했

다고 해도 어쩔 수 없는 부분이 있다. 머릿수. 그것으로 밀어
붙여야지."

"가능하겠소?"

"그러니까 빨리 가야 한단 말이다. 무당에 그 검존이 도착
하기 전에."

"그냥 돌아갑시다."

"또 그 소리! 그냥 이대로 돌아가면 우리가 마교와 한 거래
는 전부 물거품이 된단 말이다!"

"솔직히 맹주는 마교에서 그 조건을 제대로 이행할 것이라
믿었단 말이오?"

"뭐야?"

임호명이 인상을 구겼다. 자신의 말에 사사건건 딴죽을 걸
고 들어오는 장기두에게 마음이 상한 것이다.

"솔직히 지금까지 우리가 녹림맹이라는 이름으로 겉으로
보이기에만 떵떵거렸지 실상은 그렇지 않다는 것을 잘 알잖
아? 우리 힘이 많이 약해진다고 해도 일단 마교에 도움만 된
다면 어느 정도 뜯어낼 수는 있겠지. 처음부터 많은 양을 불
러야 나중에 받을 때 적게 받아도 평균 이상을 받을 수 있는
법이다."

임호명의 말에 장기두가 고개를 끄덕였다. 그런 생각까지
하고 있을 것이라고는 생각하지 못한 것이다.

"빨리 가죠."

장기두가 임호명 앞으로 나서며 말했다. 이제야 자신을 이해하는 장기두를 보며 임호명이 보일 듯 말 듯한 미소를 지어 보였다.

녹림의 속도가 빨라졌다. 그에 무당 은자각에서 예상한 도착 시간보다 빨라질 것도 당연했다.

그것을 모두 파악하고 있던 은자각은 곧바로 자소궁에 이러한 사실을 보고했고, 무당 전체에는 비상이 걸렸다.

그들이 도착할 때에 맞추어 모든 것을 준비하던 일정에 차질이 빚어진 것이다.

사람이 하루 동안에 할 수 있는 일이 한정적인 만큼 그들이 느끼는 불안감과 초조함, 압박감은 훨씬 더했다.

그러면서 그들의 머릿속에 자연스럽게 떠오른 사람이 바로 운현이었다.

화산파가 무너졌다는 소식도 들었다.

그리고 화산파 장문인이 죽었다는 소식도 들었다.

하지만 화산에는 없었고, 무당에는 있는 것이 있다.

바로 운현의 존재였다.

그런 운현의 존재가 무당파 제자들에게 있어서는 커다란 힘이면서 희망이 되고 있었다.

그런 운현이 현재 부재중이니 그 불안감은 점점 커져만 갔다.

"왜 이리 축 처져 있는 것이냐! 적들이 코앞까지 왔다!"

청현의 외침에 어딘가 모르게 힘이 빠져 있고 불안해하는 모습을 보이고 있던 무당파 제자들이 청현을 바라보았다.

"운현 사형께서는 안 오십니까?"

누군가가 물었다. 그에 청현은 이들의 모습이 운현 때문이라는 것을 깨달을 수 있었다.

"운현 때문이냐!"

"사형."

청산이 밖으로 나왔다. 부상의 후유증으로 아직 오래 돌아다니지 못하는 그가 자소궁 밖으로 나온 것이다.

"운현이 없었어도 우리는 그 강한 마교와 대치하였고, 승리를 쟁취해 왔다. 운현의 존재가 크기는 하지만 너희들이 가진 힘 역시 결코 작지 않다. 믿어라! 너희들의 힘을 믿는 것이다!"

청산의 목소리는 크지 않았지만 힘이 있었다. 듣는 이로 하여금 힘을 내도록 만드는 그런 목소리였다.

운현만큼은 아니지만 그에 버금가는, 그리고 장문인인 청산이 그렇게 이야기를 하자 다들 조금은 힘을 내는 것 같았다.

그리고 그 덕분인지 겉으로 보이던 초조함과 불안감들이 많이 걷히고 있었다.

'역시 사형이다!'

청현 자신은 죽었다 깨어나도 하지 못할 일이다.

수많은 사람들을 이끌어가는 능력. 즉, 한 무리의 수장이 될 능력은 타고나는 것이다.

청현 자신은 사람들에게 명령을 내리고 무언가를 시킬 수 있는 위치에 있지만 청산만큼 그 사람들이 자신을 따르게 만들 수는 없었다.

그것이 청산과 청현의 차이였다.

"운현의 빈자리가 생각보다 크구나."

"그렇습니다. 이 정도로 운현에게 의지하고 있는 줄은 몰랐습니다."

청현의 말에 청산이 고개를 끄덕였다.

"이 녀석, 오기만 해봐라. 가만 놔두지 않을 것이야."

"일단은 닥친 일 수습부터 하고 하시지요. 그전에 요절하면 어떻게 하겠습니까?"

조금 여유가 생긴 청현이 청산에게 농을 건넸다. 그것을 청산 역시 미소로 받았다.

'어서 와라, 이 녀석아!'

청산이 속으로 돌아오고 있을 운현을 향해 외치고 있었다.

하지만 운현은 빨리 돌아오기 어려운 상황에 놓여 있었다. 서둘러 무당으로 향하던 운현과 조금씩 속도를 높여 무당으로 향하던 녹림이 어느 지점에서 딱 마주친 것이다.

“어!”

운현이 임호명을 보고 처음에 내뱉은 말이었다.

“소리의 의미는 무엇이오?”

임호명이 물었다.

“왜 아직도 여기 계십니까?”

“그게 무슨 말이오?”

이해가 가지 않는 운현의 물음에 임호명이 다시 되물었다. 그러자 자신의 말이 앞뒤 다 자른 물음이었다는 것을 깨달은 운현이 부연 설명을 했다.

“내 계산대로라면 아직 이곳에 당도 못했거나 아니면 벌써 이곳을 지나 무당 가까이에 있어야 한다는 말입니다.”

“어떤 것을 원하시었소?”

“상관없었습니다. 늦어도 좋고, 늦지 않는다 하여도 나 하나 없다고 쓰러질 무당이 아니니.”

“음……”

임호명이 고개를 끄덕였다. 어떤 상황이 되든 무당을 이기는 것은 어려운 일이었다.

“아무튼 이렇게 만났으니 그냥 가기는 어려울 것 같고……”

운현의 말에 임호명의 얼굴에 순간적으로 불안한 감정이 스쳐 지나갔다.

“어떻게… 여기서 끝을 보시겠습니까?”

“어이가 없군!”

대답을 한 것은 장기두였다. 임호명이 무슨 말을 하려 하였지만 장기두가 약간 더 빨랐다.

“지금 맹주님 뒤에 서 있는 우리는 졸로 보이나?”

반말이었다. 임호명은 운현을 존중하여 존대하고 있었지만 장기두는 그럴 마음이 없어 보였다.

물론 운현이 상상도 못할 고수라는 것은 알고 있지만 임호명이 있고 자신이 있고, 녹림맹에 속한 여러 채주들이 있었으며 그 뒤를 따르는 이백에 달하는 녹림도들이 있었다.

제아무리 검존이라 할지라도 머릿수를 당해낼 수는 없는 법. 장기두는 그것을 믿고 있었다.

“누가 졸로 보인다 했소?”

운현도 반말로 나갔다. 상대가 자신에게 반말을 하는데 자신이라고 높여줄 필요가 없었다.

“뭐라? 그럼 그 말은 무엇이냐! 이 자리에서 우리 전부를 상대하겠다는 말 아니던가?!”

장기두가 화가 나서 소리쳤다. 분명 운현이 자신을 기만하고 있는 것이라 생각한 것이다.

“하지만 나로서도 이대로 그냥 지나칠 수는 없는 노릇 아니오? 나도 무당의 제자라오.”

운현의 말을 듣고 보니 고개가 끄덕여지는 장기두였다.

자신이라도 맹으로 쳐들어오는 적을 먼저 만났는데 그냥

지나치지는 않을 것 같았다.

하지만 그래도 분하고 괘씸한 것은 어쩔 수가 없었다.

"나서지 마라."

임호명이 장기두의 어깨를 잡으며 말했다. 그리고는 다시 운현을 바라보았다.

"그럼 어찌하시겠소? 지금 상황이 우리에게 유리한 것은 확실한 것이고. 하지만 우리도 그대를 이기려면 많은 희생을 감수해야 하는 상황인데."

"싸워야지요."

임호명의 얼굴이 살짝 굳었다. 설마하니 조금의 망설임도 없이 싸우겠다는 말이 나올 줄은 몰랐던 것이다.

"하……."

임호명이 고개를 끄덕였다. 이해하지 못하는 것이 아니기에 덤덤하게 받아들이기로 한 것이다.

'여기가… 내 무덤이다.'

이를 악무는 임호명이다.

임호명이 도를 꺼내 들었다. 그리고 운현도 구룡검을 꺼내 들었다.

이백이 넘는 인원을 앞에 두고도 운현은 전혀 기죽은 모습이 아니었다.

오히려 자신감에 차 있는 것같이 보일 정도로 살짝 미소 띤 얼굴을 하고 있었다.

너무 자연스런 표정이기 때문일까?

그런 운현의 얼굴 표정을 보는 녹림도들이나 임호명을 제외한 다른 채주들은 분노보다는 오히려 두려움을 느끼고 있었다.

자신의 힘에 대한 믿음!

그리고 그 누구에게도 지지 않을 정도로 강하다는 자신감!

그런 것이 운현의 몸에 자연스럽게 묻어나고 있었다.

"제가 먼저 갈까요, 아니면 먼저 오실래요?"

운현의 물음. 어느 쪽이든 상관없다는 운현의 말투에 임호명은 순간적으로 잠시 고민에 빠졌다.

"안 오시면 제가 먼저 갑니다!"

타앗!

운현이 가볍게 지면을 박찼다.

힘도 별로 주지 않은 것 같았지만 운현의 신형은 어느새 임호명의 코앞에 다가가 있었다.

챙!

빠르게 다가가고 빠르게 휘둘러진 운현의 검이지만, 임호명의 반응 역시 빨랐다.

운현의 실력을 잘 알고 있기에 어느 정도 대비를 한 까닭이다.

'쳇!'

속전속결로 임호명을 끝내면 이번 싸움이 수월해질 것이

라 생각했던 운현은 임호명이 쉽게 져줄 것 같지 않자 속으로
안타까워했다.

"일 대 일은 안 된다! 맹주님을 도와라!"

임호명이 나서지 말라고 했지만 임호명이 운현에게 패하
는 꼴을 볼 수 없던 장기두가 소리쳤다.

그러자 채주들 몇 명이 장기두와 함께 운현에게로 달려들
었다.

"뭐 하는 짓이냐!"

임호명이 운현의 검을 막아내며 소리쳤다. 하지만 운현의
검을 막는 것도 버거운 상황인지라 더 이상의 말을 할 수가
없었다.

"이번에는 명령 좀 어겨야겠소!"

장기두가 소리치며 임호명을 공격하느라 텅 비어 있는 운
현의 옆구리로 검을 찔렀다.

파밧!

옆구리로 서늘한 검기가 다가오는 것을 느낀 운현이 재빨
리 몸을 틀며 거리를 벌렸다.

그 때문에 임호명의 가슴팍에 생겼어야 할 상처는 다음을
기약하게 되었다.

'꼬이네…….'

운현이 속으로 중얼거렸다.

빨리 끝내고 무당으로 복귀하는 것은 물 건너간 것 같았다.

운현이 녹림을 상대로 홀로 싸우고 있을 때 무당에서는 녹림이 오지 않아 의아해하고 있었다.

"어떻게 된 일인가?"

청산이 중얼거렸다. 예상대로라면 지금은 녹림과 치열한 싸움을 벌이고 있어야 할 때였다.

"사형!"

"어떻게 되었느냐?"

"깜짝 놀랄 소식입니다!"

급히 은자각으로부터 정보를 받아 들고 온 청현의 얼굴은 상기되어 있었다.

"무슨 소식인데 그러는 것이냐?"

"현이 이 녀석이 또 일을 냈습니다!"

"무슨 일!"

청현의 입에서 운현의 이름이 나오자 청산이 깜짝 놀라 목소리를 높였다.

운현이 자신의 손에서 벋어나 어엿하게 자랐음에도 운현에 관한 이야기만 나오면 걱정이 되는 청산이었다.

"이곳으로 오는 도중에 녹림을 만난 모양입니다! 현재 혼자 그들과 싸우고 있다고……!"

"뭐야!"

쾅!

청산이 탁자를 세게 치며 자리에서 일어났다. 그리고는 화가 난 표정으로 청현을 바라보았다.

"그런데 왜 여기에 있는 거냐!"

"예?"

청현은 청산의 말이 무슨 말인지 모르겠다는 표정으로 그를 바라보았다.

"나한테 오기 전에 먼저 지원 병력을 보냈어야지!"

"안 그래도 보냈습니다. 일단 은자각 인원을 보냈고, 조금 더 보낼 예정입니다."

"그래? 그럼 네가 직접 가라. 단순히 운현을 돕는 것이 아니라 녹림과의 싸움을 끝내야 한다!"

"알겠습니다!"

청현이 서둘러 나갔다.

'녀석······.'

지금쯤 녹림도들을 맞아 힘겨운 싸움을 벌이고 있을 운현을 생각하며 청산은 걱정스런 표정을 지었다.

너무 쉽게 생각했다.

아직 임호명은 버티고 있었고, 자신에게 달려들었던 채주네 명을 베었다.

게다가 그 뒤를 따라 자신에게 검을 뿌렸던 녹림도 열 명이상이 죽었다.

하지만 그것은 극소수. 아직도 이백에 달하는 인원이 남아 있었다. 그렇지만 운현은 조금씩 힘이 들고 있었다.

차라리 독강시 이십여 구를 상대하는 것이 훨씬 편했다.

그것들은 이지가 없기 때문에 동시에 공격을 해도 손발이 맞지 않는다. 그저 적들을 공격해야 한다는 공격 본능만 가지고 움직이기 때문이다.

하지만 인간은 생각이라는 것을 할 수 있다. 그렇기 때문에 동료가 어떻게 공격을 했을 때 자신이 어떻게 해야 적을 손쉽게 제압할 수 있는지를 생각하게 되고, 그렇기 때문에 합격(合擊)이라는 것이 생겨났다.

지금 상황이 그랬다. 개개인의 실력은 운현에 비하여 한참 떨어지는 실력이다. 하지만 그들의 합격은 아무리 높은 실력을 가진 운현이라 할지라도 쉽게 뿌리치기 어려운 것이 있었다.

'쳇!'

방금 전에 펼친 회심의 공격도 무위로 돌아갔다. 처음에는 그렇지 않았는데 이제는 점점 무위로 돌아가는 경우가 많아졌다.

'어떻게 타개해야 하나?'

물론 합격도 깨부술 수 있는 강한 힘으로 공격하면 그만이다.

하지만 그 다음에는 나머지 이백의 숫자를 감당하기가 어려울 것이다.

"하하하! 아까의 그 자신감은 다 어디로 갔지?!"

처음과는 달리 자신들이 운현을 점점 몰아세워 가자 장기두가 훨씬 더 기고만장해져서 소리쳤다.

그러면서도 그의 손은 쉴 새 없이 휘둘러지고 있었다.

콰콰콰!

퍼억!

"큭!"

아까부터 장기두의 입이 마음에 안 들었던 운현은 동시에 자신에게 날아드는 검을 필사적으로 막아내며 장기두의 가슴팍을 발로 강하게 걷어찼다.

그에 방금 전까지 운현을 무시하던 장기두의 입이 멈추자 운현이 작게 중얼거렸다.

"난 입만 나불거리는 놈들이 제일 싫어."

운현은 대단했다. 이 많은 사람들 속에서 아직까지도 버티고 있었으니.

운현이 처리한 인원이 벌써 서른 명이 넘어가고 있었다. 한 가지 다행스러운 점이 있다면 임호명과 장기두, 그리고 채주들을 제외하고는 무공이 그리 강하지 않다는 점이다.

"헉! 헉!"

운현이 거칠게 숨을 쉬기 시작했다. 그만큼 힘들다는 말과 같았다.

'계속 이 자리에서만 싸우면 불리할 뿐이다. 내가 유리한 쪽으로 움직여야 돼!'

아는 것이 아니었다. 처음 겪는 일이지만 위급한 상황에서 나타나는 본능과도 같은 생각이었다.

'뚫는다!'

운현은 포위망이 얇은 쪽. 즉, 자신의 뒤쪽을 뚫기로 마음먹었다.

그리고 자신이 이곳을 빠져나가 무당으로 가게 된다면 길이 되는 방향이기도 했다.

파밧!

"앗!"

임호명이 소리를 질렀다.

자신이 서 있는 곳은 운현의 뒤쪽. 그리고 그 뒤쪽에서 운현 쪽으로 도를 휘두르고 있는 상황이었다.

그런 것을 모를 운현이 아니었다.

그럼에도 불구하고 자신의 도를 향해 몸을 던지는 운현을 보며 임호명은 놀라지 않을 수가 없었다.

그러나 어쩔 수 없는 일.

당황스럽기는 하지만 지금 이 기회가 운현을 끝낼 수 있는 절호의 기회라는 것을 알기에 휘두르는 도의 속도를 더했다.

이런 상황에 임호명뿐만이 아니라 운현을 상대하고 있는

녹림 무리 전부가 희열에 찬 표정을 지었다.

운현이 절대로 지금 상황을 피할 수 없을 것이라 생각한 것이다.

"하하하! 꼴좋구나!"

장기두가 다시 소리를 질렀다. 아까 운현에게 맞은 가슴팍의 통증이 말끔히 사라진 것 같았다.

그러나 그 순간 놀라운 일이 벌어졌다.

도기를 머금은 임호명의 도가 운현의 등에 닿으려는 찰나, 운현의 몸이 기이하게 틀어진 것이다.

쾅!

그와 동시에 검기를 머금은 구룡검이 임호명의 도와 부딪쳤다.

"크흑!"

공중에서 몸을 틀어 부딪친 것이라고 믿기지 않을 정도로 심한 반동이었다.

그에 임호명은 뒤로 이 장 정도 밀려났다.

'그자는?!'

뒤로 밀리는 신형을 겨우겨우 바로잡은 임호명은 운현을 향해 시선을 돌렸다.

"저, 저런!"

공중에서 부딪쳤기 때문에 멀리 날아가 처박혔을 것이라 생각했던 임호명은 운현을 보고 놀랄 수밖에 없었다.

검과 검이 부딪치며 정확히 말하면 검기와 도기가 충돌하여 생긴 반동에 맞서지 않고 적절히 흘리면서 일부 반동을 이용하여 바닥에 착지하고 있었던 것이다.

더욱이 놀라운 것은 운현이 착지한 그곳에는 녹림도들이 없다는 사실이었다.

두텁다고 생각한 포위망이 순식간에 뚫리는 순간이었다.

"잡아라!"

임호명이 소리쳤다. 그와 동시에 운현이 신형을 날렸다.

운현과 녹림도의 쫓고 쫓기는 추격전이 시작되는 순간이었다.

"검존이 겁먹고 도망간다!"

"우~! 쪽팔리지도 않나!"

"검존이 뭐 저러냐!"

운현의 뒤쪽에서 운현을 도발하는 목소리들이 들려왔다. 도망가는 운현의 발을 멈추게 하기 위함이었다.

하지만 도망치려고 하면 그들이 따라오지도 못할 정도의 속도로 도망갈 수 있는 운현으로서는 끓어오르는 속을 참느라 이마에 힘줄만 튀어나올 뿐이었다.

'어디 없냐!'

운현이 주변을 두리번거리며 무언가를 찾았다.

어떤 물건을 찾는 것 같기도 했고, 어떤 사람을 찾는 것 같기도 했으며 어떤 장소를 찾는 것 같기도 했다.

'아!'

그렇게 한참을 달리던 운현의 눈에 무언가가 들어왔고, 운현은 곧바로 그리로 달려갔다.

운현이 그리 애타게 찾던 것은 물건도 아니고 사람도 아닌 '장소'였다.

혼자서 여럿을 상대하기에 최적의 조건을 가진 장소.

그곳을 찾아 돌아다닌 것이다.

척!

도망가던 운현이 걸음을 멈추고 돌아섰다. 그리고는 득의양양한 미소를 지으며 녹림도들을 바라보고 있었다.

"이제 다 도망친 것이냐!"

이번에도 역시 장기두였다. 도대체 입으로 싸우는 것인지 검으로 싸우는 것인지 분간이 안 갈 정도였다.

"또 너냐?"

"뭐야?"

참다못해 운현이 한마디 했다. 자신보다 어린 운현이 자신에게 반말을 하자 발끈한 장기두가 운현을 향해 눈을 부릅떴다.

"자……."

운현이 그런 장기두에게서 신경을 거두고 앞에 있는 사람들을 바라보았다.

운현이 미소를 지은 상태로 자신들을 바라보자 장기두를
제외한 나머지 사람들은 조금씩 불안감을 느끼기 시작했다.

방금 전까지 도망을 치던 사람이 어디서 저런 자신감이 나
온단 말인가!

"이런!"

임호명이 소리쳤다. 그러자 운현의 입가에 피어오른 미소
가 더욱 짙어졌다.

이제야 깨달은 것이다.

운현이 서 있는 곳은 계곡처럼 살짝 들어가 있는 곳이었다.

깊게 들어간 곳은 아니지만 적어도 뒤나 양옆으로 적들이
다가올 수 없는, 즉 포위당하지 않는 지형인 것이다.

"이것이었나!"

다 잡았다고 생각했다.

운현이 도망치는 순간 장기두처럼 입 밖으로 내뱉지는 않
았지만 통쾌했다.

천하의 검존이라 불리는 사람을 자신들이 도망치게 만들
고 있었으니.

하지만 그것은 착각이었다.

자신들에게 패해 도망치는 것이 아니라 자신들을 유인하
기 위함이었다.

그리고 자신이 필승하기 위한 무언가를 찾기 위함이었다.

그것도 모르고 자신들은 여태껏 운현의 뒤를 졸래졸래 따

라온 것밖에 안 되는 것이었다.

"깨달았으면……."

우우웅!

운현이 구룡검에 진기를 불어넣으며 들어올렸다.

"이제 덤벼보시지? 이제 이차전 시작이야."

순간적으로 몸이 오들오들 떨리는 녹림도들이었다.

은자각의 무사들은 빠른 속도로 달렸다.

하지만 운현과 녹림도들을 찾을 수가 없었다.

예상대로라면 분명 이곳에 있어야만 하는데 그들이 사라

진 것이었다.

"서둘러 찾아라!"

한 무사의 명령에 은자각 무사들이 일제히 흔적을 찾기 시

작했다.

다급할 수밖에 없었다.

일 대 이백의 싸움.

누가 봐도 불리한 싸움이었다. 목숨을 잃을 수도 있는 그런

싸움.

게다가 무당의 얼굴이라 할 수 있는 검존이다.

큰 도움은 못 되더라도 힘을 보태야 했다.

흔적을 찾는 그들의 얼굴에는 결연한 의지가 한줄기 피어

오르고 있었다.

“크악!”

“으아악!”

연신 터져 나오는 비명 소리, 병장기 소리와 함께 혈향(血香)이 가득한 것만 보아도 누군가가 죽어나가는 소리라는 것을 알 수 있었다.

하지만 죽어나가는 사람은 전부 다 다른 사람들이었다. 목소리가 전부 달랐으니.

죽어나가는 쪽은 먼저 달려든 녹림도들이었다.

임호명이나 다른 채주들이 먼저 달려드는 것은 승산을 줄이는 일이었다.

아무리 지형적으로 유리한 곳을 점했나 하더라도 머릿수로 밀어붙이면 힘은 떨어지게 되어 있는 법.

임호명과 채주들은 그 기회를 노리고 있는 것이다.

하지만 시간이 조금씩 흐르면서 임호명 등은 그것도 잘못된 계획이 아닐까 하는 생각을 하고 있었다.

전혀 지치는 기색이 없이 검을 휘두르고 있는 운현 때문이었다.

지금까지 운현이 베어 넘긴 인원은 총 합쳐서 일흔에 가까워 가고 있었다.

“어떻게 사람이 혼자 일흔 명을 상대할 수 있단 말인가!”

임호명이 소리쳤다.

아무리 강한 고수라고 해도 혼자서 일흔 명을 베었다는 말은 들어본 적이 없다.

그들도 인간이기에 한계가 존재했던 까닭이다.

하지만 지금 운현의 모습에서는 그런 한계를 찾아볼 수가 없었다.

그에 임호명은 점점 더 애가 타고 있었다.

"으아악!"

비명 소리. 하지만 들려온 방향이 달랐다.

휙!

임호명을 비롯한 몇몇 채주들의 고개가 뒤쪽으로 돌아갔다.

"적이다!"

"젠장!"

뒤쪽에서 대기하고 있던 녹림도들이 하나둘씩 쓰러져 가고 있었다.

적이 나타난 것이다.

지금 상황에서 나타날 수 있는 적이라면 무당밖에 없었다. 은자각 무사들이 운현을 찾은 것이다.

"뒤쪽도 막아라! 서둘러라!"

임호명이 소리쳤다. 자칫하면 자신들이 앞뒤로 포위당하는 꼴이 될 수도 있었다.

비록 앞에는 운현 한 사람만이 있었지만 그 힘은 수십 명의 힘과 맞먹는 것이라 할 수 있었다.

이미 그 혼자서 일흔 명 가까이 되는 사람들을 쓰러뜨렸기에.

임호명의 얼굴이 점점 구겨지기 시작했다.

“어디냐!”

은자각이 운현을 찾는 데 어려움을 겪었듯 뒤늦게 무당파 제자들을 데리고 길을 떠난 청현 역시 애를 먹고 있었다.

그나마 다행인 점은 은자각 무사들이 표식을 남겨 길을 가르쳐 주었기에 조금 더 수월하다는 차이뿐이었다.

표식이 있지만 멀리 떨어져 있는 것은 마찬가지.

시간이 오래 걸리면 걸릴수록 위험한 것은 녹림이 아닌 무당이었다.

“속도를 더 높여라!”

청현의 목소리가 그 어느 때보다도 더 크게 울려 퍼지고 있었다.

운현을 구하기 위해 급파된 은자각의 무사들 수는 이십여 명. 그들도 무당의 제자들인지라 하나하나의 실력은 일반 녹림도들에 비해서 높은 것이 사실이었다.

하지만 그들의 등장을 알아차린 몇몇 채주들이 뒤쪽에서 합세하자 상황은 급변하기 시작했다.

비록 녹림이지만 채주들의 무공은 높게는 구대문파 장로 수준에 버금가는 사람들도 있었고, 낮아도 일대제자 이상의 수준까지는 되었다.

그런 채주들이 합세하고 머릿수로도 밀리는 상황이 되자 승기를 잡고 앞으로 밀고 나가던 은자각 무사들은 오히려 후퇴하고 있는 상황이었다.

앞쪽에서 싸우고 있어 보이지는 않지만 운현 역시 그런 사실들을 어렴풋이 느끼고 있었다.

'더는 안 오려나?'

이제 남은 녹림도는 백 명 정도. 백 명 이상의 사람들을 쓰러뜨렸지만 아직도 그 정도나 남은 것이다.

게다가 문제는 이제 정말로 힘에 부친다는 점이다.

아무리 진기가 많고 활발하게 움직여도 이렇게 장기전을 치러본 적이 없었던 까닭이다.

'일단……'

우우웅!

구룡검이 지금까지와는 다르게 큰 울음소리를 냈다. 구룡검에 지금까지와는 차원이 다를 정도로 많은 양의 진기가 주입되고 있었기 때문이다.

'……!'

그것을 임호명 정도 되는 사람이 못 느낄 리가 없었다. 구룡검에 모이는 엄청난 양의 진기를 느낀 임호명이 다급하게 소리쳤다.

"물러서라! 맞으면 끝장이다!"

그러면서 임호명 자신도 재빨리 뒤로 물러섰다.

하지만 일반 녹림도들의 움직임은 임호명이나 채주들처럼 날렵하고 빠르지 못했다.

임호명의 명령을 듣고 뒤로 물러서기는 했지만 서로가 엉켜 제대로 물러서지 못하고 있었다.

"하압!"

운현이 앞으로 검을 크게 휘둘렀다.

그와 함께 구룡검에 응축되어 있던 진기가 늘어나듯 앞으로 쭉 뻗어 나왔다.

"끄아아악!"

"크아악!"

우왕좌왕하던 녹림도 스무 명가량이 순식간에 목숨을 잃었다.

엄청난 일격에 순간적으로 정적이 찾아들었다.

이 정적 속에서 오직 하나의 소리가 있다면 그것은 거친 숨을 쉬는 운현의 숨소리뿐이었다.

'거, 검강!'

검강이다. 틀림없이 검강이다.

물론 운현이 검강을 사용한 것이 처음은 아니다. 만독문과의 일전 때에도 검강을 사용했었다.

하지만 임호명은 운현이 검강을 사용한다는 말을 들어본
적이 없었다.

검강이라니.

꿈의 경지.

비록 자신은 도를 사용하는 사람이기는 하지만 검강이든
도강이든 사용하는 무기의 차이일 뿐 똑같은 것이다.

자신은 그저 꿈만 꾸어왔던 그런 것을 눈앞의 젊은 청년은
실제로 보인 것이다.

스스스.

구룡검의 길이보다 이 장가량 더 치솟아 있던 운현의 검강
이 점점 사라지기 시작했다.

그리고 그와 동시에 임호명의 눈에 지쳐 헐떡거리고 있는
운현의 모습이 뉴에 들어왔다.

“상대는 지쳤다! 달려들어라!”

운현이 검강을 펼쳤다는 사실에 놀라 잠시 동작을 멈추었
던 임호명이 소리쳤다.

하지만 방금 전의 일격에 공포를 느낀 녹림도들은 지친 운
현에게도 다가설 엄두를 내지 못했다.

운현에게 있어서는 다행스러운 점이었다.

현재 태극진기는 바닥이 나 있었고, 황룡기가 빈자리를 메
워주고는 있었지만 그마저도 많이 줄어 있었다.

처음 있는 일.

황룡기까지 이렇게 소모하는 것은 처음 겪는 일이었다.

'후우… 한계?

운현이 작게 한숨을 쉬며 눈앞의 적들을 노려보았다.

역시 무리였다. 애초에 이 많은 인원과 싸우기로 마음먹었다는 사실 자체가.

하지만 어쩌겠는가? 이미 엎질러진 물이거늘.

"후우……."

운현이 호흡을 가다듬으며 허리를 바로 했다.

어깨로 쉬던 숨은 많이 차분해져 있었고, 지쳐 쓰러질 것만 같던 운현의 얼굴 역시 많이 편안해져 있었다.

마치 그 짧은 시간에 회복한 것 같은 모습을 보이고 있었다.

"윽!"

그러자 임호명을 비롯한 녹림도들은 더욱더 운현에게 달려들 수가 없었다.

회복한 듯한 모습의 운현이 방금 전의 일격을 한 번 더 날릴 것만 같았기 때문이다.

'남은 진기는…….'

역시 황룡기다. 많은 양은 아니지만 방금 전보다는 훨씬 나았다.

마치 우물물이 샘솟듯 조금씩이나마 진기가 채워지고 있었다.

‘해보자!’

이를 악문 운현이 조금씩 진기를 구룡검에 불어넣었다.

우우웅!

또다시 포효하는 구룡검. 그 소리를 들은 녹림도들의 얼굴이 사색이 되었다.

검강까지는 아니지만 운현의 검에 다시금 황금빛의 무언가가 씌워지고 있는 것을 본 까닭이다.

‘후퇴해야 한단 말인가!’

임호명은 너무나도 안타까웠다.

남은 인원을 전부 투입하면 잡을 수도 있을 것이다. 하지만 지금까지 버틴 운현이 앞으로 더 버티지 못하리라는 법은 없었다.

‘젠장!’

“후퇴다! 후퇴하라!”

임호명이 소리쳤다. 그러자 겁을 먹고 겨우겨우 서 있던 녹림도들이 재빨리 꽁무니를 빼고 도망치기 시작했다.

뿔뿔이 흩어져서 도망치는 녹림도들.

이런 상황에 대비해서 훈련을 받은 것 같은 모습이었다.

“정말 대단하오!”

그 말을 남기고 임호명 역시 몸을 날렸다.

털썩!

그들이 멀리 사라지자 운현이 그 자리에 주저앉았다. 사실 더 이상 버티기 힘든 상황이었다.

"다행이다……."

그 말을 남기고 운현은 그대로 눈을 감았다. 너무 지쳐 잠시 잠이 든 것이다.

급하게 달려온 은자각 무사들이 운현을 흔들어 깨웠지만 거의 기절하다시피 한 운현은 일어날 줄을 몰랐다.

일 대 이백의 싸움.

거기서 승리를 거둔 운현은 또 한 번 전설을 만들어냈다.

第六章
녹림 몰락, 그리고

뒤늦게 유현이 있는 곳에 도착한 청현은 쓰러져 있는 운현을 보고 기겁을 하여 달려왔다.

실로 엄청난 순간 속도였다.

"현아! 현아! 이 녀석아 눈 좀 떠봐라!"

"잠이 드신 것 같습니다."

"잠?"

은자각 무사 한 명이 청현에게 조용히 말했다. 그에 지금까지 운현이 내상을 입어 쓰러진 것이라 생각했던 청현은 가만히 운현을 바라보았다.

'혈색도 괜찮고 호흡도 고르고 또…….'

청현이 가만히 운현의 손목을 잡고 진기의 흐름을 읽었다.

"음……."

내상 같은 것은 없는 것 같았다.

"험! 험!"

청현이 헛기침을 하며 자리에서 일어섰다. 아무렇지도 않은 운현을 두고 혼자서 난리를 친 것이다.

"그만 돌아가자."

청현이 먼저 몸을 돌렸다. 그러자 은자각 무사 한 명이 운현을 들쳐 업었다.

그들은 서둘러 무당으로 복귀했다.

청현 일행이 돌아오자 청산이 친히 마중을 나왔다. 처음에는 차분한 모습으로 마중을 나왔지만 곧 은자각 무사 한 명에게 업혀 있는 운현의 모습을 보고 호들갑을 떨기 시작했다.

"이게 어찌 된 일이야!"

"조용히 좀 하십시오. 장문이 체통이 바닥에 떨어지겠습니다."

이미 한 번 청산과 같은 행동을 했던 청현이기에 곧바로 그에게 충고를 했다. 하지만 그런 청현의 충고가 귀에 들어오는 상황이 아니었다.

"자고 있는 겁니다. 호들갑 좀 떨지 마십시오, 다들 보지 않습니까!"

청현의 전음에 그제야 청산은 주변을 둘러보았다.

무당파 제자들이 자신을 바라보고 있다는 사실을 깨달은 청산은 곧바로 몸을 바로 했다.

"이제 보니 이 녀석 자고 있군?"

그제야 알았다는 듯 청산이 능글맞게 이 상황을 넘어갔다. 그리고는 주변을 한 번 둘러본 청산이 입을 열었다.

"청현은 곧바로 내 방으로 오도록 하고, 나머지는 모두 제자리로 돌아간다. 그리고 운현은 제 방에 데려다 주도록."

"알겠습니다!"

"예!"

청산이 몸을 돌려 속히 그 자리를 벗어났다. 그리고 청현 역시 청산의 뒤를 따랐고, 그 둘이 자리를 벗어남에 따라 방금 전의 상황 역시 그대로 종결되었다.

"그래, 전부 다 끝났다고?"

"예, 운현이 녀석이 무리를 좀 한 모양입니다."

"그래, 내상은 없더냐?"

"예, 그런 것 같았습니다. 임호명이 현양 진인을 꺾었다 하더라도 운현에게는 안 되는 실력입니다."

"아무리 그래도 잠이 들 정도라니."

싸움이 끝나고 무당으로 돌아오기도 전에 잠이 들어버렸다는 말에 청산은 솔직히 기가 막혔다.

잠이 들었다는 것은 그 정도로 지쳤다는 말도 되지만 긴장이 풀렸다는 말도 되었다.

그런데 언제 적이 되돌아와 덮칠지도 모르는 상황에 긴장을 놓는다는 것은 상상도 할 수 없는 일이었다.

"아무튼 정말 대단한 녀석이다."

"그러게 말입니다."

청현이 고개를 끄덕이며 동조했다.

일 대 이백의 싸움. 자신들은 죽었다 깨어나도 할 생각을 못할 것이다.

실제로 이백 명을 동시에 상대한 것은 아니지만 어찌 되었든 운현은 그 속에서 버텼고, 반 수 이상의 인원을 쓰러뜨렸다.

그것만 가지고도 운현은 중원 최강의 소리를 들어도 될 것이다.

"녹림은?"

"일단 물러났습니다. 하지만 현이 녀석 때문에 정확히 어디까지 물러섰는지는 파악하지 못했습니다."

"걱정할 것 없다. 그 정도 인원 가지고는 더 이상 어찌할 수 없을 것이야. 문제는 마교다. 현이 그 녀석, 분명히 마교 쪽 움직임도 파악했을 텐데 저렇게 자고 있으니 원……."

청산의 말에 청현이 미소를 지으며 입을 열었다.

"이제 막 돌아온 녀석이니 오늘 하루는 푹 쉬게 놔두시지요. 이백 명 가운데서 얼마나 고생이 심했겠습니까?”

“그러고 보니, 그놈 정말 멍청한 놈일세?”

“예?”

뜬금없는 청산의 말에 청현이 눈을 동그랗게 뜨고 그를 바라보았다. 뭐가 멍청하다는 것일까?

“저렇게 쓰러졌다는 것은 진기 소모가 많았고 육체적으로 피로가 쌓였기 때문이겠지?”

“그렇겠죠?”

“그러니까 멍청하다고 하는 거야.”

청현은 무슨 소리인지 몰라 멀뚱멀뚱하게 청산을 바라보았다.

“또 무식하게 검기를 뿌려대며 진기를 마구 소모했겠지. 녹림도들 중에서 검기를 쓸 줄 아는 놈들이 몇 명이나 된다고. 그냥 초식만 가지고 상대해도 쓰러질 놈들이 수두룩했을 것 아니야?”

“그 상황에서 그게 된답니까?”

“그것도 안 되면서 검존이야?”

“하…….”

청현이 못 말리겠다는 듯 한숨을 쉬며 고개를 저었다.

“내일부터 훈련이다.”

아예 고개를 숙이는 청현이다.

운현은 하루를 꼬박 잤다.

녹림과의 싸움 이후 잠에 빠져든 운현은 자신이 어떻게 무당으로 돌아와 있는지 기억도 하지 못할 정도였다.

"일어났어요?"

"어?! 정 소저가 어떻게 여기 있어요?"

"무슨 소리예요? 여긴 무당이에요."

"예? 무당이요?"

운현이 벌떡 일어나 주변을 둘러보았다. 낯익은 가구들과 벽, 천장 등이 눈에 들어왔다.

"정말 여기 무당이에요?"

"네. 못 믿겠어요?"

"아니, 그게 아니라……."

당황스러웠다. 그때 쓰러진 것까지는 기억이 나는데 그 이후부터는 도통 기억이 나지를 않았다.

"내가 여기 언제 왔어요?"

"어제요."

"어제요? 그럼 하루를 꼬박 잤단 말이에요?"

끄덕끄덕.

"큰일 났다!"

정미현이 고개를 끄덕이자 운현이 침상에서 뛰어내렸다. 그리고는 곧바로 겉옷을 입기 시작했다.

"왜요? 무슨 일인데요? 서두르지 말고 천천히 해요."

정미현이 운현에게 물었지만 운현은 대답 대신 옷을 입고 방문 쪽으로 다가갔다.

"운현!"

"미안해요. 사부님께 먼저 다녀올게요. 이따 봐요."

그렇게 말하고는 운현은 곧바로 방을 나섰다. 그리고는 급하게 자소궁으로 달려갔다.

"사부!"

쉭! 쉭!

"헛!"

운현이 청산의 방문을 열고 들어가자마자 알 수 없는 물건 두 개가 운현을 향해 날아들었다.

헛바람을 들이켜며 두 개의 물체를 피해내는 운현. 그리고는 그 물체가 무엇이었는지 확인하기 위해 고개를 돌렸다.

"헉!"

운현은 깜짝 놀랐다.

자신을 향해 날아든 물체는 붓 두 자루. 하나 더 가관인 것은 날아간 붓의 상태였다.

붓을 피한 운현 때문에 방 밖으로 날아간 두 개의 붓이 그대로 기둥에 꽂혀 있었던 것이다.

'부, 붓이!'

부들부들 떨면서 고개를 돌리는 운현. 그곳에는 자신을 바라보고 있는 청산이 있었다.

"앉아라."

"…예."

천하제일 운현이라도 사부가 무서운 것은 어쩔 수가 없었
다.

"그래, 녹림과 마교 둘 다 만나봤지?"

"예, 죄송합니다."

"죄송하라고 하는 말이 아니다. 보고해 봐."

"예."

조심스럽게 대답한 운현이 녹림에 대한 이야기를 먼저 꺼
냈다. 임호명을 만나 한판 붙었던 일과 그들의 전력에 대해
서.

"그 일은 어차피 다 지나간 일이고 네 녀석이 무식하게 일
을 처리하여 쓸모없는 정보가 되었으니 마교 이야기나 해봐
라."

"사실 딱히 드릴 말씀이 없습니다. 멀리서 잠시 관찰만 했
으니까요. 큰 무리가 움직이고 있지는 않습니다. 스무 명에서
서른 명 정도 되는 인원이 무리를 이루어 돌아다니고 있고,
그런 무리가 몇 개 더 있는 것 같습니다."

"그래? 그것 말고 다른 것은?"

"보고된 내용과 별반 다르지 않습니다. 그들과 손을 섞을
수가 없었기에 자세한 것은 모르겠지만 싸울 의사가 없어 보

이는 것은 확실했습니다."

운현은 그들의 정체에 대해서 아직 밝히지 않았다. 아직 그들이 제대로 된 행동을 개시하지 않은 상황에서 이야기를 꺼내는 것은 불안감만 조성할 뿐이었다.

조금 더 정확한 조사가 필요했다.

"그런가? 아무튼 수고했다."

"아닙니다."

"그런데 말이지."

"예?"

운현이 청산을 바라보았다.

"생각이 있는 놈이냐, 없는 놈이냐?"

"예?"

"이백 명하고 싸우면서 무식하게 힘을 써?"

"무슨……?"

"이백 명과 싸움을 하면 당연히 장기전이 될 것이고 불리한 쪽은 네놈이다. 그런데 초반부터 무리하게 힘을 써서 싸움이 채 끝나기도 전에 지쳐 쓰러지기 직전이 되고, 큰 거 한 방으로 적들이 겁먹고 도망치니까 그대로 정신을 잃고 쓰러져? 에라!"

"으헉!"

청산과 운현의 거리는 불과 일 장도 채 안 되는 거리. 그런데 어느새 청산의 손에서는 책 한 권이 운현을 향해 떠나고 있었다.

휙!

근접 거리였지만 피해낸 운현. 하지만 놀란 듯 두 눈을 동그랗게 뜨고 청산을 바라보았다.

"네놈은 '적절한 분배'라는 말도 모르느냐! 처음부터 적절하게 힘을 분배하여 사용했으면 적어도 전장에서 그렇게 정신을 잃는 일까지는 없을 것 아니더냐! 그게 무슨 꼴이냐!"

"죄송합니다!"

운현이 무조건 바짝 엎드렸다. 이럴 때는 몸을 최대한 낮추는 것이 상책이다.

"그러다가 그놈들이 다시 돌아와서 네놈 모가지에 칼침을 꽂았으면 어쩔 뻔했느냐?! 그대로 황천길이야!"

"명심하겠습니다!"

운현이 엎드린 채로 소리쳤다. 화는 내고 있지만 전부 자신을 걱정해서 하는 말이라는 것을 모르지 않는 운현이었다.

"내일부터 훈련이다."

"헉!"

청산의 수련. 예전부터 혹독하기로 이름이 높았다. 그 때문에 운현의 성취가 다른 사람들에 비해서 더 빨랐던 것일 수도 있었다.

"나가 보아라."

“예.”

힘없이 일어난 운현이 청산의 방을 나섰다. 이제 정미현을 보러 가야 했다. 그녀에게 해줄 말도 있었으니.

청산을 보고 돌아온 운현에게는 또 하나의 난관이 있었다. 바로 정미현이었다.

무엇이 급한지 자신에게 말은 안 해주고 도망치듯 나갔으니 당연한 것이었다.

“미안해요. 사부를 먼저 만나는 것이 급해서 그랬어요. 화 풀어요, 네?”

운현이 삐친 정미현을 달랬지만 그녀의 화는 쉽게 풀릴 것 같지 않았다.

“화 풀어요. 정 소저에게만 해줄 말이 있어요. 사부에게도 비밀로 한 이야기라고요.”

운현의 말에 정미현의 고개가 천천히 운현 쪽으로 돌아갔다. 겉으로 티는 안 내려고 하는 것 같았지만 자신에게만 할 말이 있다는 운현의 말에 기쁜 기색을 감추기 어려워 보였다.

“뭔데요?”

좋으면서 그런 것을 억지로 숨기는 듯한 그녀의 말투에 보일락 말락 미소를 지은 운현이 입을 열었다.

“지금 녹림과 마교가 동시에 나타났다는 사실을 들었지요?”

"네, 그런데 그게 왜요?"

"사실은 마교 쪽도 만나보고 왔어요."

"그래요?"

"네, 그런데 그들은 마교가 아니었어요."

"그게 무슨 말이에요?"

운현이 정미현을 가만히 바라보았다. 마치 알아맞혀 보라는 듯이.

"설마……."

그런 운현의 눈빛에 잠시 무언가를 생각하던 정미현이 놀란 표정으로 운현을 바라보며 입을 열었다.

"맞아요, 그들이에요. 세력을 꽤 키운 모양이에요. 마교와도 어느 정도 연관도 있는 모양이고. 앞으로는 서서히 모습을 드러낼 것도 같아요."

"그렇군요."

"지난번 사부를 공격한 것도 그들 중 한 명의 소행이었어요."

"그래요?"

정미현이 깜짝 놀랐다는 표정으로 운현을 바라보았다. 정미현이 생각하기에도 그들이 대놓고 그런 짓을 할 것이라 생각하지 못한 까닭이다.

"아직 명확하지 않은 것들이 많아요. 조금씩 조사를 해나가야지요. 일단은 눈앞의 적들부터 처리한 다음에요. 그러니까 정 소저도 마음의 준비를 해두고 있어요.”

“알았어요.”

정미현이 굳은 표정으로 고개를 끄덕였다. 그에 운현이 살짝 미소를 지으며 정미현의 긴장을 풀어주었다.

곡해성은 머리가 아팠다.

잘 나가던 일이 단 한 명에 의해 제동이 걸린 것이다.

“운현이라…….”

구룡검을 가지고 있는 자. 그렇다는 이야기는 구룡검의 주인이라는 말이 된다.

그것은 곧 황룡기까지 익혔다는 말.

지금 곡해성에게 있어서 가장 강력한 적은 운현이었다.

“조만간 처리를 해야겠군. 너무 날뛰고 있다.”

이를 가는 곡해성이었다.

“군사님.”

“들어와라.”

수하 한 명이 들어와 교주가 찾는다는 말을 전했다. 그에 곡해성은 인상을 쓰며 자리에서 일어났다.

안 그래도 짜증이 나는데 교주의 얼굴까지 봐야 하는 상황이 마음에 들지 않는 것이다.

“알겠다, 곧 가겠다.”

“예.”

수하가 밖으로 나가자 곡해성은 교주를 만나러 갈 채비를
하기 시작했다.

대전 안. 교주는 한가롭게 책을 읽고 있었다.
겉으로 보기에는 굉장히 평화롭게 보이는 광경이었지만
실상은 그렇지 않았다.
교주의 성격상 책 같은 것을 읽을 위인이 아니었다. 부글부
글 끓어오르는 속을 다스리기 위해 임시방편으로 선택한 것
이 책일 뿐이었다.
"그래, 대책은?"
책망은 없었다. 다만 대책을 물어볼 뿐이었다. 곡해성은
언제 어느 상황에서나 대책을 내놓았었으니.
"아무래도 제가 그들을 만나봐야 할 것 같습니다."
"그래? 나에게는 말하지 못할 것이 있는가?"
"다녀오면 모든 것을 알게 되실 겁니다."
"그래? 말보다는 행동이라는 건가?"
"다녀오겠습니다."
"서둘러라."
"알겠습니다."
곧바로 대전에서 나오는 곡해성. 그리고는 자신의 방에 들
르지도 않고 곧바로 마교 밖으로 나갔다.

운현과의 혈전으로 엄청난 전력을 잃은 녹림은 일단 융중산(隆中山)에 자리를 잡았다.

북룡산(北龍山)이라고도 하며, 과거 제갈공명이 은거를 했던 산이기도 한 융중산은 제법 산세가 깊고 험하여 사람들의 발길이 많지 않은 곳이다. 경관은 뛰어나지만 그만큼 사람이 다니기에는 위험한 곳이 많기 때문이었다.

하지만 평생을 산에서 살아온 녹림도들에게는 몸을 숨기기에 최적의 장소이기도 했다.

"체면이 말이 아니군."

임호명이 한탄을 했다. 이곳 융중산에 들어온 지 벌써 열흘이 다 되어가고 있었다.

경상자들의 부상은 다 완치가 되었고, 중상자들의 경우 뼈가 부러지거나 하지 않은 이상 어느 정도 치료가 된 상황이었다.

하지만 그들은 움직일 수가 없었다.

첫 번째로 자신감을 잃었고, 두 번째로 자신감을 잃으며 덮쳐 온 두려움 때문이었다.

운현의 엄청난 무위. 그것 때문이었다.

어찌 홀로 이백과 싸워 이긴단 말인가?

물론 중간에 조력이 있기는 했지만 그때의 싸움은 운현 홀로 이백과 싸워 이긴 것이나 다름이 없었다.

"맹주."

장기두가 다가왔다. 용케도 살아남은 그다.

"왜?"

"어찌할 거요? 차라리 그냥 형산으로 돌아가는 것이 어떻겠소? 호남성이면 이곳에서 지척 아니오."

"네놈은 보름 거리를 지척이라고 하느냐?"

"여기서 사천까지의 거리보다는 가깝지 않소?"

"말은……."

임호명이 입을 닫았다. 심정이 복잡할 것이다. 녹림의 맹주로서 체면이 바닥까지 떨어졌으니.

그동안 중립을 유지하며 정파와 사파의 견제에서 버터왔고, 역으로 그들에게 은근한 압박을 가하던 그런 임호명의 모습은 온데간데없었다.

"젠장!"

그런 임호명의 모습을 보고 있자니 저절로 욕이 튀어나오는 장기두였다.

임호명이 맹주의 자리에 오르기 전부터 함께했던 그다. 임호명에 대해서 누구보다도 더 잘 알고 있고, 잘 이해하는 사람이다. 하지만 지금 눈앞에 있는 사람은 자신이 알고 있는 임호명이 아니었다.

빠른 결단력과 상황 판단력, 그리고 자신감에 넘치던 임호명의 모습은 없었다.

"이래서는 죽도 밥도 안 되오. 차라리 돌아가서 휴식을 취

합시다. 이 상황이 종식될 때까지 조용히 죽어 사는 거요. 어떻소? 마교로부터 받을 돈이야 안 받겠다고 하면 그만 아니오?"

"네 말도 맞는 것 같다만……."

"같다만?"

"모르겠다."

우유부단한 임호명의 모습에 장기두가 소리를 질렀다.

"뭐가 모르겠다는 거요?! 여기서 뭘 어쩔 건데! 도대체 진짜 임호명은 어디 가고 병신 같은 사람만 여기 있는 거요!"

"뭐라! 말은 가려서 해라!"

"화가 나오? 하지만 병신 같은 것을 어쩌겠소!"

"이 새끼야!"

피억!

화를 참지 못하고 임호명이 장기두의 얼굴에 주먹을 날렸다. 그대로 쓰러지는 장기두. 하지만 장기두는 약간의 신음 소리도 내지 않고 임호명을 바라보았다.

"이건 뭐요? 나한테서라도 체면 찾겠다는 뜻이오?"

임호명의 손이 부들부들 떨리고 있었다. 분노? 굴욕? 어떤 의미인지는 알 수 없었다.

"이거 죄송하지만 방해를 해야겠습니다."

임호명의 고개가 획 돌아갔다. 낯익은 얼굴, 그리고 낯익은 목소리.

임호명과 장기두의 시선이 닿은 곳에는 곡해성이 서 있었다. 미소를 지은 채로.

"여기는 무슨 일인가?"

"아무래도……."

곡해성이 크게 숨을 한 번 들이켰다. 그리고는 다시 입을 열었다.

"다시 협상을 해봐야 할 것 같아서 말입니다."

씨익!

더욱더 진한 미소를 짓는 곡해성. 임호명의 눈에는 그것이 전혀 좋게 보이지 않았다.

귀신이 곡할 노릇이라는 말이 있다.

도대체 어떻게 된 영문인지 모를 때 쓰는 말이다.

지금 상황이 그러했다. 운현과 녹림이 싸운 지 보름이 지났다. 그리고 그들이 융중산으로 흘러들어 갔다는 정보도 입수했다.

그러기를 보름이 지나고 이십 일이 지나도록 그들은 그곳에서 나오지 않았다.

계속 융중산 밖에서 그들이 나올 때까지 기다리고 있던 은자각 무사들은 철수 요청을 했고, 청산은 그것을 받아들였다.

언제까지고 그 앞에서 죽치고 있을 수는 없는 노릇이었다.

그 대신에 청산은 운현을 불렀다.

은자각 무사들을 대신하여 융중산에 좀 가보라는 것이었
다. 그들이 도대체 무엇을 하고 있는지 확인을 해보라고.

"저 혼자서 가라고요?"

"왜? 이백 명 하고도 싸운 녀석이 이제 겁나냐?"

"그런 것이 아니라요, 혼자 가기 심심하잖아요."

"그럼 데리고 갈 사람 있잖아?"

"정 소저요?"

"그래. 같이 데려가지 왜 매일 떼놓고 다녀? 혹시……?"

청산이 눈을 가늘게 뜨고 운현을 바라보았다. 그 표정의 의
미를 잘 아는 운현이 얼굴을 굳히고는 말했다.

"절대로 그런 것 아니니 이상한 소리 하지 마십시오."

"알았다, 알았어. 이제는 농담도 못하겠구나."

청산이 손을 내저으며 운현을 달랬다. 그에 얼굴을 조금 푼
운현이 입을 열었다.

"몇 명 붙여주십시오."

"그 아이와 함께 가라는 말은 농이 아니다. 데리고 가라,
크게 위험하지는 않을 테니."

"위험합니다."

"녀석 참. 그래, 몇 명 붙여줄 테니 함께 가라."

"운진도 안 됩니다."

"왜?"

최근 부상에서 완치되어 수련을 하고 있는 운진을 붙여주

려던 청산은 선수 치는 운현의 말에 다시 물었다.

"아직 완벽하지가 않잖아요."

"수련의 일부라고 생각해라."

"짐이 될 뿐입니다."

"그 아이도 짐이라고 생각하지 않느냐?"

"흠……."

사실 지금 상태로 보면 정미현이나 운진이나 비슷한 수준이다. 그동안 정미현도 수련을 계속하여 그 실력이 몰라보게 향상되었으니.

"조금 더 붙여주십시오."

"걱정 마라. 설마하니 그렇게 셋만 보내겠느냐? 열 명 정도 붙여주마."

"알겠습니다. 언제 출발할까요?"

열 명 붙여준다는 청산의 말에 제안을 받아들인 운현이 물었다.

"내일쯤 출발해라. 설마하니 하루 만에 그들이 나오기라도 하겠느냐?"

"알겠습니다, 그럼 그렇게 하지요."

고개를 끄덕이며 대답하는 운현을 보며 청산은 만족스런 미소를 지었다.

"정말요? 와아!"

"놀러 가는 것 아니니 너무 그렇게 좋아하지 말아요."

"그래도요. 얼마만의 외출인지 모르겠어요."

융중산으로 간다는 운현의 말에 너무나도 기뻐하는 정미현이었다.

아직 젊은 나이인 정미현에게 무당 안에서의 생활은 지루하고 따분한 감이 없지 않아 있었다.

물론 그동안 수련을 하고 지냈다고는 하지만 여인의 마음은 그런 것이 아니었다.

하물며 사랑하는 사람이 있다면야 더욱더 그럴 것이다.

"내일 출발할 거니까 준비해 둬요."

"어디 가려고요?"

"오랜만에 운진한테 한 번 가보려고요. 이번에 그 녀석도 함께 가게 되었거든요."

"그래요? 알았어요."

대답한 정미현은 곧바로 이것저것 준비하기 시작했다, 뭐가 그리도 즐거운지 콧노래를 흥얼거리며.

그런 정미현의 모습을 보며 가끔 산 밑으로 데려가야겠다고 생각하는 운현이었다.

부상에서 회복한 운진은 매일같이 수련에 정진하고 있었다. 자신이 약해서, 자신의 자만심 때문에 운현에게 짐이 되었다는 사실에 더욱더 수련에 매달리는 운진이었다.

“열심이구나.”

“아, 사형!”

반갑게 운현을 맞이하는 운진. 근처에 놓아둔 천으로 땀을 닦으며 운현에게 다가갔다.

“다리는 좀 어때?”

“아직 조금 불편하기는 하지만 괜찮습니다. 통증도 없고요.”

“너무 무리하지 마라. 몸이 완벽할 때에야 비로소 운동도 수련도 가능한 거야.”

“알겠습니다.”

“소식은 전해 들었나? 내일 너도 함께 간다.”

“예, 방금 전에 사부가 다녀가셨습니다.”

“그래, 그러니 오늘은 푹 쉬어라. 일단 강호로 나가면 상황이 어떻게 될지 모르니까.”

“알겠습니다.”

“그리고…….”

몸을 돌려 돌아가려던 운현이 다시금 운진을 바라보았다.

“난 네가 약하다고 생각하지 않는다. 다만 사형으로서 네가 조금 더 크길 바랄 뿐이야.”

운현의 다정다감한 말에 운진이 미소를 지었다. 운현에게 이런 말은 처음 듣는 것 같았다.

“그럼요. 잘 알고 있습니다. 저도 깨달은 것이 많아요. 앞으로는 조금 더 제 자신을 알아가려고 합니다."

운진의 대답에 운현이 미소를 지었다. 많이 성숙해진 운진이었다. 그런 사제를 보는 사형의 마음은 그 어느 때보다도 뿌듯했다.

"그래. 모든 일의 시발점은 나 자신을 아는 것이야. 나 자신을 알면 모든 것을 알 수 있어. 물론 다른 사람의 속마음을 아는 것은 어렵겠지만. 그래도 나를 알고 이기면 못 이길 것도 없다."

"알겠습니다."

"그래, 그럼 수고해."

"예!"

운진이 웃으면서 씩씩하게 대답했다. 그런 운진에게 미소를 지어 보인 운현이 자신도 출정 떠날 준비를 하기 위해 거처로 돌아갔다.

"어떻게 책임질 텐가?"

종리호가 독고천에게 차갑게 물었다. 싸늘한 주검이 되어 돌아온 제자의 모습을 보고 머리끝까지 분노한 그였다.

하지만 한줄기 이성을 겨우겨우 붙들고 폭발 직전의 분노를 억누르고 있었다.

"미안하네."

"미안? 그것으로 그 아이의 넋을 달랠 수 있을 것 같은가?"

종리호의 말에 독고천은 고개를 들지 못했다. 자신의 제자의 부탁을 들어주다 이렇게 되었으니 입이 열 개라도 할 말이 없었다.

"그만들 하게, 회의 소집이네."

녹색 머리를 한 노인이 다가와 둘을 떼어놓았다. 하지만 불타오르는 종리호의 시선은 독고천에게서 떠날 줄을 몰랐고, 그런 시선을 독고천은 똑바로 바라보지 못했다.

"먼저 가지."

종리호가 몸을 돌렸다. 회의에서도 이 문제가 다뤄질 것이다. 좀 더 깊은 이야기는 그때 나누어도 상관없을 것이다.

종리호가 먼저 회의실로 향하고, 그 뒤를 잠시 독고천을 바라보던 녹색 머리의 노인이 따랐다.

그런 그들을 잠시 바라보던 독고천이 천천히 그 뒤를 따랐다.

회의실 분위기는 가라앉아 있었다.

홍소담이 주검이 되어 돌아온 지 닷새. 그동안에도 분위기는 좋지 않았다.

그런 데다가 다들 모여서는 아무런 말도 하지 않고 입만 다물고 있으니 그 분위기가 더욱 싸늘할 수밖에 없었다.

"미안하네."

독고천이 먼저 입을 열었다. 이번 회의의 목적은 분명 이번 일과 관련이 된 것일 터. 그렇다면 이렇게 계속 침묵을 지키고 있는 것보다는 나을 것 같았기 때문이다.

"자네가 미안할 것이 무엇이 있겠는가? 미안하다고 사과를 하고 책임을 져야 할 사람은 성이 그 아이인 것을."

백발노인이 독고천에게 말했다. 그러자 종리호가 싸늘하게 반응했다.

"흥! 그 사부에 그 제자 아니겠는가?!"

그 말에 순간적으로 독고천은 고개를 들어 종리호를 바라보았다. 그러자 종리호는 더욱더 사나운 눈빛으로 독고천을 바라보았다.

독고천은 고개를 돌렸다. 화가 나기는 하지만 제자의 잘못이 있기에 어쩔 수가 없었다.

"그 이야기는 일단 차후에 논의하도록 하고, 내가 회의를 하자고 한 것은 다른 것 때문이라네. 아니, 정확히 말하면 이 일과 관련된 다른 안건 때문이네."

백발노인의 말에 모든 이의 시선이 그에게로 쏠렸다.

"지금 이것 말고 다른 중요한 것이 무엇이 있는가!"

종리호가 자리에서 벌떡 일어나며 소리쳤다. 하지만 백발노인은 눈 하나 깜짝하지 않고 그를 바라보았다.

"그렇지 않은가? 죄를 진 사람은 독고천이 아니라 곡해성 그 아이야. 그럼 책임은 그 아이가 져야지. 그리고 내가 말하지 않았던가? 이 일과 관련된 안건이라고."

백발노인이 조근하게 이야기를 했음에도 불구하고 종리호

는 여전히 분이 가시지 않은 표정으로 서 있었다.

"앉게."

백발노인이 한 번 더 말했다. 그에 백발노인과 독고천을 번갈아 노려본 종리호가 그대로 자리에 앉았다.

"이번 일을 그냥 넘어가자는 것이 아닐세. 일단 책임은 곡해성 그 아이가 돌아오면 지우면 되는 일이고, 내가 올릴 안건은 조금 더 중요한 일이라 할 수 있네. 우리의 목적과 관련된."

백발노인의 말에 다른 사람들의 눈이 번쩍 떠졌다. 화를 참지 못하던 종리호도 두 눈 가득 놀라움을 담고 있었다.

"설마?"

녹색 머리의 노인이 입을 열었다. 그러자 백발노인이 고개를 끄덕였다.

"원래 계획은 성이 녀석이 마교를 이용하여 중원을 일통한 다음 금선도를 찾을 계획이었지. 하지만 지금은 그것도 여의치가 않은 상황인 것 같고, 소담이도 목숨을 잃었고. 이제는 우리가 직접 나서야 하지 않겠는가?"

백발노인의 물음에 다른 사람들은 선뜻 어떤 것이 더 낫겠다 대답을 하지 못하고 있었다.

"하지만 성이 그 아이가 벌이고 있는 일이 어떻게 마무리가 될지 알아야 하지 않겠는가? 그래야 우리가 움직일 수 있을 것 같은데."

회색 머리의 노인이 말했다. 그에 백발노인이 고개를 끄덕이며 대답했다. 미리 생각해 놓은 무언가가 있는 것 같았다.

"물론 그렇네. 우리도 지금까지 아무런 준비도 없다가 갑자기 모습을 드러낼 수는 없는 일. 그 아이와 연락을 주고받으며 준비해 나가야 할 것이야."

"하지만 우리가 모습을 드러낸다면 정파와 사파 양쪽을 적으로 둘 수 있다네. 감당할 수 있겠는가, 우리들의 힘으로?"

"안 된다고 생각하나?"

백발노인이 갈색 머리 노인의 질문에 되물었다. 자신감이 가득 차 있는 백발노인의 목소리였다.

"안 된다고 생각하지는 않네. 하지만 성이 그 아이의 경우를 보게. 그 아이의 머리와 마교의 힘이라면 중원을 통합하고도 남았을 것이야. 처음에는 실제로 그렇게 되는 줄 알았지. 하지만 변수라는 것이 생겼어. 그런 곳이 바로 강호일세. 모든 것이 우리의 뜻대로만 움직이지 않아."

"그건 그렇지. 하지만 그런 변수도 아무런 영향을 줄 수 없는 압도적인 힘이 있다면 문제가 안 되겠지. 우리에게 그 정도의 힘은 있다고 생각하는데?"

"음……."

다들 고개를 끄덕였다. 그때, 어느 정도 이성을 찾고 이야기를 듣고 있던 종리호가 말을 꺼냈다.

"하지만 이 경우를 보게. 소담이가 죽었네. 소담이는 흑룡기를 익혔고, 우리가 데리고 있는 열두 명의 제자들 중에서 다섯 손가락 안에 꼽히지. 그런데 쉽게 죽어버렸어. 저기 독고천의 단창이라는 아이 역시도 속수무책으로 당했지. 그 정도의 강자가 있는 곳이야."

"하지만 우리에게 그런 강자가 없는 것이 아니지 않은가?"

회색 머리 노인의 말이었다. 그에 종리호가 그를 바라보았다. 그러자 회색 머리 노인이 계속해서 말을 이었다.

"우리에게는 합룡기를 익힌 아이들이 세 명 있네. 그 정도면 충분하지 않겠는가? 비록 황룡기를 익히지 못해 금선도를 제.대.로. 다스리지 못할 뿐이지만."

"아직 완벽하게 장담할 수 있는 것은 없네. 안 그런가?"

"그렇지. 하지만 이 정도 자신감이 없어서는 아무런 일도 못할 것이네."

백발노인의 말에 종리호가 고개를 끄덕였다.

"사실 이 자리에서 쌍수를 들고 환영해야 할 사람은 종리호 자네가 아니던가?"

"나? 당연히 환영하네. 제자의 복수도 중요하기는 하지만 우리에게는 대업이 있네. 그것은 사사로운 감정에 치우쳐서 생각하고 결정할 것이 아니네."

종리호의 대답에 녹색 머리 노인이 고개를 끄덕였다.

"그렇기는 하지."

"아무튼 결정은 난 것인가? 우리는 중원으로 나갈 것이네.

그렇지?"

백발노인의 말에 독고천과 종리호를 비롯한 모든 노인들이 고개를 끄덕였다.

무림을 또 한 번 뒤집어엎을 만한 거대한 세력이 꿈틀거리고 있었다.

융중산에 도착한 운현 일행은 벌어진 입을 다물지 못했다.

귀신이 곡할 노릇. 정말 어찌 된 영문인지 알 수가 없었다.

"이건……."

시신 하나를 발견한 운현은 시체 썩는 냄새에 인상을 구기며 천천히 다가갔다.

부패가 진행된 상황이라 시신의 주인공이 누구인지 알아보기는 어려웠지만 그 옆에 놓여 있는 박도의 주인은 누군지 알 수 있었다.

"누구란 말인가?"

누가 무당의 감시를 뚫고 융중산에 들어와 임호명을 벨 수 있단 말인가?

"사형, 아무래도 무언가 심상치 않은 일이 벌어지고 있는 것 같습니다."

"그런 것 같다."

운현과 함께 온 무당파 제자들 전부가 인상을 찌푸리고 있었다. 시체가 부패하는 냄새를 처음 맡아본 까닭에 더욱 그러했다.

정미현은 벌써 저 멀리 떨어져서 이곳을 바라보고 있었다.

"사람이 갑자기 증발했을 리는 없다. 일단 이 산을 샅샅이 뒤져보자."

"예!"

운현의 말에 무당파 제자들이 일제히 흩어졌다. 비록 열 명 남짓한 인원이었지만 전부 일대제자들로 구성된 만큼 산을 뒤지는 데 큰 무리는 없을 것이었다.

"정 소저는 제 곁에서 떨어지지 말아요. 무언가 불길한 예감이 드니까."

"알았어요. 그나저나 빨리 이곳에서 벗어나요. 못 견디겠어요."

정미현이 하얀 천으로 코와 입을 막은 채로 운현에게 말했다. 그에 운현이 고개를 끄덕이며 그 자리를 벗어났다.

두 시진을 뒤졌다. 하지만 융중산에서는 가끔 나무를 하는 사람 정도만 만났을 뿐, 강호물을 먹는 사람은 한 명도 보지 못했다.

'이게 어찌 된 노릇인가?!'

흔적을 찾을 수도 없다. 많은 인원이 사라졌다면 응당 그 인원의 흔적이 있어야 할 터. 하지만 그런 것을 찾을 수가 없었다.

“정말로 증발했단 말인가?”

운현이 중얼거렸다. 그리고 그런 운현을 정미현이 이상하게 바라보았다.

하지만 그런 눈초리에도 운현의 표정은 심각했다. 정말로 증발했다고 해도 믿을 정도로 흔적조차 없이 사라졌으니까.

“애초에 융중산으로 온 것이 아닌가?”

그것은 아닐 것이다. 개방이나 무당의 정보력이 그 정도를 착각할 정도로 허약하지는 않다.

그렇다면 이곳 융중산에 감쪽같이 숨어 있던가 아니면 정말로 증발했다는 말이 된다.

“사형, 아무래도 융중산에는 없는 것 같습니다.”

“내가 생각하기에도 그렇다.”

운진의 말에 운현이 고개를 끄덕였다. 함께 온 열 명의 무당 제자들 역시 굳은 표정이었다.

“일단 돌아가서 사태를 보고하자.”

“예.”

운현이 앞장섰고, 그 뒤를 정미현을 비롯한 나머지 무당파 제자들이 따랐다.

그렇게 그들의 융중산으로의 출정은 별 소득 없이 의문만 가득 담은 채 끝나고 말았다.

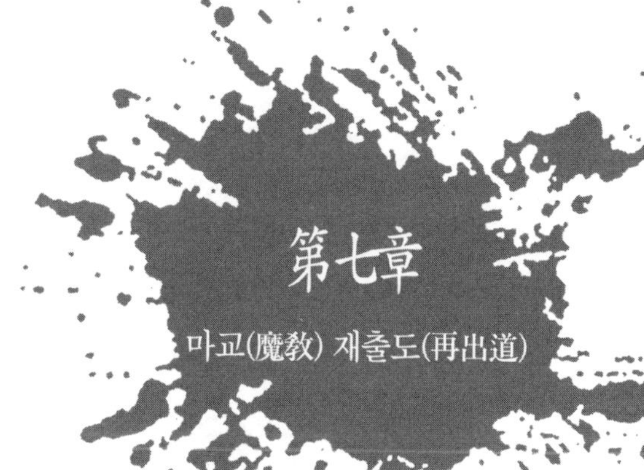
第七章
마교(魔敎) 재출도(再出道)

융중산에서 돌아온 운현에게 보고를 받은 청산 역시 기가 막힌다는 표정을 지었다.

어떻게 흔적도 없이 사라질 수 있단 말인가?

한두 명도 아니다. 무려 칠십에 가까운 인원이 사라진 것이다.

하늘로 솟았나?

땅으로 꺼졌나?

둘 다 말이 안 되는 이야기이지만 그럴지도 모른다고 생각하게 되는 청산이었다.

"임호명은 죽었다고?"

“예.”

“음…….”

‘하극상? 그것도 아니다. 그럴 만한 배포가 있는 사람은 없다 들었다.’

청산은 내부 반란이 일어나서 임호명이 죽었을 가능성을 생각해 보았다.

하지만 그럴 가능성은 희박했다. 임호명이 맹주의 자리에 무혈입성(無血入城)한 것만 보아도 쉽게 알 수 있는 대목이다.

“아무래도 심상치가 않구나. 임호명 정도 되는 사람을 그렇게 죽일 수 있는 자가 나타났다는 말이다. 물론 그와 함께 있던 일흔 명이 가만히 있지는 않았을 것이고. 그렇다면 너와 동급의 고수가 있을 수도 있다는 말이다.”

“……!”

청산의 말에 운현은 놀란 눈으로 청산을 바라보았다. 그런 것까지는 생각해 보지 않았지만 자신과 비슷한 수준의 고수라면 엄청난 사건이 아닐 수 없었다.

“아무래도 개방과 이야기를 나눠봐야 할 것 같구나. 내가 직접 다녀와야겠다.”

“사부님이 직접이요?”

“그래. 아직은 내가 이 무당의 장문인이 아니더냐? 그러니 내가 가야지. 허허.”

청산의 말에 운현이 고개를 끄덕였다. 청산은 죽지 않았

다. 여전히 예전과 같은 모습으로 장문인의 자리에 앉아 있
다.

언제부터인가 그런 청산을 약하고 보호해야 할 사람으로
생각하게 된 운현이었다.

"다녀오십시오."

운현이 환한 미소를 지은 채로 청산에게 답했다.

융중산의 녹림도들은 어디로 간 것일까?

곡해성이 융중산을 방문한 이후에 감쪽같이 사라졌다. 곡
해성 그자가 사술이라도 부렸단 말인가?

융중산으로 간 곡해성과 임호명 사이에는 무슨 일이 있었
던 것일까?

"별로 반갑지 않은 만남이군."

임호명의 말에는 곡해성에 대한 반감이 담겨 있었다. 지금
상황이 곡해성 그 때문에 이렇게 된 것은 아니지만 말이 곱게
나가지 않았다.

"저를 원망하시는 것 같군요?"

"그렇게 들리는가?"

"그런 것 같군요."

"그럼 그런가 보군."

임호명의 말에 곡해성이 어깨를 한 번 으쓱해 보이며 입을

열었다.

"그거야 맹주님 마음이니 어쩔 수 없는 부분이고……."

그리고 그 순간 곡해성이 입가의 미소를 지워 버렸다.

"교주님께서 실망이 크십니다."

"그럴 만도 하지. 예상했던 일일세."

임호명이 순순히 고개를 끄덕였다. 당연히 그럴 것이라 생각하고 있던 찰나였다.

"생각이 있으십니까?"

"물론일세. 우리는 이번 일에서 손을 떼겠네. 자네와 이야기했던 모든 것은 없던 것으로 하지. 이번 일을 함으로써 우리가 받으려 했던 모든 것들도."

아까까지만 해도 장기두의 말에 과민반응을 보였던 임호명이기에 지금 그의 말은 장기두에게 놀라움을 주기에 충분했다.

"그것은 당연한 것이지요. 설마하니 저희가 지금 이 상황에서 그것을 모두 이행하리라 생각하신 것은 아니겠지요?"

"물론 아닐세."

"그럼 이야기가 끝났군요. 이번 일에서 녹림은 깨끗하게 손을 떼는 겁니다."

"알겠네, 그렇게 하지."

임호명의 말을 끝으로 둘의 이야기는 모두 끝나는 것처럼 보였다. 하지만 곡해성은 말이 다 끝나지 않은 듯 다시 입을 열었다.

"그리고……."

"또 뭔가?"

이제 지쳐 버린 임호명이 곡해성에게 퉁명스럽게 물었다. 그러자 곡해성이 다시 입가에 미소를 지었다.

과거 녹림에게 도움을 청할 당시 얼마나 곤욕을 치렀던가? 그런 임호명이 지금은 자신에게 당하고 있었다. 통쾌한 일이었다.

"평생 죽어 사십시오."

"그게 무슨 말인가?"

죽어 살라는 말의 정확한 의미를 파악하지 못한 임호명이 다시 물었다.

"이해가 안 가십니까? 다시 말씀드리죠. 제 말은……."

"크헉!"

임호명의 입에서 피가 터져 나왔다. 천천히 아래로 내려가는 그의 시선. 그의 시선이 닿은 곳에는 언제 움직였는지 모를 정도로 빠르게 움직여 임호명의 가슴에 푹 꽂혀 있는 곡해성의 손이 있었다.

"무, 무슨……?"

"제가 평생 죽어 살라고 하지 않았습니까? 말 그대로 죽여 드리는 것입니다."

곡해성이 잔인하게 미소를 짙게 만들었다. 죽어가는 임호명을 본 장기두가 분노를 참지 못하고 검을 빼 들었다.

"이놈!"

장기두의 머릿속에는 임호명이 손도 못 쓰고 당했다는 사실은 전혀 들어오지 않았다.

오로지 지금 눈앞에 있는 적이 임호명을 죽였다는 사실만이 머릿속을 지배하고 있었다.

"머저리 같은 것!"

"크악!"

곡해성의 입에서 장기두에 대한 욕이 나왔고, 그와 동시에 곡해성의 팔이 한 번 휘둘러졌다.

팔에 맞는 것은 아니지만 장기두는 그대로 뒤쪽으로 날아갔다.

쾅!

"끄아아악!"

뒤쪽으로 날아간 장기두는 거대한 바위에 금이 갈 정도로 심하게 부딪쳤다.

"쿨럭!"

피를 한 사발 이상 토하는 장기두. 그의 얼굴은 온통 피로 범벅이 되어 있었다. 내상뿐만 아니라 외상 역시 굉장히 심한 것 같았다.

"그대로 죽어라."

곡해성의 일지(一指)에서 한줄기 빛 같은 것이 날아갔다.

그리고 그것은 그대로 장기두의 가슴을 관통했다.

풀썩.

앞으로 무너지는 장기두. 그대로 목숨을 잃은 것이다.

"오르지 못할 산은 쳐다보지도 말라고 했다."

마치 해충 바라보듯 죽은 장기두를 바라보는 곡해성. 그런 그를 향해 달려오는 사람들이 있었다.

다른 곳에서 쉬고 있던 채주들과 녹림도들이었다. 비명 소리와 폭음 등을 듣고 달려온 것이다.

"누구냐!"

채주 한 명이 호기롭게 외쳤다. 하지만 임호명과 장기두를 간단하게 죽여 버린 곡해성에게 그런 호기는 어린애 장난같이 들릴 뿐이었다.

"나? 누군지 알고 싶나?"

곡해성이 다시 미소를 지었다. 그에 움찔하며 한 발 뒤로 물러서는 녹림도들. 그리고 곡해성이 다시 입을 열었다.

"나는 너희들의 결정에 따라 저승사자가 될 수도 있고, 구명지은의 은인이 될 수도 있다. 지금부터 내 말을 잘 들어라."

끄덕끄덕.

자신들도 모르게 고개를 끄덕이는 녹림도들. 방금 전 호기롭게 외쳤던 채주도 마찬가지였다.

"나를 따라가면 목숨은 물론이고 무공 역시 온전하게 보전해 주겠다. 하지만……."

꿀꺽!

누군가의 침 삼키는 소리가 굉장히 크게 울렸다. 그 정도로 고요한 상황이었다.

"나를 거역하는 사람은 이 두 놈처럼 될 것이다."

곡해성이 임호명과 장기두의 시신을 가리켰고, 채주들을 비롯한 녹림도들의 시선이 그곳으로 향했다.

싸늘한 주검으로 변해 버린 맹주 임호명과 그의 오른팔인 장기두. 장렬한 죽음이 아닌 왠지 모를 허무함이 느껴지는 죽음이었다.

"어떻게 할 테냐?"

곡해성이 재차 물었다. 그러자 잠시 머뭇거리던 사람들의 입에서 하나둘씩 대답이 터져 나왔다.

"따르겠습니다!"

"따라가겠소."

"난 못 따라가오!"

따르겠다는 사람들이 더 많기는 했지만 임호명에 대한 충성심이 높은 몇 명의 사람은 못 따르겠다며 반발하고 나섰다.

"그래?"

잠시 그들을 바라보던 곡해성. 그러더니 다시 입을 열었다.

"그럼 필요없지. 필요없는 것들은……."

그가 손을 들어올렸다. 그리고 나머지 네 손가락은 말아 쥐고 검지만 곧게 펴서 거절한 사람들 중 한 명을 가리켰다.

"지우는 게 상책이야."

또다시 날아가는 빛줄기. 그리고 그 녹림도는 그대로 목숨을 잃었다.

그렇게 여섯 명이 죽었다. 그러자 못 따르겠다고 했던 나머지 사람들도 이제는 따르겠다고 말을 바꾸었다. 무릎까지 꿇는 사람도 있었다.

하지만 어떤 일이든 첫인상이 중요한 법이다.

처음부터 미운 털이 박힌 그들을 곡해성이 받아들일 리가 없었다.

"필요없다."

"크헉!"

"으윽!"

그렇게 나머지 사람들도 죽었다. 그것을 지켜보는 따르겠다고 한 사람들의 표정에는 오로지 '공포' 라는 두 글자만 적혀 있었다.

"조금 더 이곳에 머무른다."

그 말을 끝으로 곡해성이 무언가 작업을 하기 시작했다. 주변을 둘러보기도 했고, 무언가를 줍기도 했다.

"다들 따라오도록."

잠시 무언가를 하던 곡해성이 녹림도들을 향해 말했다. 그에 녹림도들은 쭈뼛쭈뼛 그의 뒤를 따랐다.

"모든 짐을 가지고 이곳으로 집결해라."

녹림도들을 데리고 어느 곳으로 간 곡해성이 그들에게 명령했다. 도대체 곡해성이 무엇을 하려고 하는 것인지 모르는 녹림도들은 그저 눈동자만 굴릴 뿐이었다.

하나둘씩 모여드는 녹림도들. 그들이 한곳에 모이자 곡해성이 주변을 돌아다니며 무언가를 하는 것처럼 보였다.

어느 정도 지식이 있는 사람이라면 그가 지금 하는 것이 무엇인지 알 수 있겠지만, 녹림도들 대부분은 정식으로 강호에 대해 무언가를 배운 적이 없기에 곡해성의 행동을 이해할 수 없었다.

"당분간은 감시 때문에 움직일 수 없다. 내가 되었다고 할 때까지는 여기서 한 발자국도 움직이지 않는다. 알겠나?"

"알겠소."

채주들 중 한 명이 대표로 대답했다. 그는 강호 경험이 좀 있어서인지 곡해성이 무엇을 한 것인지 알아차린 듯했다.

"그럼 나중에 보자."

곡해성이 어느 쪽으로 몸을 날렸다. 그런 그를 녹림도들은 그저 멍하니 바라만 볼 수밖에 없었다.

곡해성이 펼친 것은 진법이었다. 자연적인 기의 흐름을 미묘하게 바꾸어 환영이 보이게 하고, 있는 것을 없는 것처럼 보이게 하는 방법이었다.

그들은 운현 일행이 융중산에 다녀갈 때에도 그 자리에 있었다.

혼자서 백 명이 넘는 인원을 처리한 운현이 다시 나타나자 녹림도들은 기겁을 했다. 심지어 어떤 이는 몸을 부들부들 떨기까지 했다.

하지만 채주들이 그들의 아혈을 제압하면서까지 절대 소리를 내지 못하도록 했다.

자신들은 현재 진법 안에 있고, 밖에서는 자신들을 보지 못한다는 것을 잘 알고 있기에.

운현 정도의 고수가 되면 아무리 진법으로 눈속임을 해놓았다고 해도 근처까지 가면 눈치를 못 챌 리가 없다. 진법이라는 것이 제대로 된 기의 호름을 호트러뜨리는 것이기 때문이다.

하지만 운현은 진법이 있다는 것을 전혀 눈치 채지 못했다. 그 정도로 곡해성이 만들어놓은 진법은 대단한 것이었다.

그렇게 진법 뒤에 숨어 있는 그들을 발견하지 못하고 운현 일행이 돌아가자, 어디에선가 숨어 있던 곡해성이 모습을 드러냈다.

그리고는 진법을 해체하기 시작했고, 그 뒤에 숨어 있던 녹림도들이 모습을 드러냈다.

"가자."

곡해성이 앞장섰고 녹림도들이 그 뒤를 따랐다.

그들은 하늘로 솟고 땅으로 꺼진 것이 아니었다.

단지 숨어 있었을 뿐이다.

이로써 녹림맹은 해체되었다.

곡해성은 그들을 데리고 곧바로 마교로 향했다. 더 이상 갈 곳이 없는 그들을 마교에 편입시키려 함이었다.

현재 많은 피해를 입고 잠시 쉬고 있는 마교로서는 그 정도 인원이 아쉬운 상황이었다.

만독문과 녹림이 무너진 지금 이제는 마교가 다시금 나서야 할 때였다. 그러려면 한순간의 칼 받이라도 필요한 상황이었다.

게다가 채주들의 경우 어느 정도 기반이 잡혀 있는 상황이기에 마교에 전해 내려오는 여러 비술들을 이용하면 단기간에 실력을 높일 수도 있을 것이다.

그러면 일당백은 아니어도 일당십 정도는 할 수 있는 고수들을 만들어낼 수 있을 것이다.

현재 살아남은 채주들의 수는 일곱 명. 다시 말하면 일곱 명의 고수를 마교는 새롭게 보유하게 되는 셈이다.

강호의 싸움에서 고수 한 명의 위력은 그 싸움 전체의 흐름을 바꾸어놓을 수 있다.

운현이 바로 그런 예이다.

운현 한 명이 정파 쪽에 있음으로 인하여 승리를 따낸 싸움이 벌써 몇 번인가?

비록 채주들의 실력이 높아지는 데에 한계가 있다 하여도 적어도 작은 싸움의 흐름 정도는 가져올 수 있을 것이다.

마교에 도착한 곡해성은 자신의 뒤를 따른 일흔 명에게 거처를 마련해 주었다. 원래 있던 인원에서 많은 인원이 줄어든 상황이기에 거처를 마련해 주는 것 정도는 어렵지 않았다.

곡해성은 곧바로 교주에게로 향했다.

아마도 자신의 앞으로의 계획에 대해서 굉장히 궁금해할 것이다. 언제나 그런 사람이었으니.

"교주님."

"들어오라."

이미 곡해성이 돌아왔다는 보고를 받았는지 목소리에서 별다른 차이를 느끼지 못했다.

대전 안으로 들어선 곡해성이 그에게 허리를 굽혔다.

"결과는?"

"일단 녹림도 일흔 명 정도만이 남았습니다."

"무식하게도 잘랐군."

운현이 혼자 백 명이 넘는 인원을 처리한 것을 두고 하는 말이었다.

"그렇지요. 임호명과 그의 오른팔 역시 죽었습니다."

자신이 죽였다는 말은 하지는 않았다. 아직 밝혀서는 안 되는 문제였다.

"그런가? 그리고 나머지 일흔 명을 데려왔고?"

"예, 쓸모가 많습니다."

"하긴 산적들이라도 일흔 명이면 적은 수가 아니니. 그런데 운현 그 친구 때문에 일흔 명이 아무것도 아닌 것처럼 느껴지는군."

방일원은 운현을 '친구'라 칭하며 친근감을 나타냈다. 강자는 강자에게 끌리는 법. 방일원 역시 젊은 나이에 상상도 못할 강함을 보여주는 운현에게 친근감을 느끼는 것이었다.

"일단 채주들에게는 대법을 할 생각입니다."

"대법?"

"예. 그들이야 무공의 기초가 잘 닦여 있고 어느 정도 성취도 있으니 대법을 펼친다면 쉽게 고수로 만들 수 있을 것입니다."

"지금까지 그 대법을 펼쳐서 실패한 경우가 성공한 경우보다 더 많다."

"제가 펼쳐서 실패한 것이 아니었지 않습니까? 지금까지의 확률은 전부 잊으십시오. 제가 펼치는 이상 그전까지의 기록은 무의미합니다."

"하하하하하!"

자신감 넘치는 곡해성의 말에 방일원이 크게 웃었다. 그리고 곡해성의 표정에는 변화가 없었다.

"좋다! 알아서 해라, 지켜보겠다!"

"알겠습니다. 내일 곧바로 시행하도록 하겠습니다."

"그렇게 하도록."

다시 한 번 허리를 굽힌 곡해성이 대전을 빠져나왔다.

다음날 곡해성은 아침 일찍 채주들을 불러 모았다. 지금까지의 피로가 제대로 풀리지 않은 그들이었지만 막강한 힘을 보여주었던 곡해성이기에 그의 말을 거스를 사람은 아무도 없었다.

"내가 너희들을 부른 것은 제안할 것이 하나 있어서이다."

곡해성의 말에 채주들이 서로를 바라보았다.

"이곳이 어딘지는 모두 알고 있겠지?"

끄덕.

일곱 명의 채주들이 전부 고개를 끄덕였다. 이곳에 오면서부터 가슴팍에 크게 '마(魔)'라는 글자를 붙이고 다니는 사람들밖에 보지 못했는데 당연한 것이었다.

"너희들을 지금보다 더 강한 고수로 만들어주겠다. 어떤가?"

귀가 확 뜨이는 제안이었다. 그들 역시도 무인. 강한 힘을 주겠다는 데 생각이 동하지 않을 리가 없었다.

"조, 조건이 무엇이오?"

너무 솔깃한 제안에 채주 한 명이 말을 더듬으며 조건을 물었다.

"조건? 무엇이 있겠나? 강한 힘을 가지는 대신 마교에 평생 충성하면 된다."

어려울 것 없는 조건이다. 자신들에게 강한 힘을 준다면 싫다고 해도 복종할 수 있었다.

게다가 맹주인 임호명이 죽고 녹림맹은 와해된 상태. 그들에게는 몸을 의탁할 곳 역시 필요했다.

"그렇게 하겠습니다!"

일곱 명의 채주가 동시에 외쳤다. 그런 그들을 보며 곡해성은 입가에 미소를 지었다.

"좋다, 오늘 밤부터 나에게 한 명씩 찾아오라. 대법을 시행할 것이다."

"대법?"

대법이라는 말에 일순간 동요를 보이는 채주들. 그들을 향해 곡해성이 다시 입을 열었다.

"별다른 것이 아니다. 우리가 정파와 싸움을 벌이고 있다는 사실을 잘 알고 있을 터. 그렇기 때문에 단기간에 너희들의 성취를 올려주기 위한 대법이다. 싫은가?"

"아닙니다!"

그렇다면 안심이다. 단기간에 강해질 수 있는 대법. 역시 마교라는 생각을 하는 채주들이다.

만독문이 무너졌고 녹림까지 무너졌다. 그리고 한동안 움직임을 보이던 마교 역시도 다시 잠잠해졌다.

이 세 곳의 연관 관계가 어떻게 되는지는 알 수 없었지만 만독문이 무너지자 녹림이 일어섰고, 녹림이 무너지자 마교 역시 쏙 들어갔다.

혹자는 마교의 조종에 만독문과 녹림이 희생된 게 아니냐는 말이 있었지만 그것은 알 수 없었다.

사실이기는 하지만 말이다.

그렇게 평화는 찾아오는 듯했다.

정말로 평화는 찾아오는 듯했다.

아무런 일 없이 한 달의 시간이 흘렀으니 말이다.

아직 단정 지을 수 있는 상황은 아니었지만 대부분의 문파들은 긴장을 풀고 내실을 다지는 데 주력하기 시작했다.

그것은 무당 역시 마찬가지였다.

하지만 완전히 긴장을 풀어버린 것은 아니었다. 조를 나누어 항상 무당과 그 주변 지역의 경계를 하면서 내부적으로 부상자 치료와 수련 등에 힘을 쏟기 시작했다.

특히 운현은 더욱더 수련에 정진했다.

아무리 생각해도 이대로 끝날 상황이 아니다. 이렇게 끝날 것이었으면 애초에 마교는 일어서지 않았어야 했다.

언젠가 다시 터질 그날을 대비해서 운현은 오늘도 비지땀을 쏟아내고 있었다.

곡해성이 흐뭇한 미소를 짓고 있었다.

그런 표정을 잘 짓지 않는 사람이지만 눈앞에 있는 일곱 명을 보면 그런 표정을 짓지 않을 수가 없었다.

"하하하하!"

곡해성이 대소(大笑)를 터뜨렸다. 마음에서 우러나오는 진정 즐거워서 터뜨리는 웃음이었다.

곡해성의 앞에 서 있는 일곱 명의 정체는 다름 아닌 곡해성에게 '대법'을 시술받은 일곱 명의 채주였다.

딱 보기에도 굉장히 강해 보이는 일곱 명이다. 은연중에 드러나는 기도가 그것을 말해주고 있었다.

성공률 십 할!

지금까지 이 대법을 제대로 성공시킨 사람이 없었다. 성공을 했다 하더라도 거의 우연에 가까운 경우가 많았다.

하지만 지금 눈앞에 있는 일곱은 결코 우연이 아니었다. 곡해성 스스로가 만들어낸 진짜 그의 실력이었다.

"너무 좋군."

곡해성이 일곱 채주를 바라보았다. 물론 절정까지는 못 올랐지만 어지간한 문파 장로 급 정도는 되는 기도를 뿜어내는 채주들이다.

이 정도 고수 일곱이라면 마교에 엄청난 힘이 될 수 있을 것이다.

'그리고 우리의 숙원에도 도움이 될 것이다!'

부푼 희망을 가지고 그들을 바라보는 곡해성이었다. 마치 자식을 바라보는 것과 같은 눈빛이었다.

하지만 가만히 보면 채주들의 상태가 조금 이상했다.

가만히 서 있는 것이야 그렇다 치더라도 눈빛부터가 이상했다.

탁한 눈빛. 풀려 있는 눈빛이다.

무엇에 홀리기라도 한 것일까?

설마 대법이 실패한 것일까?

그것을 모를 리 없는 곡해성이지만 전혀 문제 삼고 있지 않는 듯 보였다.

그것 역시 대법의 결과이기 때문이다.

대법을 시행하면 강한 힘을 얻을 수는 있다. 하지만 이지를 제압당해 살아도 사는 것이 아닌 삶을 살아야 한다.

이런 것을 미리 이야기하면 거절하는 사람이 나올 것 같아 이야기를 안 한 것이다.

"어쨌든 결과가 잘 나왔으니 다행이군. 가볼까?"

곡해성이 일곱 명의 채주를 뒤로하고는 교주에게로 향했다.

곡해성이 사라졌지만 그들은 여전히 부동자세로 서서 그곳에 남아 있었다.

곡해성이 대법에 성공했다는 이야기는 이미 교주의 귀에 들어가 있었다.

희열에 찬 그의 모습, 좀처럼 보기 어려운 모습이었다.

겉으로 잘 표현하지 않는 그가 기쁜 기색을 전혀 감추지 못하고 있으니 그의 마음이 얼마나 들떠 있는지 잘 알 수 있었다.

"교주님."

"들어오라!"

곡해성의 목소리에 방일원은 그를 반갑게 맞았다. 지금까지 그가 이토록 반갑게 곡해성을 맞은 적이 있었던가?

"수고했다! 그리고 대단하다!"

방일원이 연신 곡해성을 칭찬하고 나섰다. 곡해성이 마교를 이 정도까지 키웠을 때에도 하지 않던 칭찬이다.

"감사합니다."

'교주님 덕분입니다' 와 같은 입에 발린 말은 하지 않았다. 성격상 그런 말을 하지 못하는 곡해성이다.

방일원 역시 곡해성에게 그런 말 따위는 기대하지도 않았다.

"그래, 이제 어쩔 셈인가?"

"다시 나가야지요. 만독문과 녹림이 크게 휘저어놓지는 못했지만 충분히 승산은 있을 겁니다."

"그 친구는 어찌할 생각인가?"

“운현인가 하는 사람 말씀이십니까?”

“그렇다. 가장 큰 걸림돌 아닌가?”

“물론입니다. 하지만 걱정하지 마십시오. 다 방법이 있습니다.”

“그래? 내가 나서야 하는가?”

“아직은 아닙니다. 교주님께서는 잠시 기다려 주십시오. 일단은 그들을 한 번 믿어보지요.”

그들이란 일곱 채주를 말함이다. 곡해성이 생각했던 것보다 더 강하게 성장한 그들. 충분히 기대할 만한 상황이었다.

“하지만 마교의 장로 세 명과 싸워 멀쩡하게 이긴 사람이다. 허접하기는 해도 녹림도 이백 명과 싸워 이긴 사람이다. 그들만으로 감당할 수 있겠는가?”

“걱정 마십시오. 이들은 이지가 제압되어 있지만 사람입니다. 활강시와 또 다른 점이지요. 강약을 조절할 수도 있으며 머리도 사용할 수 있습니다. 일곱 명이나 되는 장로 급 고수가 달라붙으면 제아무리 검존이라 해도 쉽게 이길 수 없을 것입니다.”

“음… 일단 믿어보지. 만약 그들로도 안 되면 내가 나서는 수밖에.”

“그것은 그때에 가서 생각해 봐야 할 문제입니다.”

“그렇지. 알았다, 서둘러 일을 진행하도록. 너무 오래 쉬었어.”

"알겠습니다."

"하앗!"
톡!
"옆구리가 비어요! 좀 더 빠르게!"
"알았어요!"
운현과 정미현은 수련에 한창이었다. 부상을 당하고 회복한 이후 정미현은 매일같이 수련을 거듭했고, 요즘은 운현이 대련을 해주며 정미현의 수련을 도와주고 있었다.

애초에 정미현과 운현의 실력 차이가 굉장히 많이 나는 상황이기 때문에 운현이 봐주면서 수련을 돕고 있었다.

처음에는 괜한 오기 같은 것도 생기고 했었지만, 자신보다 높은 실력을 가진 운현이 문제점을 짚어주며 수련을 하자 실력이 늘어가는 것을 느낄 수 있었다.

정미현은 이미 황룡기를 가진 상태여서 내력은 충분했고, 그것을 받쳐 줄 초식을 익히게 되면서 실력이 급상승하고 있었다.

처음 시작할 때에는 운현 본래 실력의 일 할도 채 사용하지 않았었다면 지금은 삼 할 정도를 사용해야 할 정도였다.

"아니에요! 거기서는 뒤로 빠지는 것보다는 오히려 앞으로 치고 나오는 것이 적에게 더 위압감을 줄 수 있어요."

운현이 정미현의 문제점을 한 번 더 꼬집었다. 그러자 정미현이 검을 멈추고는 입을 열었다.

"하지만 섣불리 앞으로 나갔다가는 당하기 쉽잖아요?"

"그렇게 생각하면 아예 싸울 생각도 하지 말아야죠."

운현이 말했다.

정미현은 본능적으로 뒤로 물러서는 습관을 가지고 있었다. 하지만 싸움이라는 것이 물러서서 방어만 한다고 이길 수 있는 것이 아니기에 운현은 그런 점을 지적하고 있는 것이다.

"그런 말이 있어요. 살을 내주고 뼈를 깎는다. 내 살을 내줄지언정 상대의 뼈를 취한다는 말이지요. 그건 실제로 그렇게 하라는 말이 아니라 그만큼의 각오를 가지라는 말이에요."

"각오요?"

"맞아요, 각오. 내가 지금 눈앞에 있는 사람을 이기지 않으면 안 된다는 그런 각오, 꼭 쓰러뜨리겠다는 각오. 피하는 것은 전략적으로 피해야지 상대의 공격을 모두 피하는 것은 오히려 역효과를 낼 수 있어요."

"그렇군요."

"생각해 봐요. 정 소저가 적과 싸우고 있는데, 그 적을 쓰러뜨리지 않으면 내가 죽어요. 그럼 어쩌겠어요?"

운현의 말에 정미현이 깜짝 놀라며 소리쳤다.

"당연히 이기고 구해야지요!"

소리치고 난 다음에 정미현이 자신의 입을 틀어막았다. 목소리도 컸고, 말해놓고 쑥스러웠기 때문이다.

"후후. 그렇죠? 저도 그래요. 그런 각오를 가지고 있어야 해요. 저도 처음에는 그랬지만 지금은 아니거든요."

"운현은 어떻게 각오를 다졌나요?"

"음……."

정미현의 물음에 운현이 잠시 생각에 잠겼다.

'나는 어땠지?'

주마등처럼 스쳐 지나가는 예전의 일. 운현의 입가에 미소가 지어졌다.

"제 주변 사람들이 하나둘씩 다치고 고통을 받더라고요. 운진도 그랬고, 사부도 그랬고, 정 소저도 그랬고. 그런데 그것을 곁에서 보는 것이 굉장히 힘들더라고요. 차라리 내가 아팠으면 좋겠다는 생각도 들었죠."

"그랬군요."

정미현이 이해할 수 있다는 표정으로 고개를 끄덕였다. 자신도 그런 상황이 되면 운현처럼 할 것 같았다.

"자신감이 중요해요. 나는 할 수 있다는 자신감. 정 소저는 지금도 충분히 강해요. 그러니 자신감을 가져요. 정 소저와 싸울 모든 사람들은 저보다 강하지 않을 거예요."

어찌 보면 오만하다고 할 수 있는 말을 운현은 쉽게 하고 있었다. 정미현과 싸우는 모든 사람은 자신보다 약하다는 말. 다시 말하면 운현 자신은 누구보다도 강하다는 말과 같았다.

“알았어요. 자신감을 가질게요.”

정미현이 당찬 표정으로 고개를 끄덕였고, 운현도 미소를 지으며 마주 고개를 끄덕였다.

“사형!”

“음?”

운진이었다. 무슨 급한 일이 있는지 운현과 정미현이 있는 곳으로 달려오고 있었다.

“큰일 났습니다!”

“왜 그러느냐?”

“마교가…….”

운진이 말을 다 하기도 전에 운현은 무슨 일이 일어났는지 알 수 있었다.

마교의 재출도. 언젠가는 벌어질 것이라 생각했던 일이 실제로 벌어진 것이다.

‘생각보다 빠른데?’

운현이 나름대로 생각했던 것보다 조금 이른 움직임이었다. 하지만 그렇다고 해서 달라질 것은 없었다.

“정 소저, 다녀올게요!”

“운현!”

정미현이 운현을 붙잡기도 전에 운현은 벌써 저 멀리 달려가고 있었다.

“나도 같이 가고 싶은데…….”

정미현이 들릴락 말락 한 목소리로 중얼거렸다. 그런 그녀의 말을 옆에 서 있던 운진이 용케 듣고는 그녀에게 말했다.

"함께 가고 싶으세요?"

"예? 아, 예."

"그럼 갈까요?"

"예? 가도 돼요?"

"안 될 것이 뭐가 있어요? 가죠."

"고마워요."

정미현이 웃으면서 운진에게 인사했고, 잠시 그녀의 얼굴을 멍하게 바라보았던 운진은 이내 그녀를 자소궁으로 안내했다.

"마교가 움직이고 있다고요?"

"그래, 운진에게 들었느냐?"

"그렇습니다."

운현이 청산의 방에 들어가자마자 물었다. 그의 방에는 청현을 비롯한 장로들 몇 명이 있었다.

"어디로 향하고 있답니까?"

"이곳 무당이다."

"젠장. 쉴 틈을 안 주는구나."

운현이 중얼거렸다. 만독문에, 녹림에, 이번에는 또 마교까지. 한동안 계속해서 무당에 위기가 닥쳐오고 있었다.

한 달의 여유가 있기는 했지만 그것으로 그간의 피로나 피
해를 회복하기에는 무리가 있었다.

"이번에는 작정을 하고 오는 모양이다. 꽤나 많은 인원이
야."

"그렇습니까?"

운현도 약간은 긴장한 목소리로 물었다. 그에 청산이 고개
를 끄덕였다.

"다른 곳에는 연락이 닿았고요?"

"일단 연락은 취했다. 아직 연락은 없어."

"그런가요?"

"그래. 하지만 지금의 상황은 예전의 상황과는 많이 다르
다. 주축들이 대거 무너진 이상 나머지 문파들이 돕지 않고는
불안해서 못 견딜 거다."

"그럼 저들이 도착하는 데 걸리는 시간은 어느 정도 되겠
습니까?"

"한 달 보름 정도다."

"생각보다 꽤 많이 남았네요?"

"그래. 중요한 것은 마교가 다시 활동을 시작했다는 것이
지. 안 그러냐?"

"맞습니다. 그럼 전 일단 이것저것 준비를 좀 해야겠습니
다. 다른 문파에서 연락이 오거든 저에게도 알려주십시오."

"알았다, 그리하마."

운현이 청산의 방에서 나왔다. 운현이 나가고 청현이 흐뭇한 미소를 지은 채로 청산에게 말했다.

"이제 장문인 자리도 물려주셔야겠습니다."

"응?"

"안 그렇습니까? 방금도 운현이 일 처리를 다 했지 사형이 한 것이 없잖아요."

"그런가?"

청산이 미소를 지었다. 얼마 전까지만 해도 품 안에 있는 자식처럼 걱정이 많이 되었는데, 지금은 듬직하기 그지없었다.

"좋은 일이지……."

청산이 중얼거렸다.

이번에는 곡해성이 나섰다. 장로들을 대동하고 길을 나선 곡해성.

그가 무공을 익혔다는 사실을 아는 사람은 교주인 방일원 정도였다. 방일원 역시도 어렴풋이 알고 있을 뿐이었다.

그러니 함께 길을 떠나는 장로들의 표정에는 그에 대한 걱정이 잔뜩 묻어 있었다. 어떤 이는 짐이라고까지 생각하고 있었다.

곡해성이 그런 그들의 생각을 모르는 것이 아니었다.

'네깟 놈들이 아무리 덤벼봐야 내 발끝에도 미치지 못한다.'

자신감. 콧대를 단단히 꺾어줄 자신감이 있었지만 곡해성은 나서지 않았다. 아직은 나설 수가 없었다.

푸드득!

요란한 날갯짓 소리가 들리며 하얗고 거대한 매 한 마리가 곡해성에게 날아왔다.

멋진 호선을 그리며 천천히 내려오는 백웅의 모습에 마교 장로들은 물론이고 무사들은 넋을 잃고 그 모습을 바라보았다.

"음… 또 무슨 소식을 가지고 온 것이냐?"

곡해성이 자신의 한쪽 팔을 내밀었고, 백웅은 가볍게 그의 팔에 내려앉았다.

백웅의 크기로 보아 곡해성의 팔에 앉는다면 그가 쓰러지거나 팔이 부러져야 정상이라 생각했던 사람들로서는 그저 신기할 따름이었다.

그리고 그마저도 곡해성이 무공을 익혔디기보다는 백웅의 어떤 능력 때문이라 생각하고 있었다.

"음?"

백웅의 다리에 묶여 있던 서찰을 읽는 곡해성의 눈이 엄청 크게 뜨였다. 분명 경악할 만한 무언가가 적혀 있다는 말이다.

그에 다른 사람들은 점점 서찰의 내용에 대해서 궁금해하기 시작했다.

부스럭, 부스럭.

곡해성이 서둘러 자신의 짐을 뒤지기 시작했다. 그리고는 작은 종이와 함께 비상시에 사용하는 붓을 꺼내 들었다.

혀끝에 붓을 가져다 대어 물기를 만든 곡해성이 급하게 종이에 무언가를 적어 내려가기 시작했다.

그리고 마치 그것을 읽기라도 하듯 백웅이 종이를 내려다보고 있었다.

"서둘러 전해야 한다."

서찰을 다 쓴 곡해성이 백웅의 다리에 자신이 적은 서찰을 단단하게 묶었다. 그리고는 팔을 들어올려 백웅을 하늘로 날렸다.

퍼드득!

다시 한 번 힘찬 날갯짓을 하며 백웅이 하늘로 날아올랐다. 그리고는 서쪽 하늘을 향해 빠르게 날아갔다.

도대체 무슨 생각을 하고 있는지, 지금 마음이 어떤지 알 수 없는 표정을 지은 채로 날아가는 백웅을 바라보는 곡해성.

그를 보는 사람들은 도대체 무슨 일인지 그 궁금증이 커져만 갔다.

마교 일행이 무당으로 향하는 사이 소림과 개방에서 가장 먼저 원군을 보냈다.

만독문과의 일전 때 모습을 보였던 옥기나 홍개 등이 이번에도 무당을 찾았다.

그들의 등장으로 무당은 더욱더 자신감이 넘쳐흘렀고, 운현의 존재는 이번 싸움에서 승리할 수밖에 없다는 분위기로 흘러가고 있었다.

그 밖에 종남에서도 원군이 출발했다는 소식이 들려오면서 분위기는 한껏 고조되고 있었다.

청산이 머무는 자소궁의 회의실. 옥기와 홍개, 청산과 청현, 운현 등이 함께 자리를 하고 있었다.

"쉽지는 않을 것입니다."

청산의 말에 다들 고개를 끄덕였다.

"그렇겠지요. 지난번에 그렇게 당했으니 복수심도 불타고 있을 것이고, 이번에는 싹싹 긁어모은 모양이더군요."

마교 전력을 파악해 온 홍개의 말에 다들 고개를 끄덕였다.

"그뿐만이 아닐 것입니다."

"응? 무슨 소리냐?"

운현의 말에 청산이 물었다. 운현만 알고 있는 무언가가 있는 듯했다.

"살아남은 녹림도 일흔 명가량이 사라졌습니다. 임호명과 그의 오른팔이라고 할 수 있는 장기두라는 사람이 시신으로 발견되었고요."

"그렇지. 한데 그게 무슨 상관이란 말이냐?"

"생각해 보십시오. 임호명 정도 되는 고수를 일흔 명이나 되는 사람들의 이목을 속이고 찾아가 죽일 수 있는 사람은 많지 않습니다. 정파에서 움직인 것이 아니라면 마교에서 움직였겠지요."

"그럴 수도 있겠군."

홍개가 미처 생각하지 못했다는 듯 고개를 끄덕였다.

"문제는 그 일흔 명을 어떻게 흔적도 남기지 않고 데려갔는가 하는 것입니다. 저희가 융중산에 갔을 때에는 흔적도 찾지 못했습니다."

"음……."

마교라는 것은 짐작한다. 하지만 '어떻게' 가 문제였다. 한둘 정도야 흔적을 지우면서 빠져나가면 충분히 가능하다. 하지만 일흔 명이나 되는 대인원이 이동을 하는데 그처럼 완벽하게 흔적을 지울 수는 없었다.

무언가 방법이 있었다는 말이다.

"지금 중요한 것은 그것보다 그들이 마교에 합세했다고 가정한 이후가 중요한 것 같습니다."

옥기의 말에 다들 일흔 명이 사라진 방법에 대해서 생각을 하다가 정신을 차렸다.

"그렇군요. 하지만 제 생각에는 그 일흔 명이 마교에 합세했다고 하여도 크게 전력 상승 요인이 되진 않을 것 같습니다만."

"모르는 일이지요. 일흔 명이라는 인원이 적은 인원도 아닌 데다가 제 기억으로는 살아남은 채주가 열 명 이상 되었던 것으로 기억합니다."

"그런가?"

채주 열 명 정도면 꽤 까다로운 전력이었다. 비록 제대로 무공을 배운 것이 아니라 기본이 탄탄하지 않다 뿐이지 상대하기는 까다로운 그들이었다.

더군다나 일반적으로 채주들은 저돌적인 공격을 즐겨하는 성향이 있기에 더욱더 그러했다.

"낯익은 얼굴들이 오려나?"

운현이 과거 마교와 싸우면서 보았던 사람들을 떠올리며 중얼거렸다.

곡해성입니다.

서찰은 잘 받아보았습니다. 하지만 갑자기 그런 결정을 내리시다니요. 아직 이릅니다.

제가 벌여놓은 일도 아직 결과가 나오지 않은 상황입니다. 지금 상황이 여의치 않은 것처럼 보일지는 몰라도 정파의 세력은 위축되어 있는 상황입니다.

마교가 중원을 장악하지는 못한다 하더라도 양패구상은 시킬 수 있습니다.

본격적인 활동을 시작하는 것은 그때 가서 해도 늦지 않습니다. 조금 더 기다려 주십시오.

구룡검의 주인은 제가 처리하겠습니다. 아직까지 합룡기는 만들지 못하고 있는 것으로 보이나 제가 나선다면 어렵지 않게 처리할 수 있을 것입니다. 조금만 더 기다려 주십시오.

곡해성의 서찰을 읽은 독고천은 난감한 표정을 지었다. 이 서찰을 전달하면 분명 종리호가 펄쩍 뛸 것이다.

지금까지의 일도 제대로 처리하지 못한 상황에서 어떻게 더 믿고 기다리느냐고.

하지만 사부 된 입장에서 독고천은 곡해성을 더 믿어보고 싶었다. 그가 하는 말이 전혀 설득력없는 말이 아니기에 더 그랬다.

"늙은이들 꼬장 한 번 더 들으러 가야겠구나."

독고천이 자리에서 일어났다. 그리고는 천천히 다른 노인들이 기다리고 있을 곳으로 향했다.

회의실에 도착한 독고천은 다른 노인들을 한 번 바라보고는 곡해성이 보내온 서찰을 읽어주었다.

아니나 다를까, 서찰을 다 읽자마자 종리호가 펄쩍 뛰었다.

"지금까지 해온 것을 보고 어떻게 믿으란 말인가!"

종리호의 말에 몇몇 노인은 고개를 끄덕였다. 그들 역시 눈에 보이는 결과가 없기에 곡해성을 믿을 수 없다는 태도였다.

"내 제자이기 때문에 옹호하는 것이 아니라 객관적으로 보았을 때 설득력이 없는 것은 아니라고 생각되네. 지금 상황으로 보아서는 마교와 정파가 양패구상할 가능성이 높네. 지금 우리가 대외적으로 나선다면 저들은 우리를 적으로 두고 연합할 가능성이 높지. 그럼 우리는 금선도를 찾기 전에 많은 출혈을 감수해야만 하네."

독고천이 잠시 말을 끊었고, 다른 노인들은 별다른 반박 없이 그의 말을 듣고 있었다.

"하지만 저들이 양패구상한 다음에 우리가 나서면 어떻게 될까? 우리를 방해할 사람들이 없으니 금선도를 찾는 데 더욱 수월하지 않겠는가?"

맞는 말이었다. 그들의 목적은 금선도를 찾는 것이지 중원을 차지하는 것이 아니다. 물론 금선도를 찾고 난 다음에는 모르겠지만 그것은 어디까지나 금선도를 찾은 이후의 일이다.

독고천의 말에 종리호를 포함한 노인들이 입을 다물었다. 나름대로 상황에 대해서 판단하기 위함이었다.

"하지만 언제까지고 이렇게 기다리고만 있을 수는 없지 않겠는가? 우리에게 힘이 없나? 왜 우리가 나서서 주도적으로 일을 처리하지 못한단 말인가? 우리의 피해를 최소화하고 적을 압도할 수 있는 힘을 가지고서 말일세!"

역시 종리호였다. 원래 독고천과 사이가 좋지 않았지만 홍소담의 일로 더욱더 독고천을 싫어하게 된 그였다.

"한 번만 더 믿어주면 안 되겠는가?"

"……!"

독고천이 허리를 굽혔다. 가볍게 굽힌 것도 아니고 직각으로. 정중한 부탁이었다.

제자가 하는 일을 위해서 허리를 굽히는 사부. 가볍게 넘기기 어려운 일이었다.

대부분의 노인들은 독고천의 그런 행동에 마음이 흔들리고 있었다.

종리호도 내심 조금은 마음이 흔들리고 있었다. 하지만 독고천을 싫어하는 마음과 죽은 자신의 제자 생각에 쉽게 결정하지 못하고 있었다.

"조금……."

회의실의 고요함을 깨는 백발노인의 목소리에 노인들의 시선이 전부 그쪽으로 쏠렸다.

"더 믿어보는 것은 어떻겠는가?"

백발노인의 말이 결정타였다. 어떻게 할까 고민을 거듭하던 노인들의 마음이 한순간에 그쪽으로 쏠리는 순간이었다.

물론 종리호는 안간힘을 쓰며 마음을 다잡고 있었다.

"자네는?"

백발노인의 물음에 종리호의 고개가 그에게로 돌아갔다. 그리고 마치 자신을 현혹하지 말라는 듯이 그를 바라보았다.

“마치 나를 잡아먹을 것 같은 눈빛이군?”

“그렇게 하겠다면 어찌하겠는가?”

종리호가 백발노인의 말을 받자, 순식간에 회의실의 분위기가 얼어붙었다.

“그래?”

고오오오!

백발노인의 몸에서 가공할 만한 기세가 뿜어져 나왔다. 중원에서도 한 문파의 장문인 이상의 실력을 가진 것 같았다.

“원하나?”

스오오오!

종리호의 몸에서도 엄청난 기운이 뿜어져 나왔다. 백발노인의 기운이 차가운 얼음을 느끼게 한다면 종리호의 기운은 뜨거운 활화산과 같은 느낌을 주고 있었다.

“그만들 하게!”

독고천이 소리쳤다. 자신과 자신의 제자로부터 기인된 일. 그 때문에 서로 간에 감정 싸움이 벌어지는 것은 원치 않았다.

“종리호.”

“뭐냐.”

독고천의 부름에 종리호가 싸늘하게 대답했다. 적의가 그대로 드러나는 목소리였다.

“마지막으로 한 번만 도와주면 안 되겠나?”

“……!”

자신은 적의를 드러내며 싸늘하게 대했음에도 독고천은 자신에게 부탁을 하고 있었다.

젊었을 때부터 사사건건 자신과 마찰을 빚어오고 경쟁 의식을 가지고 있던 독고천이었지만 이런 모습은 한 번도 본 적이 없었다.

자신에게만은 언제나 당당하고 자신감이 넘치는 태도를 보여왔던 독고천이었기 때문이다.

몇십 년 동안 경쟁을 해왔던 상대가 자신에게 굽히고 들어왔기 때문일까? 종리호의 마음이 심하게 흔들리기 시작했다.

“마음대로 해.”

한참 입을 다물고 있던 종리호가 싸늘하게 대답하고는 자리에서 일어났다.

“고맙네.”

독고천은 자신의 부탁을 들어준 종리호에게 고마운 마음을 전했고, 종리호는 그런 독고천을 잠시 쳐다보다 회의실을 나섰다.

“어서 성이 그 아이에게 서찰을 보내도록 하지. 아마 그 아이 속도 까맣게 타 들어가고 있을 것이야.”

백발노인의 말에 독고천은 고개를 끄덕였다. 그리고는 서찰을 쓰기 위해 서둘러 자신의 거처로 갔다.

백웅을 통해 서찰을 보낸 곡해성은 연신 불안한 표정이었
다.

처음 출발할 때에는 자신감에 차 있는 모습을 보이던 곡해
성이 안절부절못하자 괜히 자신들까지 불안해지는 마교 일행
이었다.

퍼드득!

예전에 보았던 백웅이 다시 곡해성을 향해 날아왔다. 백웅
을 본 곡해성은 기다리고 있었다는 듯이 서둘러 팔을 들어올
렸다.

백웅이 팔에 사뿐히 내려앉자 곡해성은 서둘러 그의 다리
에 묶여 있는 서찰을 풀러 읽었다.

걱정 마라. 아직은 나서지 않기로 결정했다.

하지만 이번이 마지막이야. 조만간 어떤 결과를 내놓아야 할
것 같다. 이번에도 설득시키는 데 굉장히 애를 먹었다.

나는 너를 믿는다. 내 제자이지만 너를 보면 청출어람이라는
말이 꼭 들어맞는다는 것을 느낀단다.

너는 나보다 여러모로 뛰어난 재능을 가진 아이이니 꼭 제대
로 된 결과를 낼 수 있으리라 믿는다.

독고천에게서 날아온 서찰을 읽은 곡해성의 표정은 한껏
밝아져 있었다.

‘이제… 결과만 내면 된다.’

무당파로 향하는 곡해성의 표정에는 한 줌의 망설임이나 불안감도 없었다.

처음 출발할 때와 마찬가지로 자신감 넘치는 당찬 표정으로 바뀌어 있었다.

그렇게 바뀐 곡해성의 표정을 보며 마교 일행은 도무지 속을 알 수 없다는 듯한 표정을 지었다.

第八章
혈전(血戰)의 서막(序幕)

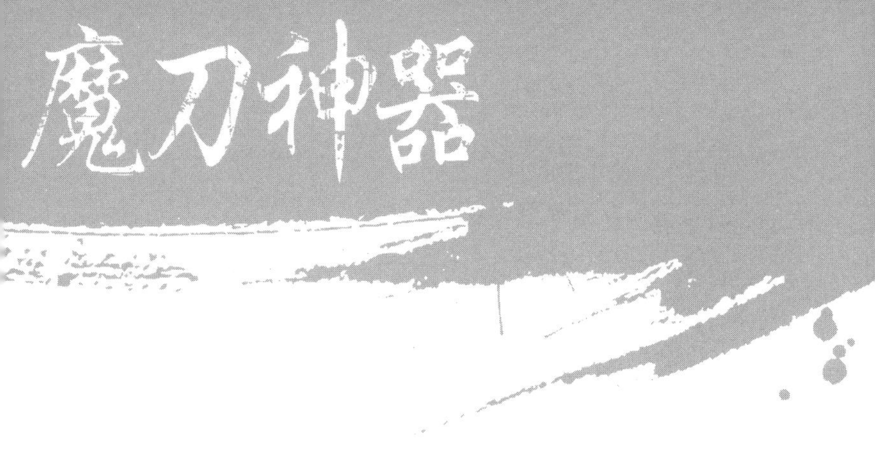

호북성에 입성한 마교 일행은 흥산(興山) 부근에 자리를 잡
았다.

무당산까지는 대략 오 일 정도의 거리로, 산세가 험하지는
않지만 적들의 기습을 어느 정도 막아줄 수는 있는 곳이었다.

지금까지 거의 휴식을 취하지 않고 왔기 때문에 며칠 동안
은 체력 보충을 위해 휴식을 취할 필요가 있었다.

"군사."

제사장로인 차상현이 곡해성에게 다가왔다. 그간 곡해성
이 심적으로 불안정한 모습을 보여 말을 걸기가 어려웠는데
지금은 그렇지 않았다.

“예, 무슨 일이십니까?”

“이제 앞으로 어쩌실 생각이시오?”

“어떻게 할까요?”

곡해성이 미소를 지으며 그에게 역으로 되물었다. 적지 않게 당황한 차상현. 하지만 이내 미소를 띠고는 입을 열었다.

“장로들을 불러오겠네.”

“그렇게 해주시면 감사하겠습니다.”

곡해성의 말에 고개를 끄덕인 차상현이 장로들이 모여 쉬고 있는 곳으로 향했다.

차상현의 부름에 장로들이 모두 모였다.

앞으로의 계획과 전략에 대해서 다들 궁금한 점이 많았기 때문이다.

특히 그들이 공통적으로 궁금해하는 것은 운현을 어떻게 막을 것인가 하는 점이었다.

지금 이 자리에 있는 사람들 중 운현을 막을 수 있는 사람은 아무도 없었다. 운현 한 명을 막아내지 못한다면 이번 싸움은 엄청난 피를 흘리고 패할 수밖에 없다.

“운현에 관한 것은 제가 알아서 처리하겠습니다.”

“아니, 자네가 어떻게 처리한단 말인가?”

“다 방법이 있으니 신경쓰지 않으셔도 됩니다. 일단은 저들을 손쉽게 제압할 수 있는 방법을 말씀드리겠습니다.”

손쉽게 제압할 수 있는 방법이라는 말에 장로들의 귀가 번쩍 뜨였다.

"일단 저들을 함정으로 몰아넣을 생각입니다. 일반 제자들은 쉽게 걸려들고 저쪽의 장로들이나 장문인들만 홀로 남게 만들 생각이지요."

"함정? 하지만 함정을 쉽게 만들 수 있겠는가? 우리가 싸우러 갈 장소는 그들의 집이라네."

"충분합니다. 그래서 이곳에 자리를 잡은 것이고 며칠간 휴식을 취할 예정인 겁니다."

곡해성의 말에 장로들은 믿지 못하겠다는 표정을 지었다. 도대체 어떻게 그들을 함정에 빠뜨린단 말인가? 이곳에 함정을 설치하고 그들을 이곳으로 끌어들인다면 모를까.

"그들을 이곳으로 끌어들일 셈인가?"

"아닙니다."

차상현의 물음에 곡해성이 고개를 저었다. 차상현의 물음을 듣고 그럴 수도 있겠다는 생각을 하며 고개를 끄덕였던 장로들은 곡해성이 아니라고 하자 더욱더 놀란 표정을 지었다.

"진정 무당산에서 싸울 생각인가?"

"그렇습니다. 안 그러면 저희가 왜 여기까지 왔겠습니까? 싸우려면 저들의 집 앞에서 확실하게 꺾어주는 것이 효과 만점입니다."

"그것을 모르는 바는 아니네만……."

차상현뿐만 아니라 장로들 전부가 걱정스런 표정을 지었다. 너무 무모하고 불확실하다 생각한 것이다.

"함정을 어찌 설치할 것인지 말해줄 수 있겠는가?"

"죄송하지만 그것은 안 되겠군요."

곡해성이 곤란한 표정을 지었다. 곡해성이 하려는 방법은 육천용문의 방법. 아무에게나 쉽게 공개할 수 있는 성질의 것이 아니었다.

"그렇다면 할 수 없지. 우리가 해야 할 일이나 알려주게나."

"그렇게 하겠습니다."

차상현의 말에 곡해성이 무당을 치기 위한 전략을 설명하기 시작했다.

곡해성의 설명이 이어질수록 장로들의 표정은 점점 밝아져 갔다. 무슨 이야기를 들었는지는 모르겠지만.

마교 일행이 홍산 부근에 자리를 잡았다는 소식은 개방을 통해 무당으로 전달이 되었다.

그리고 닷새가 지난 지금 개방에서 또 하나의 보고가 들어왔다.

현재 마교 무리는 홍산 부근에서 전혀 움직일 생각이 없어 보임.

환장할 노릇이었다. 기껏 앞마당 근처까지 와서는 조금의 움직임도 보이지 않고 있으니. 꿈틀거리기라도 해야 긴장감을 유지하고 대비를 할 텐데 그런 것이 전혀 없었다.

"도대체 저놈들은 무슨 꿍꿍이란 말이냐!"

청산의 입에서 거친 말이 튀어나왔다. 그 정도로 답답하고 짜증이 난 상태였다.

"제가 좀 가보고 올까요?"

"안 돼!"

운현의 말에 청산이 딱 잘라 거절했다. 그러자 운현이 물었다.

"왜요? 왜 안 되는데요? 사부도 답답하고 저도 답답하고. 가서 좀 보고 온다니까요?"

"안 된다면 안 되는 줄 알아! 또 가서 무슨 일을 벌이려고!"

"안 한다니까요!"

녹림과의 싸움 이후 청산은 운현에 대한 걱정이 이만저만이 아니었다.

자신감과 책임감을 가지고 생활하는 것은 좋은데, 가끔 무모한 행동을 한다는 것이 문제였다.

자신도 그와 같은 상황에 처해 있었다면 운현과 별반 다르지 않는 선택을 했겠지만, 그렇게 무식하게 일 대 이백으로 싸울 생각은 못할 것이다.

"아무튼 절대 안 돼!"

"치."

운현이 삐친 듯한 표정으로청산의 방을 나섰다. 그런 운현을 보며 청산은 한숨을 내쉬었다.

아무런 움직임이 없다는 보고가 올라왔지만 아무런 움직임이 없는 것이 아니었다.

이번 싸움에 따라온 마교 군사 곡해성은 지금 무당산을 부지런히 오가며 무언가를 하고 있었다.

무당산의 지형을 꼼꼼히 살펴보기도 하고, 이리저리 돌아다니면서 무언가를 꽂기도 하고 옮기기도 하고 치우기도 했다.

단순해 보이는 행동이지만 굉장히 어려운 듯 그의 이마에는 땀이 송골송골 맺히고 있었다.

"후우……."

그렇게 작업한 기간이 오 일. 무당산 전체를 돌아다니며 했던 작업을 마무리한 곡해성은 크게 한숨을 내쉬었다.

'준비는 끝났다. 이제 승리만 남았을 뿐이다. 무당이든 소림이든 다 끝내 버리겠다.'

곡해성의 눈에는 결연한 빛이 감돌고 있었다.

청산의 반대로 홍산에 가지 못하게 된 운현은 정미현, 운진과 함께 수련을 하면서 시간을 보내고 있었다.

홍산에 가보지 못한 것이 아쉽기는 하지만 두 사람과 함께 수련을 하는 재미도 꽤 쏠쏠했다.

특히 정미현과 운진의 실력이 늘어가는 것이 보이니 거기서 느껴지는 즐거움은 굉장했다.

운현과 마찬가지로 정미현과 운진이 느끼는 즐거움도 굉장히 컸다. 정미현의 경우 처음부터 지금까지 자신의 실력이 늘어가고 있다는 사실을 느끼고 있기에 즐거웠고, 운진은 지금까지보다 운현과 함께 수련을 하는 동안 늘어가는 실력이 더 크다는 사실에 즐거움을 느끼고 있었다.

자신이 알고 있던 것이 아닌 새로운 것을 통해 다른 경지가 있다는 것을 새삼 느끼고 있는 것이다.

그러면서 운진은 과거 운현이 자신에게 아직 멀었다고 한 말에 대해서 고개를 끄덕일 수 있게 되었다.

그 당시 자신은 너무나도 한심스러운 생각을 하고 있었던 것이다.

어른들의 생각을 모르는 철부지 어린아이였다고나 할까?

그런 자신을 보며 운진은 부끄러움을 느끼기도 했다.

"앞으로가 중요한 거야. 지금의 실력은 네 전부가 아니다. 좀 더 높은 곳으로 갈 수 있어. 언제나 자만하지 말고 최선을 다해야 한다."

운현이 해준 말이었다.

그에 운진은 힘차게 고개를 끄덕이며 운현의 말에 부응하기로 마음먹었다.

"이제는 제 제자가 아니라 현이 제자 같습니다."

청현이 운현과 함께 수련하고 있는 운진을 바라보며 중얼거렸다. 그에 청현과 함께 운진과 운현, 정미현을 바라보고 있던 청산이 고개를 끄덕이며 입을 열었다.

"좋은 일이지. 아이들도 이제는 우리들의 품에서 벗어나 자신들 스스로가 자립을 하기 시작하는 게야. 슬슬 우리가 물러나야 할 때가 오고 있는 것이지. 현이 저 아이만 보아도 슬슬 사람들을 이끌어가는 풍채가 몸에 배이기 시작했어."

"맞습니다. 차기 장문인답군요."

청현의 말에 청산은 씁쓸한 미소를 지었다.

정미현에게 초식을 가르쳐 주기 위해 정미현을 처로 받아들이기로 했고, 훗날 속가제자가 되어 산을 내려가기로 했기 때문이다.

그런 운현에게 장문인의 자리를 맡기는 것은 운현의 인생에 장애물을 만드는 것과 같다는 생각을 하는 청산이었다.

"저 아이들을 위해서… 우리가 할 수 있는 일은 다 해야겠지, 안 그런가?"

“물론이지요. 이런 세상을 저 아이들에게 떠맡길 수는 없지 않겠습니까?”

청현의 대답에 청산이 고개를 끄덕였다.

보다 좋은 세상에서 살게 하고 싶은 마음. 그것은 부모의 마음이었다.

다음날, 개방으로부터 보고가 올라왔다. 드디어 그들이 홍산 부근에서 움직임을 보이기 시작했다는 것이다.

아직 무당산으로 진격을 하고 있는 상황은 아니지만 조만간 올 것으로 보인다는 보고였다.

“이대로 수비만 할 것이오, 아니면 앞서 나가 저들을 막을 것이오?”

홍개의 물음에 청산이 잠시 생각을 하더니 입을 열었다.

“아무래도 지금 상황은 저희가 불리한 것 같습니다. 이곳 무당산에서 저들을 각개격파하는 것이 어떨까 합니다.”

“하지만 우리에게는 확실한 한 수가 있지 않소이까?”

옥기가 운현을 한 번 바라보더니 입을 열었다.

“운현 한 명이 있다고 해서 열세가 우세로 바뀌는 것은 아닙니다. 지난번 일 같은 경우는 상대가 녹림이기에 가능한 일이지 마교라면 어림도 없는 일이었을 것입니다.”

청산의 말에 운현도 고개를 끄덕였다. 자신도 인정하는 바였다.

"하지만 이곳에서 적들을 맞아 싸웠을 경우 저들에게 진다면 곧바로 이곳 무당은 끝이 아니겠소?"

"지지 않습니다!"

운현이 말했다. 절대로 지지 않는다는 자신감. 그 말에 이야기를 꺼낸 옥기만 민망한 상황이 되어버렸다.

"이곳은 저희 집입니다. 집에서의 싸움은 절대로 질 수 없을뿐더러, 저들은 이곳까지 오는 데 또다시 체력을 소모할 겁니다. 그리고 이곳 지형에 익숙한 쪽은 우리지 저들이 아닙니다. 여러 가지로 우리가 유리한 상황이니 질 수가 없습니다."

운현의 자신감에 찬 말에 옥기와 홍개를 비롯한 사람들의 마음에도 자신감이 차 오르기 시작했다.

이제는 자신의 말 한마디로 사람들의 마음을 움직일 수 있게 된 운현이었다. 그 정도로 운현의 몸에서는 자연스럽게 자신감이 배어 나오고 있었고, 검존이라는 지위에 걸맞은 당당함이 묻어나오고 있었다.

"그런가? 믿음이 가는 말이야."

홍개의 말에 옥기가 고개를 끄덕였다.

"일단은 저들이 다가올 때까지 기다리도록 하죠. 그리고 저들을 분산시키는 겁니다. 그리고 각개격파. 모여 있는 적을 쓰러뜨리기란 어렵습니다. 하지만 따로따로 떨어뜨려 놓고 보면 훨씬 쉽죠. 그러면 이길 수 있습니다."

운현의 말에 다들 고개를 끄덕였다. 필승 계책. 적어도 지금 이 순간 운현의 말은 필승과 직결되어 있는 것처럼 들렸다.

보고가 올라오고 이틀이 지나자 홍산 부근에 정착해 있던 마교 무리가 움직이기 시작했다.

사실 무당파 쪽에서 먼저 치고 나오면 어떻게 하나 걱정했던 장로들이지만 다행스럽게 그런 일은 없었다. 곡해성은 마치 그들이 나오지 않을 것이라는 사실을 알고 있었다는 듯 시종일관 여유로운 태도로 일관하고 있었다.

그도 그럴 것이 나오지 못할 것이다. 그곳에서 싸우는 것이 유리하기 때문이고, 또 내려온다 하여도 자신이 만들어놓은 '그것' 때문에 우왕좌왕할 것이다.

"그런데……."

차상현이 곡해성에게 다가왔다. 연륜이 많은 그이지만 압도적인 패배의 경험을 안겨준 사람이 있는 곳으로 가는 것이기에 긴장을 하는 것 같았다.

"무당산에서 그간 무엇을 한 것인가?"

"가보시면 압니다."

"나에게만 귀띔을 해줄 수도 없는가?"

"죄송합니다."

"음……."

밝혀서는 안 되는 어떤 이유가 있는 것이겠지만 차상현은 섭섭했다. 자신이 못 믿을 사람도 아니고 마교 내에서 자신이 못 믿을 사람으로 박히지는 않았다고 생각했기 때문이다.

차상현의 그런 기색을 읽은 곡해성이 다시 입을 열었다.

"제가 아는 방법은 마교의 방법이 아닙니다. 제가 이곳으로 오기 전에 알게 된 방법이지요. 엄밀히 말씀드리면 저만의 방법입니다. 그러니 양해해 주십시오."

곡해성의 말에 차상현은 그를 빤히 바라보았다. 왠지 모르게 지금 그의 말에서 어색함과 거리감이 느껴졌기 때문이다.

"자네는… 누군가?"

"……?"

차상현의 물음에 곡해성이 잠시 그를 바라보았다. 별다른 동요가 느껴지지 않는 그의 표정이지만 눈동자는 미세하게 흔들리는 모습을 보였다.

"장로님이 그런 농담도 하실 줄 아십니까? 저는 곡해성입니다."

그의 말에 차상현은 잠시 그를 바라보았다. 그의 눈빛을 곡해성 역시 피하지 않고 마주했다.

"그렇군, 곡해성이지."

"예."

하지만 차상현은 여전히 곡해성에 대한 찜찜한 마음을 지울 수가 없었다.

그렇게 그들은 무당으로 향하고 있었다.

삼 일이 지났다. 이제 무당산까지는 지척. 무당산이 가까워 오면서 마교 일행의 표정에는 긴장감이 감돌고 있었다.

"이제 조금 있으면 검존이 있는 무당산이라고 하던데?"

"될 수 있으면 검존에게서 멀리 떨어져 있어야겠는걸. 자칫하다가는 아무것도 못해보고 목이 달아날지도 모르겠어."

무당산으로 향하며 마교 무사들이 나눈 대화이다. 다른 것은 두렵지 않은 모양이지만 운현만은 무서운 것 같았다.

'여기서도 검존, 저기서도 검존. 짜증나는군.'

무사들의 말을 들으며 곡해성은 인상을 찌푸렸다.

운현이 대단하기는 하다. 인정한다. 하지만 싸우기도 전에 겁부터 먹으면 어쩌자는 것인가?

자신이 무엇 때문에 무당산에서 그 고생을 했는데. 하지만 그것을 마교 무사들이 알아줄 리가 없었다.

단지 곡해성이 사라졌다가 나타났다는 것만 알 뿐이었다. 곡해성이 무당산에 가서 무언가를 했다는 사실을 아는 것은 장로들뿐이다.

그 때문인지는 모르겠지만 장로들의 표정에서는 한결 여유가 묻어나오고 있었다.

곡해성이 자신있어하는 데다가 그가 말해준 전략 역시 믿을 만한 것이었기 때문이다.

곡해성의 심기가 불편한 것을 느꼈을까? 차상현이 곡해성에게 다가왔다.

그에 곡해성은 잠시 찌푸렸던 인상을 펴고는 그를 바라보았다.

"너무 신경 쓰지 말게."

"무엇을 말입니까?"

"무사들의 저 말들 말이야. 기분이 나쁠 수도 있을 게야."

"눈치가 빠르시군요."

"눈치가 빠르다기보다는 오래 살다 보니 이럴 경우에 사람들이 어떤 반응을 보이는지 알게 되더군."

"그렇군요."

"싸움 직전에 흔히 일어나는 동요에 불과하네. 그러니 자네는 무.당.을 상대할 생각만 하게."

일부러 운현이 아닌 무당이라 말하는 차상현이다. 일부러 그랬다는 것을 모르지 않는 곡해성이 고개를 끄덕였다.

"알겠습니다."

무당의 분위기는 여유로운 듯하면서도 긴장감이 흘렀다. 무당산에 자리를 잡고 싸우기로 한 이상 더 이상의 준비는 할 것이 없었다. 마교가 무당산 코앞까지 오지 않는 한은.

그렇지만 왠지 모르게 뭐라도 해야 할 것 같은 기분이 드는 무당파 제자들과 타 문파 제자들이었다.

하지만 운현만은 그렇지 않았다.

함께 있는 정미현이나 운진도 안절부절못하고 있는데 운현만은 평정심을 유지하고 있었다.

"사형은 어째 그래요?"

"응? 뭐가?"

운현이 정말로 모르겠다는 듯이 물었다. 그러자 운진이 황당하다는 표정으로 운현을 바라보았다.

"아무렇지도 않아요?"

"그러니까 뭐가!"

"초조하다던가, 긴장된다던가, 아니면 두렵다던가. 두렵지는 않으려나? 천하제일 사형이니."

"아하!"

운현이 그제야 알았다는 듯 반응을 보였다.

"초조하고 긴장되고 두렵지."

"예? 별로 안 그런 것 같은데요?"

"그럼, 그걸 겉으로 드러내고 호들갑 떨면 이겨? 그런 감정들이 사라져? 차라리 최대한 편안한 마음으로 자신을 다스리는 것이 훨씬 더 나은 법이지."

"사형, 몇 살 먹었수?"

"응?"

"혹시 이렇게 강한 것도 반로환동(返老換童)한 고수라서 그런 것 아닌가?"

"풉!"

곁에서 듣고 있던 정미현이 웃음을 터뜨렸다. 운현도 겸연쩍은 미소를 짓고 있었다.

"아무튼 이런 상황에서 침착할 수 있는 사형이 참 부럽습니다."

"이런 상황에서는 침착해야만 해. 너도 명심해 둬. 싸움에 닥쳤을 때에, 그리고 싸우기 직전에 침착성을 유지하지 못하면 이길 수 있는 적에게도 자칫 밟힐 수 있는 법이다."

"명심하겠습니다."

진지하게 이야기하는 운현을 보며 운진 역시 진지한 태도로 그것을 들었다.

"자기 자신을 다스리지 못하는 사람은 그 어떤 적들도 이길 수 없다. 하지만 자기 자신을 다스릴 수 있는 사람은 그 어떤 적이 눈앞에 나타난다고 하더라도 이길 수 있지."

"사형 같은 사람이 제 앞에 나타나도요?"

"물론이다. 이 세상에서 가장 강한 적은 나 자신이거든."

이 순간 운진은 운현이 마치 세상을 다 산 도인과 같이 느껴졌다. 깨달음이 그만큼 깊어 보였기 때문이다.

"그런 눈으로 보지 마."

"예?"

"이런 건 머리만 조금 크면 다 아는 내용이야. 이럴 시간에 수련이라도 좀 해놔. 무리는 하지 말고."

"…예."

“풉!”

운진이 고개를 숙였다. 그리고 또 한 번 정미현의 입에서 웃음소리가 터져 나왔다.

“뭐가 그렇게 재미있어요?”

“풉!”

다시 한 번 웃는 그녀다.

하루가 더 지났다.

이제 마교가 무당산에 도착하기까지 반나절 정도가 남은 상황이다. 실제 거리상으로도 그다지 멀지 않은 곳까지 온 마교다.

무당산에서도 본격적인 준비에 한창이었다.

상대의 공격에 대비하여 조를 나누고 각각의 조를 이끌 사람들을 결정했으며, 무당산 지형에 대한 설명과 수적으로 우위에 있는 적들을 상대할 때에 대한 내용을 무사들에게 숙지시켰다.

어제까지만 해도 느긋하던 운현도 오늘은 조금 분주하게 보였다. 구룡검을 손질하기도 했고, 청산 등 수뇌부와 회의도 하는 등 쉴 틈이 없어 보였다.

그만큼 이번 싸움에서 중요한 변수가 될 수 있는 사람이 바로 운현이기 때문이었다.

운현 스스로도 자신의 그런 역할에 대해서 잘 알고 있었다.

자신이 얼마만큼 활약하느냐에 따라서 이번 싸움의 승패가 갈릴 수 있다는 사실을.

그렇기 때문에 겉으로 티는 안 내고 있지만 속으로 부담이 많이 되는 것이 사실이었다.

"후아… 쉴 틈이 없구나."

방금 전에도 갑작스럽게 소집된 회의를 하고 온 운현이 정미현의 곁에 앉으며 한숨을 내쉬었다.

그런 운현을 정미현이 미소를 지으며 바라보았다.

"힘들죠?"

"그럼요. 이 젊은 나이에 어르신들과 회의를 하려니 좀이 쑤셔 죽겠더라니까요. 물론 하다 보면 저도 거기에 빠져들고 있기는 하지만."

"체질이네요."

"체질이라뇨. 전 나중에 사부가 장문인 하라고 해도 절대 안 할 거예요."

"하지만 운현밖에 할 사람이 없을 것 같은데요? 그것도 운명이에요."

운명이라는 정미현의 말에 운현이 고개를 설레설레 저었다.

"이번 운명은 맞서기보다는 좀 피하고 싶네요."

"그렇게 싫어요?"

정미현의 물음에 잠시 생각을 하던 운현이 입을 열었다.

"자신이 없으니까요."

운현이 짧게 대답했고, 정미현이 그를 바라보았다. 운현은 하늘을 바라보았다. 피가 튀는 싸움이 벌어지기 직전의 상황과 어울리지 않게 구름 한 점 없이 맑은 하늘이 눈앞에 펼쳐져 있었다.

"제가 대무당의 장문인이 된다. 힘들 것 같아요. 저 하나만 힘들면 다행이지만 다른 사람들도 힘들겠지요. 전 잘할 수 없어요. 능력 부족이지요."

"처음부터 잘하는 사람이 어디 있어요? 처음에는 다 시행착오도 겪어가면서 하는 거죠. 아마 운현이 능력없다고 하면 사람들이 놀랄걸요?"

정미현의 말에 운현이 미소를 지었다. 순간 '정말로 그럴까?' 하며 상상해 보았던 것이다.

"운현은 모를지 몰라도 운현을 보면 참 대단하다는 생각을 많이 해요. 스스로가 크게 튀면서 잘난 척하는 것도 아니고, 그저 묵묵히 자신이 해야 하는 일을 하잖아요. 그리고 다른 사람들을 끌어가기도 하고. 많은 사람들이 운현에게 기대하고 희망을 갖는 것이 다 그런 이유라고 생각해요."

운현은 작게 고개를 끄덕였다. 그런 것이 자신의 능력일까?

"모르겠네요. 아직은 먼 이야기니까 그때 가서 생각해 보죠. 지금은 눈앞에 닥친 적들만 생각해도 머리가 아파요."

“너무 부담스러워 하지 말아요. 운현의 능력이라면 충분히
잘해낼 수 있을 테니까요.”
“고마워요.”
운현과 정미현이 손을 꼭 맞잡았다.

격돌까지 이제 반나절. 마교와 무당. 둘 다 각각의 이유로
자신감에 찬 모습을 보이고 있었다.

第九章
혈전(血戰)

“저곳이 무당산인가?”

무당산을 처음 보는 차상현이 혀를 내두르며 말했다. 웅장하면서도 가파르고, 멋들어진 전경이 있는 무당산을 보고 이와 같은 반응을 보이지 않을 사람들은 많지 않았다.

“쉽지는 않을 것 같군.”

차상현이 중얼거리자 다른 장로들 역시 고개를 끄덕였다.

산에서 흘러나오는 웅장한 기운을 받으며 성장한 무당이니 운현과 같은 사람이 나오는 것은 당연하게 생각되었다.

게다가 험한 산세와 울창한 숲은 싸우는 데 방해 요인이 될 것만 같았다.

"이길 수 있습니다. 걱정 마십시오."

곡해성의 목소리가 장로들의 귓속을 파고들었다. 마치 사술이라도 부린 양 장로들의 귓속으로 들어간 그의 목소리는 장로들의 마음속에 있는 걱정들을 순식간에 없애 버렸다.

"자, 그럼……."

장로들의 표정에서 걱정이 사라진 듯하자 곡해성이 입을 열었다.

"올라가 볼까요?"

곡해성이 먼저 발을 떼었고, 그 뒤로 장로들과 마교 무사들이 따랐다.

"후우!"

운현이 심호흡을 했다. 싸움이 시작되기까지 얼마 남지 않았기에 마음을 다잡고 있는 것이다.

긴장.

두려움.

걱정.

살인에 대한 거부감.

이제부터 이런 것들은 모두 잊어야만 했다. 자신의 어깨에 수없이 많은 목숨이 매달려 있음을 느낄 수 있었다.

"사형!"

운진이 달려왔다. 듣지 않아도 알 수 있었다. 분명 마교가 진격해 오고 있는 것이리라.

"가자!"

"예!"

운현이 힘차게 말했고, 운진이 결연한 표정으로 그의 뒤를 따랐다.

운현은 곧바로 청산이 있는 곳으로 향했다. 그곳에는 청산뿐만 아니라 옥기와 홍개, 그리고 종남파 장문인인 심이환(諶彛煥)이 있었다.

"적들은 어떻게 하고 있습니까?"

"현재 무당산을 둘러싸고 오를 준비를 하고 있다."

"인원이 꽤 많은가 보죠? 무당산을 둘러쌀 정도라니."

"물론 완벽하게 싼 것은 아니지만 그래도 생각보다 많은 인원이 온 것 같다."

청산의 말에 운현이 고개를 끄덕였다.

"대략 여섯에서 일곱 개 조로 나뉜 것 같더구먼."

"그렇습니까?"

운현의 물음에 홍개가 고개를 끄덕였다.

지금 이곳에서 나뉜 조 역시 대략 일곱 개 정도 되었다.

"잘되었군요. 일 대 일로 붙으면 되겠습니다."

"그렇지, 진검승부가 될 것이야."

홍개의 말에 운현을 비롯한 모든 사람들이 고개를 끄덕

였다.

"그럼 이제 우리도 슬슬 내려가도록 하지요."

"그렇게 하지. 이번에는 저들의 씨를 말려야 할 것이야. 괘씸한 것들."

홍개가 분하다는 듯 주먹을 불끈 쥐며 말했다.

"물론입니다. 저들이 더 이상 악행을 저지르지 못하도록 해야겠지요. 아미타불."

옥기가 합장을 하며 홍개의 말을 받았다. 그리고는 모두 자리에서 일어나 밖에서 기다리고 있는 무사들에게로 향했다.

장로들이 이끄는 마교 무리는 각각 곡해성이 지정해 준 위치로 가서 대기하고 있었다.

아직 오르기 전이었고, 곡해성의 신호에 일제히 오르기로 한 것이다.

곡해성은 미리 무당산에 오르고 있었다.

자신이 설치해 놓은 진법에 이상이 없는지 다시 한 번 확인해 보기 위함이었다.

물론 사람들이 그것을 확실하게 알아보고 건드렸을 리는 없지만 혹시 모르는 일이기 때문이었다. 사람이 아니더라도 동물들이 지나다니면서 진법이 흐트러졌을 수도 있으니.

하지만 다행스럽게도 거의 흐트러진 곳은 없었다. 이 정도면 적들을 완벽하게 몰아넣을 수 있을 것이다.

"자, 그럼… 사냥을 시작해 볼까?"

파앙!

곡해성이 신호탄을 쏘아 올렸다. 마교의 진격이 시작되는 순간이었다.

파앙!

폭음과 함께 하늘로 무언가가 쏘아 올려졌다.

그것을 무당파에 모여 있는 사람들 모두가 볼 수 있었다.

"저 신호탄……."

운현이 하늘에서 번쩍이는 신호탄을 보며 중얼거렸다. 운현뿐만 아니라 사람들 모두가 거기에 시선이 쏠려 있었다.

"기분 나쁘군."

운현의 중얼거림을 들은 사람은 아무도 없었다.

"신호탄이다! 가자!"

차상현이 이끄는 일행이 무당산을 오르기 시작했다. 지금 이 순간 차상현뿐만 아니라 매향향을 비롯한 다른 장로들도 무당산을 오르기 시작할 것이다.

"우리가 맡은 자리가……."

차상현은 무당산에 오르기 전 곡해성이 일러준 곳으로 오르기 시작했다.

그곳은 적들을 진법 속으로 몰아넣고 아군이 꽹장히 유리한 곳에서 싸울 수 있는 요지였다.

그것을 아는 사람은 각 조를 이끌고 있는 장로들뿐. 장로들은 곡해성의 이야기를 들으며 감탄을 금치 못했다.

'승리할 수 있다! 필승이야!'

차상현은 과거의 빚을 갚을 수 있게 되었다는 생각에 벅차오르는 흥분을 감출 수가 없었다.

"적들이 올라오기 시작했습니다!"

무사 한 명이 급히 달려와 보고를 했다. 미리 적들의 동태를 살피라 하기 위해 중턱까지 내려 보냈던 무사였다.

"그래? 알겠다."

무사를 제자리로 돌려보낸 청산이 운현과 옥기 등을 바라보며 말했다.

"자, 저희도 이제 내려가야 할 것 같습니다. 저들에게 우리의 무서움을 보여주도록 하지요."

"그렇게 하십시다."

옥기가 대답했다.

"운현아."

"예?"

"네가 저들에게 한마디 해주지 않겠느냐?"

"제가요?"

"그래, 지금 이 순간에 우리들의 열 마디 말보다는 너의 한

마디 말이 더 큰 효과를 발휘할 것이야.”

운현이 옥기와 홍개, 심이환을 돌아보았다. 그들 역시 청산의 말에 동감한다는 듯 고개를 끄덕였다.

“그럼… 제가 하겠습니다.”

운현이 어색하게 대답하더니 무사들을 바라보았다.

무당파에 도열해 있는 무사들은 운현이 자신들을 바라보자 기대감이 가득한 눈으로 운현을 바라보았다.

“에…….”

운현이 어색하게 운을 떼었다. 하지만 단 한 명도 웃는 사람이 없었다.

“오늘 전투는 굉장히 중요한 전투입니다. 이번에 이기면 우리 정파는 마교와의 싸움에 종지부를 찍을 수 있습니다.”

운현이 잠시 말을 끊었다. 그런 유현을 무사들은 숨을 죽이고 바라보았다.

“그렇게 중요한 싸움인 만큼 이 자리에 있는 여러분들 중 많은 분들이 목숨을 잃을 수도 있습니다.”

운현의 말에 조금씩 무사들 사이에 동요가 일기 시작했다. 운현의 뒤쪽에서 운현의 말을 듣고 있는 청산과 옥기 등도 살짝 얼굴이 굳어졌다.

이런 말은 무사들에게 힘이 될 수 없기 때문이었다.

“그런 말을 왜 하느냐!”

“기다려 보세요.”

운현의 전음에 뭐라 더 이야기하려던 청산은 입을 다물었다. 하지만 그의 표정에는 여전히 불안감이 떠나질 않고 있었다.

"하지만!"

운현의 말에 동요하던 무사들이 일순간 멈추었다. 그리고 운현에게로 시선을 고정시켰다.

"저는 여러분들이 쉽게 당하지 않을 것이라 믿고 있습니다! 제가 그렇게 해드리겠습니다! 여러분들 단 한 분도 저는 잃고 싶지 않습니다."

"우와아아!"

"와아아!"

운현의 말에 무사들이 환호성을 질렀다. 알고 있다, 자신들도 이번 싸움에서 죽을지도 모른다는 사실을.

아무리 운현이 능력이 좋다 하여도 자신들 한 명도 죽지 않을 수는 없다는 것을 알고는 있지만 그런 운현의 마음에 감동한 것이다.

그리고 운현이 있으면 이들 중 한 사람이라도 더 목숨을 부지할 수 있지 않을까 하는 강력한 희망이 생긴 것이다.

"저런 것은 언제 가르치셨습니까?"

뒤쪽에서 숨을 죽이며 운현의 이야기를 듣고 있던 홍개가 청산에게 전음을 보내왔다.

처음에는 잘 못할 듯하던 운현이 청산유수처럼 말을 하고 무사들의 사기를 중진시켰기 때문이다.

홍개의 전음에 청산도 고개를 저었다. 저런 방법을 사용할 줄은 몰랐던 것이다.

'역시 내 제자는 다르다니까!'

속으로 굉장히 좋아하는 청산이었다.

"자, 가자!"

청산의 외침에 무사들은 각자 자신들을 이끄는 사람들을 따라 무당파를 나서기 시작했다.

싸움이 시작되려는 순간이었다.

"내려옵니다."

"그래? 준비하라!"

무당파에서 정파가 내려온다는 보고에 차상현이 소리쳤다. 통쾌한 승리를 따낼 생각을 하니 벌써부터 흥분감에 몸이 떨려오는 그였다.

"어서 와라."

중얼거리며 적들이 나타날 곳을 바라보는 차상현이었다.

일곱 개 조로 나뉜 무당파와 소림, 개방, 종남의 무사들은 조심스럽게 산을 내려갔다.

울창하게 우거진 숲이기 때문에 언제 어디서 적들이 나타날지 모르는 상황이기 때문이었다.

종남 장문 심이환은 이런 환경을 싫어했다.

언제 어디서 적이 나타날지 모르는 데다가 숲이 너무 울창하여 약간 어두컴컴한 분위기.

너무 싫었다.

하지만 지금은 어쩔 수 없었다.

자신의 뒤에 서른 명에 달하는 무사가 있었기에 그들 앞에서 자신의 감정을 그대로 드러낼 수는 없는 노릇이었다.

스스스스!

바람에 나뭇잎들이 흔들리며 음산한 소리를 냈다. 순간적으로 몸을 부르르 떠는 심이환이었다.

"그런데……."

심이환이 이상한 분위기에 입을 열었다.

"무당산이 원래 이렇게 어둡고 숲이 울창했나?"

그렇게 중얼거리며 심이환은 뒤를 돌아보았다.

"엇!"

없었다. 자신의 뒤를 따라와야 할 서른 명의 무사가 보이질 않았다. 섞여 있기는 했지만 대부분이 종남의 문하. 걱정이 안 될 리가 없었다.

"어떻게 된 것인가! 그새 습격을 당한 것인가!"

그렇게 외친 심이환은 이내 고개를 저었다. 아무리 마교라 할지라도 전문 살수가 아닌 이상 자신의 이목을 속이고 접근할 수는 없었다.

“어떻게 된 일이란 말인가!”

귀신이 곡할 노릇. 심이환의 심장이 세차게 뛰기 시작했다.

긴장, 두려움.

진법에 갇힌 심이환은 심적으로 점점 무너지고 있었다.

당황스럽고 두렵기는 심이환과 떨어진 무사들도 마찬가지였다. 갑자기 자신들의 눈앞에 안개 비슷한 것이 생기더니 앞서 가던 심이환이 사라진 것이다.

“장문인! 장문인!”

무사들은 돌아다니면서 심이환을 찾았다. 짧은 순간에 사라진 것이기 때문에 멀리 떨어져 있지는 않을 것 같아 소리를 질러가며 찾았지만 보이지 않았다.

“하하하!”

“누구냐!”

갑자기 나타난 차상현. 그에 무사들 중 한 명이 소리쳤다.

“나? 보면 모르나? 네놈들 적이다. 쳐라!”

차상현의 말에 마교 무사들이 일제히 정파 무사들을 향해 달려들었다.

숫자는 비등한 상황. 실력은 정파 쪽이 조금 더 높은 수준. 하지만 밀리고 있는 쪽은 정파였다.

심리적 차이.

그것은 굉장히 큰 차이였다.

뒤에 차상현이 있다는 존재감이 마교 무사들에게는 엄청난 자신감으로 작용하고 있었고, 정파 무사들은 마치 선장을 잃은 선원들처럼 우왕좌왕하고 있었다.

"난 없어도 되겠군."

차상현이 중얼거렸다. 그리고는 어디론가 발걸음을 옮겼다.

심이환은 혼자 돌아다니고 있었다. 처음의 동요는 많이 가라앉은 듯했다. 한 문파의 장문인에 걸맞은 모습이었다.

그런 그의 앞에 누군가가 나타났다.

"뭐야, 무당의 청산이 아니었군."

나타난 사람이 대뜸 중얼거렸다. 그러자 심이환이 그에게 소리쳤다.

"누구냐!"

"그러는 네놈은 누구냐?"

"이이……!"

심이환이 이를 악물고 상대를 노려보았다. 무시당했다고 생각했기 때문이다.

하지만 차상현은 정말로 몰라 물어본 것이다. 마교와 정파가 평화협정을 맺고 바깥 생활은 하지 않고 마교 안에서만 생활을 했으니 모르는 것이 어찌 보면 당연한 것이었다.

"어쨌든 적으로 만났으니 죽여야겠지."

차상현이 자신의 검을 빼 들었다 . 그리고는 진작에 검을 뽑고 자신을 노려보고 있던 심이환을 바라보았다.

"종남의 검에 자비란 없다! 하앗!"

심이환이 검기를 뿌리며 차상현에게 달려들었다. 눈앞에서 검기가 난무하는데도 차상현은 전혀 긴장하는 표정이 아니었다.

'종남이었던가?'

상대에 집중하지 않고 잠시 딴생각을 하는 차상현. 그것은 실수였다.

화끈!

"음……!"

차상현이 왼쪽 팔뚝에 자상이 생겼다. 금세 붉게 물드는 그의 옷자락이다.

"이거 잠시 딴생각을 했더니……."

차상현이 중얼거렸다. 완벽하게 무시당한 심이환. 그의 분노는 하늘을 찌르고 있었다.

"죽어라!"

심이환이 아까보다 더한 위력의 검법으로 차상현을 압박해 갔다.

방금 전보다 더한 위력에 차상현은 진중한 표정으로 자신의 검을 들어 심이환에 맞섰다.

챙!

차차창!

요란한 금속성이 울리며 검과 검이 부딪쳤다. 생각보다 차상현에게 잘 맞서고 있는 심이환이었다.

점점 시간이 갈수록 당황하는 쪽은 차상현이 되었다.

설마하니 심이환이 자신에게 이 정도로 맞설 수 있을 것이라 생각하지 못했던 것이다.

'정파의 실력이 이 정도였던가!'

감탄하는 차상현. 하지만 두려움이나 걱정은 없었다.

'그러나 이 정도로는……'

차상현의 검끝이 변하기 시작했다. 좀 더 빠르고 좀 더 강하고 위력적인 검법.

처음에는 대등하던 상황이 점차 차상현 쪽으로 기울기 시작했다.

'이럴 순 없다!'

점차 상대의 공격을 막아내기에 급급하고, 반격할 기회조차 잡기가 어려워지자 심이환의 표정은 점점 더 굳어만 갔다.

땀은 비 오듯 흐르고 있었고, 내력은 계속 소모되고 있었으며, 시종일관 상대의 여유로운 표정을 보는 것만도 굉장히 곤욕스러운 일이었다.

'절대로 질 수 없다, 절대로!'

이를 악무는 심이환. 하지만 자신에게 쉴 틈조차 주지 않고 공격을 퍼붓는 차상현은 이를 악문다고 해서 이길 수 있는 상대가 아니었다.

"크흑!"

첫 번째 상처. 검을 드는 오른쪽 팔뚝이었다.

검을 떨어뜨리지는 않았지만 상처의 통증으로 인해 손에서 힘이 빠지고 있었다.

"끝?"

단 한 글자 내뱉었지만 그 효과는 어마어마했다. 다시금 심이환의 가슴속에 있는 분노의 불길을 치솟게 만드는 한 글자였다.

"이야아아!"

심이환이 고함에 가까운 기합성을 내지르며 차상현에게 달려들었다.

"끝났군."

심이환의 공격을 이리저리 피하며 차상현이 중얼거렸다. 혼잣말을 가장한 심이환에게 하는 말이었다.

그에 점점 이성을 잃어가는 심이환.

점점 마구잡이식의 공격으로 바뀌어가고 있었다.

"빨리 끝내야겠어."

쉬이익!

"흐억!"

두 번째 상처. 이번에는 왼쪽 허벅지에 깊은 상처가 생겼다. 그에 무릎을 꿇고 마는 심이환. 하지만 그는 차상현을 노려보았다.

"미안하지만, 이제 죽어줘야겠어."

차상현이 자신의 검을 심이환의 목 언저리에 가져다 대며 중얼거렸다.

"나는 죽지만 정파는 지지 않는다. 네놈 모가지도 곧 날아갈 것이다!"

심이환이 악에 받친 듯 소리쳤다. 그에 차상현이 검을 들어올렸다.

"시끄러워."

촤악!

뎅그르르.

시끄럽다는 말과 함께 검을 내려치는 차상현. 그리고 심이환의 목이 떨어졌다.

풀썩.

목이 떨어짐과 동시에 앞으로 쓰러지는 그의 몸. 그리고 잘린 부분에서는 폭포수와 같이 피가 흘러내리고 있었다.

"이제 시작이다."

중얼거린 차상현이 정파무사들을 유린하고 있을 수하들이 있는 곳으로 향했다.

이런 상황을 겪고 있는 곳이 비단 이곳뿐만이 아니었다. 일곱 개의 조 전부가 지금과 같은 상황을 겪고 있었다.

그에 정파 쪽 진영은 큰 혼란을 겪고 있었으며, 기세를 탄 마교 진영은 거침없이 정파 쪽 무사들을 제압해 나갔다.

이런 상황은 운현이 맡은 조 역시도 마찬가지였다. 어느 순간 뒤를 돌아보니 정미현과 운진을 비롯한 서른 명 정도의 인원이 사라지고 없었다.

"뭐지?"

"뭐긴, 딱 걸린 거지."

"아!"

낯익은 얼굴. 매향향이었다. 그리고 그녀 혼자가 아니었다. 처음 보는 얼굴 세 명이 그녀와 함께 있었다.

"오랜만이군."

"반갑지는 않아."

매향향의 대꾸에 운현이 고개를 끄덕였다. 이런 상황에서 만난다는 것 자체가 유쾌한 만남은 아니었다.

물론 이런 자리가 아니더라도 그렇겠지만.

"이번에는 혼자가 아니군? 아, 지난번에도 혼자는 아니었지."

운현의 말에 매향향이 슬쩍 자신의 주변에 있는 사람들을 돌아보았다.

그들 역시 장로들이다. 운현을 상대하기 위해서 매향향과 함께 기다리고 있었던 것이다.

　물론 이 네 명이 운현을 이길 수 있을 것이라 생각하기는 어려웠다. 그 정도로 운현이 최근 보여주고 있는 무위는 압도적이기에.

　하지만 적어도 운현을 이 자리에 묶어둘 수 있고, 설사 자신들이 다 죽는다 하여도 다른 사람의 손에 운현이 죽을 수 있다는 생각을 하는 그들이었다.

　"시간 끌지 말죠? 저도 바쁘고 그쪽도 바쁠 테니."

　스릉!

　운현이 구룡검을 꺼내 들었다. 한순간 매향향을 제외한 세 명의 장로가 구룡검에 시선을 빼앗겼다.

　"조심!"

　촤아악!

　세 명의 장로는 깜짝 놀랐다. 분명 어느 정도 거리를 두고 떨어져 있던 구룡검이 눈을 한 번 깜빡이자 자신들의 눈앞에 와 있는 것이다.

　그들의 눈에는 마치 구룡검이 늘어난 것처럼 보였다.

　혼자만 정신을 차리고 있던 매향향이 서둘러 자신의 채찍을 휘둘렀고, 세 명의 장로를 노리고 날아가던 구룡검은 그녀의 채찍에 붙잡힌 채 목적을 달성할 수가 없었다.

　"쳇!"

　운현이 채찍이 감긴 구룡검을 회전시켜 채찍을 풀어내고는 다시 자세를 취했다.

“정신 차리세요!”

매향향의 앙칼진 목소리에 정신을 차린 세 명의 장로는 서둘러 자신들의 무기를 꺼내 들었다.

그리고는 무서운 기도를 뿜어내며 운현을 노려보았다.

'장난 아닌데?'

네 명의 장로가 뿜어내는 살기와 엄청난 기도. 아무리 운현이라도 쉽게 장담할 수 없는 싸움이 될 것이다.

'힘들겠어.'

살짝 고개를 젓는 운현이었다.

운현과 떨어진 운진과 정미현 일행은 적들과 맞서 싸우고 있었다.

하지만 운진과 정미현의 존재 때문이지 그들은 크게 동요하는 모습을 보이지 않고 있었다.

곡해성의 작전에 한 가지 변수가 생기는 순간이었다.

“동요하지 마라! 사형이 우리를 찾아올 것이다!”

운진이 검을 휘두르며 소리쳤다. 벌써 운진의 검에 쓰러진 마교 무사가 네 명. 그간 실력이 많이 는 운진이었다.

'형수님은?'

운진이 고개를 돌려 정미현을 바라보았다. 혹시라도 잘못되지 않았나 하는 걱정 때문이었다.

하지만 그것은 기우였다. 운현에게 초식을 배우고 실력이 급성장한 정미현은 벌써 세 명의 마교 무사를 때려눕히고 있었다.

한 가지 아쉬운 점이라면 살인을 해본 적이 없는 그녀이기에 그저 움직이지 못할 정도의 상처만 내고 있다는 점이었다.

하지만 그것만으로도 지금 상황에서는 큰 힘이 되었다.

마교 무사들의 숫자는 벌써 반수 이상 줄어 있었다. 확실한 승리. 하지만 마음을 놓을 수는 없었다.

갑자기 운현이 사라지고, 적들이 나타나고, 낯선 풍경들이 나타나는 것으로 보아 진법에 갇힌 것 같았다.

그렇다면 아무리 이겨도 자신들에게는 불리한 상황. 조금도 마음을 놓아서는 안 되었다. 중간에 운현을 만난다면 모르겠지만.

그렇게 생각하며 검을 휘두르는 사이 어느덧 상황은 거의 정리가 되어 있었다. 쓰러져 신음하고 있는 사람들은 거의 다가 마교 무사들이었다.

다행스럽게도 아군의 피해는 거의 없다시피 한 상황이었다.

'다른 쪽은 어찌 되었는가! 사형은!'

운진이 주변을 두리번거리며 작금의 상황을 분석하기 시작했다.

운현은 여유로웠다.

처음에 그렇게 무시무시한 기운을 내뿜던 장로들도 운현

에게는 안 되었다.

한 가지 까다로운 점은 세 명의 장로들 때문에 매향향의 채찍을 견제하기 어렵다는 점이었다.

그 때문에 운현의 몸에는 상처가 몇 군데 나 있었다.

하지만 움직임에 크게 영향을 줄 정도의 상처들은 아니었다.

어지간하면 운현이 지금까지 버틴 것을 보고 질릴 법도 하건만 상처가 몇 곳 생겼기 때문인지 아직 자신감을 잃지 않고 있는 장로들이었다.

'안 되겠다. 이대론 힘들겠어.'

운현이 구룡검에 내력을 조금 더 주입하기 시작했다. 지금의 상황이 생각했던 것보다 좋지 않게 흘러가고 있기에 힘을 비축해 두려고 하였으나 그럴 수가 없는 상황이 되어버렸다.

지금 눈앞에 있는 적들은 힘을 아껴서는 물리치기 어려웠다. 상대가 강하다기 보다는 네 명이 합격을 하니 까다롭다고 해야 했다.

'이럴 때는……'

내력이 응집된 구룡검을 운현이 한 번 힘차게 휘둘렀다. 그와 동시에 채찍처럼 늘어나는 검기. 구룡검에서 일 장 이상 뻗어 나온 기운이었다.

"흐억!"

재수가 없었다고 해야 하나? 나머지 두 명의 장로가 몸을 뒤로 빼내며 검기를 피해냈다. 하지만 구룡검이 움직임을 멈춘 곳에 있던 장로 한 명이 문제였다.

원심력에 의해서 검기가 더 늘어났기 때문인지, 아니면 반응이 늦어 뒤로 피하는 것이 늦었기 때문인지 그 장로의 가슴팍에 검기가 제대로 가서 꽂혔다.

심장을 제대로 꿰뚫은 것이다.

사실 이 공격은 다들 쉽게 피할 것이라 생각하고 다음 공격을 준비했던 운현으로서는 황당하기 그지없는 상황이었다.

그것은 매향향과 나머지 두 장로도 마찬가지였다. 이렇게 허무하게 한 명이 죽어버릴 것이라고는 생각지도 못했기 때문이다.

"나야 고맙지. 간다!"

잠시 주춤한 사이, 운현이 다시 달려들었다. 이번에는 순식간에 한 명의 장로와 거리를 좁혀 바싹 붙었다.

"헉!"

헛바람을 들이켜는 장로. 하지만 그때는 이미 늦은 상황이었다.

푸욱!

단전을 파괴하며 복부에 꽂히는 운현의 검. 그에 장로의 눈이 부릅떠졌다.

온몸의 내공이 산산이 흩어지는 느낌.

무인 된 입장에서 결코 좋은 느낌이 아니었다.

풀썩.

비명도 지르지 못하고 쓰러지는 장로다. 순식간에 두 명으로 줄어버린 상황.

매향향과 한 명 남은 장로는 지금의 상황을 어떻게 받아들여야 할지 머리가 아파왔다.

일각도 안 되어서 네 명에서 두 명으로 줄어버렸으니 그럴 법도 했다.

'괴물이야! 인간이 아니야!'

자신들을 바라보고 있는 운현을 보며 생각하는 매향향과 장로였다.

운현과 운현이 이끌던 조만 나은 상황이었지 다른 쪽은 처참할 정도였다.

살아남은 사람들은 전체의 반절도 채 되지 않았으며, 마교 장로들과 마주쳐서 살아남은 사람은 많지 않았다.

청산과 옥기, 홍개와 그의 제자인 양탁 정도였다. 물론 그들 이외에도 살아남은 사람들이 더 있었지만 부상이 심하거나 버티기 힘든 경우가 대부분이었다.

이 상황만 보더라도 무당은 이미 무너진 것이나 다름이 없었다.

"어떻게 된 걸까요?"

"아무래도 무당산 전체에 거대한 진법을 만들어놓은 것 같습니다."

"진법을요? 이렇게 넓은 범위예요? 대체 누가?"

놀랄 수밖에 없었다. 진법을 사용한다고 해도 이렇게 넓은 범위에 설치하기란 쉽지 않은 일이었다.

그것은 둘째 치고라도 이 짧은 시간에 이 정도의 진법을 설치했다는 것도 놀라운 것이고, 이런 진법을 설치하는 동안 무당파에서는 아무도 몰랐다는 점은 어이가 없는 상황이라 할 수 있었다.

"아무래도 쉽게 빠져나갈 수 있는 진법은 아닌 것 같습니다. 언제 적들이 나타날지 모르니 바짝 긴장해야겠습니다."

운진의 말에 고개를 끄덕이는 정미현의 얼굴은 잔뜩 찡그린 표정이었다.

처음으로 치러본 실전. 결코 좋은 일이 아니었다.

적이라고는 해도 다른 사람의 몸에 상처를 낸다는 사실 자체가 싫었고, 혈향(血香)을 맡는 것이나 죽은 시체를 보는 것은 견디기 어려운 것이었다.

필사적으로 버티고는 있었지만 지금 정미현의 상태는 그리 좋은 상태가 아니었다.

외상이나 내상 때문이 아닌 정신적, 심적 문제였다. 살인은 하지 않았지만 이런 상황을 처음 겪는 사람이라면 견디기 어려운 것이 사실이다.

그럼에도 정미현은 운현을 생각하고 할아버지를 생각하며 죽을 수 없다는 정신력으로 버티고 있는 것이다.

“조심스럽게 움직이며 사형이 나타날 때까지 기다려야 할 것 같습니다. 사형은 무사하실 테니 걱정 마십시오.”

운진의 말에 정미현은 대답하지 못하고 고개만 끄덕였다. 입을 열면 무언가가 올라올 것만 같았기 때문이다.

‘운현……’

이런 상황에서 생각나는 사람은 운현 한 사람뿐이었다.

네 사람이서 운현을 상대하는 것도 승산이 없는데 너무나도 허무하게 두 사람이 죽어 둘만 남은 상황에서는 더더욱 승산이 없었다.

급격히 떨어진 사기.

거기서부터 그들은 이미 운현에게 진 것이나 다름이 없었다.

십 초. 딱 십 초였다.

운현이 그들을 제압하는 데 필요한 것은 딱 십 초뿐이었다.

십 초 만에 매향향과 이름 모를 장로 한 명을 쓰러뜨린 운현은 정미현과 운진 등을 찾기 위해 돌아다니기 시작했다.

‘제발 아무 일이 없기를!’

간절하게 바라는 운현이었다.

第十章
의지

보이지는 않지만 비릿한 혈향은 계속해서 운현의 코를 간질이고 있었다.

한두 번 맡아본 냄새가 아니지만 맡을 때마다 운현은 적응하기 힘듦을 느끼곤 했다.

지금도 마찬가지였다.

자신의 조원들을 찾아 헤매면서도 계속해서 인상을 찌푸리고 있었다. 너무 비릿했기 때문이다.

"진법이 확실한 것 같군."

운현이 중얼거렸다. 처음 조원들이 사라지고 얼마 못 가서 기다렸다는 듯이 매향향과 세 명의 장로가 나타났을 때에도 대충 짐작은 하고 있었지만 낯선 지형과 냄새는 나지만 보이지 않는 시체들을 생각하며 진법이라 확신하는 운현이었다.

"그럼 이 진법을 부숴야 한다는 말인데……. 어쩌지?"

진법이라는 것을 알아도 부수기 어려운 것이 진법이다. 만든 사람이 아니고서는 어디에, 어떤 장치를 해놓았는지 알기 어렵기 때문이다.

게다가 이처럼 무당산 전체에 진법을 설치해 놓은 상황에서는 더더욱 어려울 수밖에 없었다.

"일단은 느껴볼까?"

진법은 자연의 기운의 흐름을 인위적으로 바꾸어 만든 것이기에 그 흐름의 어색한 부분을 느껴보려는 것이다.

될지 안 될지는 알 수 없다.

하지만 왠지 지금이라면 되지 않을까 하는 생각이 들어 한 번 시도를 해보려는 것이다.

"음……."

운현이 눈을 감고 주변의 기운을 느끼기 시작했다.

처음에는 그저 풀잎 소리, 벌레 소리, 바람 소리만 들리던 것들이 점차 피부로 느껴지는가 싶더니 조금씩 가닥이 잡히는 것 같은 느낌을 받는 운현이었다.

하지만 거기서 끝이었다.

자연의 기운을 느끼고 어색함을 찾는 것은 굉장히 어려운 일이다.

원래 자연이라는 것이 규칙적이지 않고 언제, 어떻게 변할지 모르는 변덕쟁이이므로.

원래 어떠했는지를 알 수 없는데 그 어색함을 찾을 수는 없는 노릇이었다.

"이거 이러면 안 되는데……."

한시가 급한 상황이다. 진법에 갇혀 계속 밀리고 있을 것이 분명하기 때문이다.

무당파에서 내려오기 전에 자신이 했던 말. 그 자리에 모인 사람 모두의 목숨을 잃게 하고 싶지 않다는 말.

진심이었다.

하지만 이미 그 말은 거짓이 된 지 오래였다. 자의가 아닌 타의에 의해서.

물론 싸움을 하는 데 모든 사람의 목숨을 구할 수는 없는 노릇이다.

하지만 조금도 그와 비슷한 일을 하고 있지 못한 자신의 모습에 운현은 실망감과 함께 희망을 가졌을 그들에게 미안한 마음도 들었다.

"부숴볼까?"

이 말은 진법을 부순다는 말이 아니었다. 말 그대로 주변의 지형을 부수겠다는 말이었다.

진법은 돌덩이 하나, 아무렇게나 놓여 있는 나무 막대기 하나에 의해서도 만들어질 수 있다. 물론 인위적인 배열이 있어야 하지만.

그것을 모르지 않는 운현이기에 주변의 지형을 부수어 그 배열을 흐트러뜨리고자 함이었다.

"후우."

심호흡을 한 번 하는 운현. 그리고는 검에 강한 내력을 주입하기 시작했다.

"하압!"

콰아아아!

쩌저적!

쿠웅!

운현이 앞에 있는 거대한 나무를 향해 검을 휘둘렀고, 그 나무는 요란한 소리를 내면서 쓰러졌다.

아무래도 일단 큰 것을 건드려 주변에 있는 작은 것들에 영향을 주도록 하는 것이 가장 빠를 것 같았기 때문이다.

자욱한 먼지와 함께 운현의 앞쪽 시야가 흐려졌다.

채채챙!

"절대 질 수 없다!"

"죽여라!"

"오잉?"

운현은 갑자기 들려오는 소리에 뒤를 돌아보았다. 뒤쪽에서는 아군과 적군이 서로 싸우고 있었다.

'아니, 앞을 헤집어놨는데 왜 뒤가 뚫려?'

참 어이없고 이상한 일이 아닐 수 없었다. 하지만 어찌 되었든 부분이기는 하지만 진법의 일부를 깨뜨렸다는 사실이 중요한 사실이었다.

"이제부터는 한 사람도 목숨을 잃게 하지 않으리."

다짐하며 자신의 뒤쪽으로 걸어가는 운현이었다.

치열하던 전장의 분위기가 갑자기 둘로 나뉘었다. 운현의 등장으로 마교 측의 분위기는 가라앉기 시작했으며, 정파 쪽의 분위기는 살아나고 있었다.

"이길 수 있다! 검존이다!"

"우오오오오!"

아직까지 운현이 직접적으로 싸움에 끼어들지도 않았지만 분위기는 급속도로 기울어져 있었다.

스슥.

가볍게 한 걸음 내딛는 운현. 하지만 운현의 신형은 순식간에 일 장 앞으로 나아가 있었다.

"흐익!"

한 마교 무사가 소리를 질렀다. 운현이 갑자기 눈앞에 모습을 드러냈기 때문이다.

촤라락!

공기를 가르는 소리를 내며 운현의 검이 무겁게 휘둘러졌다.

너무 놀라 잠시 머뭇거렸던 마교 무사는 등까지 돌리며 도망치려 했지만 이미 늦은 상황이었다.

"크악!"

비명과 함께 앞으로 쓰러지는 무사. 그의 등에는 깊고 긴 자상이 만들어져 있었다.

중요 급소를 피하고 장기가 상하지 않아 치명상은 아니겠지만 일어서기는 힘들 것이다.

"여기서 꾸물거릴 틈이 없지."

한 명을 처리한 운현은 잠시의 머뭇거림도 없이 또 다른 무사에게로 신형을 옮겼다.

놀라울 따름이었다.

정파 무사들에게 있어서 운현은 그런 존재였다.

어디선가 갑자기 나타났다. 진법에 갇힌 상태라는 것은 강호물을 어느 정도 먹은 사람이라면 쉽게 알 수 있었고, 그 진법에 갇혀 적들에게 애를 먹고 있었다.

그런데 그 진법을 어떻게 부쉈는지 갑자기 운현이 나타났고, 지금은 거의 혼자서 적들을 다 처리하고 있었다.

정파 무사들 앞으로 다가서는 적들은 거의 없었으며 몇몇은 휴식을 취하면서 운현의 움직임을 입을 벌린 채로 바라보기까지 했다.

간결하면서 빠르고 위력적인 공격.

힘의 사용을 최소화하면서도 효과적으로 적을 공략할 수 있는 방법이었다.

누구에게 배운 적은 없었지만 그동안의 싸움을 통해 몸으로 터득한 것이다.

그리고 그런 운현의 움직임을 지켜보며 정파 무사들은 눈으로 그것을 배우고 있었다.

"후우!"

어느덧 서 있는 마교 무사들은 없었다. 검을 늘어뜨리고 심호흡을 하는 운현. 그 모습이 지금 정파 무사들에게는 그 어떤 사람의 모습보다 멋지게 느껴졌다.

"다들 괜찮으십니까?"

"예? 아, 괜찮습니다!"

운현이 자신들을 돌아보며 묻자 한 무사가 소리쳤다. 바짝 긴장한 모습이었다.

"그렇다면 다행입니다. 지금 저희는 진법에 갇혀 있습니다. 좀 무식한 방법으로 부수기는 했지만 그렇게라도 해서 다른 사람들을 찾아야 합니다. 도와주시겠습니까?"

"물론입니다!"

"당연하지요!"

도와달라는 운현의 말에 무사들이 고개를 끄덕이며 소리쳤다. 운현 같은 사람이 자신들에게 도움을 청하는데 그것을 거절할 사람은 아무도 없었다.

“고맙습니다.”

콰지직!
“넘어간다! 조심해!”
쿠웅!
“콜록! 콜록! 먼지!”
또 하나의 거목이 쓰러졌다. 하지만 이번에는 아무런 변화가 없었다. 그 주변에는 진과 관련된 무언가가 없었던 것이다.
“음…….”
전체는 아니더라도 일부분은 쉽게 부술 수 있을 것이라 생각했던 운현은 의외로 그렇지 않자 난감한 표정을 지었다.
“후우.”
한숨을 쉬는 운현. 그 모습에 정파 무사들은 괜히 자신들이 미안해지는 것 같은 기분이 들었다. 마치 자신들이 무능하여 일이 잘 풀리지 않는 것 같은 기분이 들었던 것이다.
“응?”
그때 운현이 고개를 돌려 여기저기를 바라보기 시작했다. 도대체 무엇 때문에 그러는지 알 리가 없는 무사들로서는 그저 운현을 멀뚱하게 바라볼 뿐이었다.
“무슨 일이십니까?”
운현의 표정이 심상치 않아 보이자, 한 무사가 조심스럽게

다가와 물었다. 하지만 운현은 그 무사의 물음에 대한 대답 대신 입가에 손을 가져다 대었다. 잠시 조용히 하라는 말이었다.

"지금부터 최대한 이곳에서 멀리 도망가십시오."

"예?"

운현의 입에서 나온 말에 무사들은 당황스런 표정을 지었다. 갑자기 도망가라니?

"어서요! 그리고 될 수 있으면 큰 나무나 바위들을 움직여 진법을 깨도록 하십시오! 최대한 많이 뭉쳐 있어야 합니다!"

다급한 운현의 목소리에 얼떨떨한 표정으로 고개를 끄덕인 무사들은 뒤로 돌아 뛰어가기 시작했다.

그들이 멀어지는 것을 확인한 운현은 정면을 응시했다. 긴장된 표정. 지금까지 한 번도 본 적이 없는 표정이었다.

파앗!

동시에 등장하는 일곱 명의 사람들. 낯익은 얼굴들이었다.

"녹… 림?"

등장한 일곱 명은 곡해성으로부터 '대법' 을 시술받은 일곱 명의 채주였다.

'어떻게 된 것인가!'

분명 채주들은 맞다. 그리 오래전의 일이 아니고 워낙 당황스러웠던 경험도 있었기에. 그런데 그들의 몸에서 느껴지는 기도는 절대 자신의 기억에 있는 채주들이 아니었다.

절정에 가까운 기도.

아직 절정에 들어서지는 못했지만 그에 근접하는 기운들을 내뿜고 있었다.

과거 오귀문이 내뿜었던 기도와 비슷하거나 조금 낮은 수준이었다. 도저히 이 짧은 시간 안에 늘어날 수 있는 경지가 아니었다.

'이 사람들… 이상하다!'

자신을 노려보는 그들의 눈을 바라본 운현은 그들의 상태가 정상이 아니라는 것을 알 수 있었다.

초점이 없는 멍한 눈빛.

그리고 마치 벙어리가 된 듯 아무런 말이 없었다.

촤악!

그 순간 일곱 명의 채주 중 세 명이 운현에게 달려들었다. 굉장히 빠른 움직임. 마치 순간 이동을 한 것 같은 착각을 일으킬 정도였다.

하지만 운현은 그들의 움직임을 모두 보았다는 듯 침착하게 움직였다.

세 명의 유기적인 공격을 피하기도 하고 검을 들어 막아내는 운현이었다.

'이지를 제압당했나?'

가까이에서 보니 거의 확신하게 되는 운현이다. 이지를 제압당하고 그와 동시에 엄청난 힘을 손에 넣은 것 같았다.

"이길 수 있으려나……."

그래도 운현을 기억은 하는 듯 질식시킬 듯한 살기를 내뿜
으며 자신을 바라보는 채주들을 보며 운현이 중얼거렸다.

"헉! 헉!"

운현이 거친 숨을 몰아쉬고 있었다. 온몸에는 상처투성이
였으며, 입과 코에서는 피가 나고 있었다.

이런 모습이 너무나도 낯설게 느껴지는 운현이었다.

운현이 이렇게 되었는데 채주들은 어떻게 되었을까? 전멸?

아니었다. 채주 중 세 명만이 쓰러졌을 뿐, 나머지 네 명은
아직 움직이지도 않고 있었다.

오귀문 정도 되는 실력의 채주 셋을 맞아 운현은 말 그대로
목숨을 잃을 뻔했다.

세 명 각각의 실력도 굉장히 뛰어났지만 공격의 연계가 뛰
어나 막거나 피하기가 굉장히 어려웠기 때문이다.

강한 공격으로도 한계가 있었기에 운현은 여기저기 상처
를 입고 내상을 입을 수밖에 없었으며 세 명을 쓰러뜨리는 동
안 엄청난 피해를 입고 말았다.

"쿨럭!"

주르륵.

운현의 입에서 검붉은 색의 죽은 피가 흘러나왔다. 그 때문
에 속은 좀 편안해졌지만 여전히 내상의 여파는 심각했다.

‘죽을지도 모르겠군.’

속으로 생각하며 운현은 눈앞의 채주들을 바라보았다. 잠시 속을 다스릴 시간을 주는 것인지 네 명의 채주는 아직까지 움직이지 않고 있었다.

“후우.”

운현이 심호흡을 하며 자세를 바로 했다. 밝은 색이었던 옷이 피에 젖어 붉은색으로 변해 있었다. 마치 원래 그런 색이었던 것처럼.

“안 덤빌 것인가?”

운현이 물었다. 그러자 두 명의 채주가 발걸음을 떼었다.

네 명이 한꺼번에 덤비지 않는 것이 다행이기는 하지만 지금 운현의 상황은 두 명의 채주를 한꺼번에 상대하는 것도 버거웠다.

촤라락!

채주 중 한 명의 도가 운현을 향해 날아들었다. 정확하게 목을 노리고 날아드는 도. 초식이 아닌 그냥 휘두름이었다.

까앙!

“큭!”

운현이 재빨리 구룡검을 휘둘러 도를 막았다. 하지만 내상으로 내력의 운용이 자유롭지 못한 상황인지라 손으로 전달되는 통증이 꽤 컸다.

하지만 그런 통증에 인상을 찌푸리고 있을 틈이 없었다. 또

다른 채주가 자신의 가슴팍을 노리고 검을 찔러왔기 때문이
다.

촤라라라!

운현의 몸이 빠르게 회전하며 검을 피해냈다. 그러면서 검
을 휘둘러 쳐냈고, 조금 거리를 벌리며 착지했다.

"헉! 헉!"

성하지 않은 몸으로 격한 움직임을 보였기 때문인지 상처
들이 벌어져 온몸에 찌르는 듯한 통증이 왔다.

잠시 멈췄던 피는 다시금 흐르고 있었고, 지칠 대로 지친
운현의 상태는 가망이 없어 보였다.

하지만 운현의 눈만은 지금 이 순간 가장 밝게 빛나고 있었
다.

정미현과 운진 등은 깜짝 놀랐다. 주변을 철저하게 경계를
하며 나아가던 중 적들과 마주친 적이 한 번 있었다.

다행스럽게도 상대 역시 아군과 한 번 격전을 치른 다음인
지 인원이 많지 않았고, 체력도 떨어져 있어 큰 무리 없이 이
길 수 있었다.

그리고 난 후 약 이각 정도 지났을 무렵, 갑자기 왼편에 있
던 넝쿨들이 사라지더니 사람들의 모습이 나타난 것이다.

정미현과 운진 일행은 기겁할 뻔했다. 공간이 열리면서 사
람이 걸어나오는 것 같은 착각을 일으켰기 때문이다.

다행스러운 점은 너무 놀라 아무런 행동도 못하고 있을 때 나타난 사람들이 아군이라는 점이다.

만약 나타난 사람들이 적이었다면 순식간에 몇 명의 목숨은 날아갔을 상황이었다.

"아니, 어떻게 그렇게 나타난 것이지요?"

뛰는 가슴을 진정시킨 운진이 물었다. 그러자 나타난 사람들 중 한 명이 말했다.

"사실……."

그들은 운현과 만나 진법 속을 헤매던 중 운현의 말을 듣고 도망쳤다는 이야기를 했다.

"진법을 파괴하는 법을 사형에게 배웠다고요?"

"예, 그렇습니다."

"운현은 어떻게 되었나요?"

정미현이 걱정스런 표정으로 물었다. 운현이 굳은 표정으로 도망치라고 했다는 말 때문이었다.

이야기를 하던 무사 역시 정미현의 물음에 얼굴이 굳어졌다. 그 후로 운현이 어떻게 되었는지 걱정이 되었기 때문이다.

"저희도 잘은 모르겠습니다. 하지만 긴장하신 것 같았습니다."

"음……."

운진의 표정도 굳었다. 운현이 긴장한 표정으로 도망치라

고 했을 때에는 그 사람들을 보호하기 어려울 정도로 강한 상
대가 나타났다는 말이다.

운현을 긴장하게 만들 만한 강한 상대? 과연 누가 있을까?

운진은 생각해 보았다. 마교 장로들 중에서는 찾을 수가 없
을 것이다. 가장 강하다는 오귀문을 꺾었으니.

'교주라도 나타났다는 말인가?'

하지만 운진은 이내 고개를 저었다. 교주가 나타났다는 소
리는 들어보지 못한 것이다.

"아무래도 운현을 찾아봐야겠어요."

정미현이 다급하게 말했다. 그에 운진이 그녀를 말리고 나
섰다.

"지금은 그럴 수가 없습니다."

"왜죠? 운현이 위험에 빠졌을 수도 있잖아요!"

"일단 진 안에서 이리저리 돌아다닌다 한들 사형을 쉽게
찾을 수 없습니다. 그리고 사형이 그렇게 긴장할 정도의 상대
라면 지금 우리가 가봤자 도움이 안 됩니다. 짐만 될 뿐이지
요. 차라리 다른 사람들을 찾아 이번 싸움을 빨리 이겨 버리
는 편이 나을 겁니다. 사형은 지지 않아요."

운진의 목소리에서 운현에 대한 강한 믿음이 느껴졌다. 그
런 운진을 보며 잠시 망설이던 정미현은 이내 고개를 끄덕였
다.

"그렇게 하지요."

정미현의 말에 살짝 고개를 끄덕인 운진은 자신들과 합류한 무사들에게 소리쳤다.

"사형이 가르쳐 준 방법대로 일단 진을 파괴해 나가도록 하지요! 인원도 많이 모였으니 충분히 적들과 맞설 수 있을 겁니다!"

"그렇게 합시다!"

분위기가 고무되기 시작했다. 자신들끼리만 있을 때에는 불안하다가도 같은 편을 만나고 일행이 늘어나면 자신감과 함께 안도감이 생기게 마련이니까.

'사형, 무사하시죠?

'아무 일도 없는 거죠, 그렇죠?

운진과 정미현은 어떤 상황에 처해 있을지 모르는 운현을 걱정하고 있었다.

"크흑!"

운현의 한쪽 무릎이 꺾였다. 그와 함께 채주 한 명이 쓰러졌다. 이제 남은 인원은 세 명. 하지만 운현도 한계였다.

가장 치명적인 상처가 바로 허벅지에 난 깊은 상처였다.

아무리 멀쩡해도 다리가 멀쩡하지 않으면 아무런 소용이 없다. 지금 운현의 상황이 그러했다.

"남은 인원은 셋. 도대체 마교에서는 무슨 짓을 한 것이냐!"

한 달 남짓한 시간 동안 이 정도 실력으로 끌어올릴 수 있
는 방법은 한 가지 방법밖에 없었다.

'사술인가!'

빠득!

운현은 이를 갈았다. 사술. 직접 본 적은 없었지만 듣기로
는 그 부작용이 굉장히 큰 것이라 들었다.

사람에게 할 짓이 못 된다는 것 역시 들었다. 그리고 그 말
에 심히 공감하는 운현이었다.

"어떤 놈이 이렇게 만들었는지 면상이라도 봐야겠다!"

분노와 함께 오기가 끓어오르는 운현이었다. 그의 마음속
에서 다시금 투기가 치밀어 오르고 있었다.

콰쾅!

"쿨럭!"

운현의 입에서 다시금 한 사발가량의 피가 쏟아져 내렸다.
이번에는 내상이 심한지 장기의 조각들도 조금씩 보였다.

황룡기가 재빨리 움직이면서 내상을 다스리지 않았다면
운현은 벌써 죽은 목숨이었을 것이다.

지금 이 순간처럼 황룡기가 고맙게 느껴지는 적은 한 번도
없었다.

"큭!"

운현이 힘겹게 몸을 바로 했다. 온몸의 피가 굳어 딱지가

졌고, 흘린 땀이 상처에 스며들어 엄청난 통증을 가져왔다.

하지만 운현은 얼굴 하나 찡그리지 않았다. 채주들에게 이런 사술을 펼친 사람에 대한 분노가 통증도 못 느끼게 한 것이다.

파밧!

남은 세 명 중 한 명이 다시 달려들었다. 방금 전까지 운현과 싸우던 그 채주였다.

내력의 운용이 자유롭지 못함에도 불구하고 운현은 쥐어짜듯 끌어올리며 검에 불어넣었다.

콰쾅!

검끼리의 부딪침이 아니었다. 내력과 내력의 충돌. 이런 경우 내력의 심후한 사람이 우위에 서게 마련이다.

지금 상황이 평소의 절반도 채 되지 않는 운현이 당연히 밀릴 수밖에 없었다.

주르륵!

운현의 신형이 삼 장 뒤로 밀렸다. 하지만 이를 악문 운현은 억지로 뒤로 밀리는 신형을 멈춘 뒤 앞으로 달려들었다.

쉬익!

운현이 달려들자 채주의 검이 어김없이 운현의 목을 노리고 날아들었다. 하나같이 일격에 적들을 죽일 수 있는 곳만 골라서 공격하는 그들이었다.

운현은 몸을 더 낮추었다.

부웅!

운현의 머리 위를 스쳐 지나가는 채주의 검. 머리카락 몇 가닥이 잘려 바람에 흩날렸다.

촤악!

앞으로 검을 쭉 찌르는 운현. 내력을 가득 머금은 검이었다.

휘리릭!

몸을 회전시키며 운현의 검을 피하는 채주. 하지만 워낙 가까운 거리에서 빠르게 찌른 검이었기에 완벽하게 피하지는 못했다.

터억!

뒤로 몇 걸음 물러서는 채주. 그의 옆구리에 깊은 자상이 하나 생겼다. 딱 보기에도 심각한 상처였다.

피는 계속해서 흘러나오고 있었고, 조금 더 벌어지면 내부의 장기까지 보이지 않을까 하는 생각이 들 정도로 심각한 상처였다.

하지만 고통을 못 느끼는 것인지 참는 것인지 모르게 채주는 운현만 노려보았다. 그리고는 제대로 힘이 들어가지 않는 팔을 들어 운현을 노렸다.

촤락!

효과는 있었다. 현저하게 느려진 상대의 공격이다.

운현은 일부러 강한 힘을 담아 자신의 심장을 노리는 검을 쳐냈다.

까앙!

요란한 소리를 내며 채주의 검이 크게 튕겨졌고, 운현은 좀 더 안쪽으로 파고들었다.

운현이 파고들자 채주는 검을 포기하고 몸을 뒤로 빼었다. 운현의 사정거리에서 조금이라도 더 빨리 벗어나기 위함이었다.

운현은 순간 당황했다.

무인이 자신의 무기를 포기한다는 것은 무인의 길을 포기한다는 것과 마찬가지라고 배웠기 때문이다.

파앙!

상대의 검을 쳐냄과 동시에 왼 주먹으로 상대의 복부를 가격하려 했던 운현은 허공을 칠 수밖에 없었다.

그리고 한순간의 실패는 곧바로 위기로 이어졌다.

부상을 입은 채주가 뒤쪽으로 빠지면서 그 뒤에서 대기하고 있던 남은 채주 두 명이 운현에게로 달려든 것이다.

아주 자연스러운 몸놀림이었다.

파밧!

운현이 재빨리 뒤로 몸을 날렸다. 하지만 허벅지에 생긴 상처로 인해 그 거리가 짧을 수밖에 없었다.

찌이익!

겨우 몸을 가릴 정도밖에 남지 않았던 옷마저도 찢어지고 말았다.

그에 근육질에 온통 상처투성이인 운현의 몸이 그대로 드러났다.

멀쩡한 상태였으면 감탄을 했겠지만, 지금의 모습은 보면 안쓰럽기만 할 뿐이었다. 온통 핏물이 들어 제대로 된 살이 보이지 않으니.

'머리를 쓰겠다는 것인가?'

거의 쓰러지기 일보 직전까지 갔던 채주 대신에 멀쩡한 채주들이 모습을 드러내자 운현은 절망감에 휩싸여 갔다.

지금 자신의 상태와 적들의 상태를 비교해 보면 도저히 승산이 없었기 때문이다. 정신력으로 버티는 것에도 한계가 있다.

유현의 눈동자가 흔들리기 시작했다.

한 시진이 지났다. 유현은 아직도 버티고 있었다. 그사이 한 명의 채주를 더 쓰러뜨린 운현이었다.

거의 쓰러지기 일보 직전의 운현. 허벅지의 상처가 더 벌어졌는지 이제는 피도 아닌 투명한 액체 같은 것이 흘러나오고 있었다.

"헉! 헉!"

점점 정신이 몽롱해져 가는 운현이다. 피를 흘린 채로 한 시진이 넘도록 싸움을 계속하고 있으니 당연한 것이라 할 수 있었다.

남은 인원 두 명.

하지만 운현은 더 이상의 싸움은 불가능한 상황.

신이 이 상황을 보았다 하더라도 운현의 손이 아닌 두 명의 손을 들었을 것이다.

하지만 운현은 포기하지 않았다.

비록 시간이 많이 지나 많은 사람들이 죽었겠지만 운현의 어깨에는 자신을 보고 희망을 품고 기대감을 가지고 있는 사람들이 굉장히 많이 매달려 있었다.

강한 힘에는 그만큼의 책임이 필요한 법.

운현의 어깨에 있는 무게는 운현이 가지고 있는 힘에 대한 책임감의 무게였다.

그것이 지금 이 순간까지도 운현이 버틸 수 있게 만들어준 것이다.

"절대 질 수 없어."

운현이 중얼거렸다. 몸이 성하고 힘이 남았으면 자신에게 채찍질이라도 하듯 소리라도 질렀겠지만 지금은 소리 지를 힘도 아까운 상황이었다.

거의 쓰러질 듯 비틀거리던 운현이 조금 더 힘을 내어 몸을 바로 세웠다. 그리고는 심호흡을 한 번 하고는 아직까지 그 빛을 잃지 않은 눈으로 채주들을 바라보았다.

이제 두 명.

그 두 명만 제거한다면 이 싸움은 끝날 것이다.

아니, 아직 다른 곳의 싸움이 남아 있겠지만 지금 운현은 이들만 제거한다면 이 싸움이 끝날 것이라 믿고 있었다.

그렇게 믿고 싶은 운현이었다.

짝짝짝!

"……!"

갑자기 들려온 박수 소리. 운현은 그쪽으로 고개를 돌렸다.

박수 소리가 난 쪽에서 한 사내가 걸어나오고 있었다. 마치 지금까지 운현의 싸움을 전부 다 보고 있었다는 듯 대단하다는 표정을 짓고 있었다.

"누구냐!"

서음 보는 얼굴. 이군은 아니었다. 그렇다면 적이라는 말인데, 지금까지 싸움 한 번 하지 않은 듯 깔끔한 모습이었다.

아니면 싸움을 했지만 옷에 피 한 방울 묻지 않을 정도로 강한 사람이라는 말이다.

"나? 누구일 것 같나?"

발끈!

운현의 이마에 힘줄이 튀어나왔다. 분명 자신을 놀리는 어투. 자존심이 상하는 태도였다.

"누구냐고 물었다!"

"맞혀보게. 그렇게 나를 보고 싶어 하지 않았던가?"

“……?!”

그의 말에 운현의 머리에 떠오르는 사람이 있었다. 바로 채주들을 이렇게 만든 사람이었다.

“당신인가?”

“그래. 내가 이들을 이렇게 강하게 만들었지. 기대 이상이야! 아주 좋아! 하하하하!”

곡해성이 크게 웃었다. 그 모습에 운현의 마음속에서 분노의 불길이 크게 치솟았다.

그와 동시에 황룡기 역시 반응을 보였다.

거세게 온몸을 돌아다니는 황룡기. 마치 운현보고 그를 죽이라는 듯 온몸의 내상을 빠른 속도로 치유해 가고 있었다.

“오호?!”

운현의 그런 변화를 알아차리기라도 한 듯 곡해성이 의외라는 반응을 보였다.

그도 그럴 것이 거의 다 꺼져 가던 운현의 기도가 다시금 날카롭게 살아나기 시작한 것이다.

“그런다고…….”

웃음을 짓고 있던 곡해성의 얼굴이 서서히 굳어갔다. 웃는 얼굴일 때에는 느끼지 못했던 그의 차가움이 얼굴이 굳어가면서 천천히 드러났다.

“이길 수 있을 것 같은가?”

화아악!

곡해성의 몸에서도 엄청난 기운이 폭사되었다. 지금까지 만난 그 어떤 사람보다도 더 강한 기운이었다.

'진다!'

그의 기운을 겨우겨우 받아내며 운현이 생각한 것이었다.

강했다. 자신이 온전한 상태라고 해도 그를 이길 수 있을지 알 수 없었다.

'죽어?'

자연스럽게 운현의 머릿속에 자리 잡은 '죽음'이라는 단어. 그것이 복잡하게 얽혀가던 운현의 머릿속에 찬물을 끼얹었다.

"절대 죽을 수 없지."

운현이 자신의 생각을 그대로 밖으로 내뱉었다. 점점 더 또렷해지고 정상에 가까워져 가는 운현이다.

정신력은 이미 육체의 한계를 넘어선 상황이었고, 죽음이라는 상황에 가까워 가면서 마음은 오히려 안정을 찾아가고 있었다.

그리고 무럭무럭 자라나는 죽을 수 없다는 욕망. 그리고 의지. 적으로 만난 강한 상대에 대한 무인으로서의 끓어오르는 투지.

지금 운현을 지탱해 주고 있는 요소들이었다.

운현의 그러한 변화에 곡해성의 얼굴에 약간의 당혹감이 일었다.

무당산 전체에 펼쳐져 있는 진을 만든 것이 자신이기에 곡해성은 자신의 몸을 숨기고 운현이 싸우는 것을 전부 지켜보고 있었다.

강했다.

이지를 제압당하는 대신 기대 이상의 강함을 얻은 채주 일곱을 상대로 다섯의 목숨을 끊어놓곤 아직까지 버티고 있었다.

지금까지 자신이 보았던 그 어떤 사람보다 강했다. 물론 아직은 마교 교주가 더 강한 것 같지만.

"내 사제가 죽었다고 들었다."

"무슨 소리냐!"

뜬금없는 사제 타령에 운현이 소리쳤다. 심리전인가? 그런 것이라면 지금의 운현에게는 통하지 않을 방법이었다.

"기억나지 않는가? 마교로 위장한 그들을 만났다고 들었다."

곡해성의 부연 설명에 스쳐 지나가는 기억 하나가 있다. 녹림과 첫 번째 조우하고 마교를 만나러 갔을 때의 그들. 자신의 사부를 그렇게 만든 것 때문에 분노가 폭발하여 한 명을 죽였다.

"사제였던가?"

"같은 사부를 모시는 아이는 아니지. 하지만 내가 애지중지하던 사제임은 틀림없다."

"죽을 짓을 했다."

"죽을 짓?"

"그렇다. 내 사부를 병석에 눕혀 고생을 시키고 내 마음 고생까지 시킨 죄. 아버지와 같은 분을 그렇게 만들어놓은 것에 대한 죄는 죽음으로도 갚기 어렵다."

"하! 죽은 그 녀석은 네 사부를 본 적도 없다. 오히려 살아서 돌아간 그 녀석이지."

곡해성의 말에도 운현은 동요하지 않았다.

"어차피 같은 문파의 사람. 게다가 너희와 나는 서로 죽고 죽여야만 살 수 있는 관계가 아니던가?"

"그렇지."

금선도. 그것을 두고 하는 말이다. 운현은 금선도를 찾아 세상에 나오지 못하도록 하는 것이 목적이고 곡해성 등은 그것을 찾아 세상에 내놓는 것이 목적이니.

"그러니 여기서 죽어라."

곡해성이 자신의 기운을 더 끌어올리며 말했다.

더욱 거세지는 압력. 운현은 필사적으로 버티고 있었다.

그럴수록 황룡기는 더욱더 빠른 속도로 움직이고 있었다. 내상은 거의 다 아물어가고 있었고, 외상 부분에도 황색의 기운이 묻어 있었다.

내상을 넘어 외상까지 치료하고 있는 것이다.

'젠장!

운현은 아쉬웠다. 황룡기야 다시금 살아나고 있는 상황이지만 태극진기는 그렇지 못했다.

이미 바닥 가까이 소진한 진기다.

시간을 두고 운기라도 해야 회복이 될 것이다.

시간? 짧은 시간도 아니고 족히 몇 시진은 해야 할 것이었다.

그런 시간을 곡해성이 줄 리가 만무했다.

그렇다는 이야기는 지금 이 상태가 운현의 최고 상태라는 말이다.

내상이 거의 다 치료된 것만 해도 기적이라 해야 할 것이었다.

"어디……."

곡해성이 다리를 살짝 벌리고 옆으로 섰다. 그리고는 한 손은 뒷짐을 지고, 다른 한 손은 편 채로 앞으로 뻗었다.

까딱까딱.

"덤벼봐."

완벽한 도발. 마치 어른이 자신에게 덤비려는 아이를 가소롭게 느끼는 것과 같아 보였다.

"질 수 없어!"

파바밧!

운현이 달려들었다. 아직 허벅지의 상처는 치유되지 않은 상황이기에 잠시 멎었던 피가 다시 흐르고 있었다.

그렇지만 그런 것은 전혀 개의치 않는다는 듯 운현은 두 눈을 부릅뜨고 달려들었다.

분노로 이성을 잃은 것이 아니었다.

자신이 약하다는 것을 알고 먼저 공격을 감행한 것이다. 게다가 자신의 능력에 지금의 분노를 적절히 가미해 능력 이상을 발휘하고 있는 것이다.

콰앙!

허공에서 부딪치는 곡해성의 손과 운현의 검, 그리고 폭발음.

두 사람의 맞대결이 시작되었다.

반 시진가량이 지났다.

곡해성의 자세에는 그다지 변화가 없었다. 변한 것이 있다면 뒷짐 지고 있던 손이 앞으로 나와 있다는 점뿐이었다.

운현 역시도 크게 달라진 것은 없었다. 한 가지 달라진 점이 있다면 몸에 흙이 지저분하게 묻어 있다는 것 정도?

그 약간의 차이.

그 차이가 많은 것을 말해주고 있었다.

흙이 묻어 있다는 것은 그만큼 바닥을 많이 굴렀다는 증거이다. 반면 곡해성은 한 손에서 두 손으로 바뀌었다는 점만 다를 뿐 옷에 먼지 하나 묻지 않았다.

운현이 밀렸고, 곡해성이 이기고 있다는 증거였다.

‘젠장! 틈이 보이질 않는다!’

지금까지 운현이 싸워본 사람 중 가장 강하다고 할 수 있는 오귀문도 틈은 있었다.

하지만 지금 눈앞에 있는 곡해성은 틈이 없었다. 공격은 빠른 창과 같고 방어는 철옹성과 같다.

겨우겨우 두 손으로 만들기는 했지만 그것은 곡해성의 방어를 조금 더 견고하게 만들어주었을 뿐, 운현에게 좋은 것이 아무것도 없었다.

“다시 한 번 말하지만……”

곡해성의 한 손이 다시 그의 뒤쪽 허리춤으로 향했다. 다시 한 손이 된 것이다.

“너는 나를 이길 수 없다.”

곡해성의 입에서 나온 말. 운현은 단번에 부정하지 못했다. 점점 그것이 사실로 다가오고 있었기 때문이다.

“합룡기를 들어봤겠지?”

‘합룡기!’

상대의 입에서 합룡기라는 말이 나오자 운현의 눈이 동그랗게 떠졌다.

“난 합룡기를 이루었다.”

“……!”

운현의 눈이 놀란 듯 더욱더 크게 떠졌다. 합룡기를 이루었다고?

"놀라는 눈치군. 난 너보다 더 먼저 흑룡기를 익혔고, 백룡기와 금룡기를 더 익혀 합룡기를 이루었지. 네놈과는 차원이 다르다는 말이다. 황룡기를 익히고 네 몸속에 자리 잡고 있던 무당의 진기로는 합룡기를 이기지 못한다."

곡해성의 말에 운현은 바위로 머리를 맞은 것 같은 충격을 받았다.

다른 이들이 합룡기를 익히지 못한다는 말은 들어본 적이 없다. 하지만 어느 순간부터 운현은 그렇게 생각하고 있었다.

자신만이 합룡기를 익힐 수 있다고.

하지만 그것이 아니었다. 지금 자신의 눈앞에 합룡기를 익힌 사람이 있고, 그 말을 증명이라도 하듯 그 강함을 자신에게 보이고 있었다.

"나 말고도 합룡기를 익힌 사람은 두 명이 더 있다. 이런 우리를 상대로 너희들이 이길 수 있을 것 같은가? 쓰러져 가는 정파와 마교 따위가 우리를 이길 수 있을 것 같은가?"

곡해성의 물음에 운현은 그를 바라보기만 할 뿐 아무런 말도 할 수가 없었다.

두려움이 생겼다.

처음 오귀문을 상대하러 갈 때 잠시 느꼈던 그 두려움. 비슷했다.

상황도 비슷하다.

그때에도 약했고, 지금도 약하다.

약간의 차이가 있다면 그때에는 자신의 약함을 알고 있었고, 지금은 자신의 강함을 알고 있었다는 차이뿐이다.

"구룡검을 넘겨라. 그리고 여기서 죽어라. 그것이 너의 마지막 임무이다."

곡해성의 말에 운현이 두 주먹을 꽉 쥐었다. 그리고는 곡해성을 사납게 노려보며 소리쳤다.

"말도 안 되는 소리! 그것이 내 임무라고? 무엇을 기준으로 그렇게 말하는가!"

운현은 분노했다. 하지만 곡해성은 여전히 차분했다.

"무엇을 기준으로? 힘의 차이! 지금 네놈과 나의 힘의 차이만 보아도 그것이 네가 할 수 있는 최선이다! 그리고 또 하나! 운명! 운명이다! 네놈은 지금 이 상황에서 그렇게 죽어갈 운명인 것이야!"

곡해성이 소리쳤다. 그러자 운현의 기도가 점점 더 무시무시하게 바뀌었다.

"운명? 운명이라고 했나! 네가 뭔데 나의 운명을 결정짓는가! 내 운명을 결정하고 이끌어가는 사람은 나다! 네놈이 아니라 나란 말이다!"

쿠오오오!

주변의 공기가 요동치는 듯한 소리가 나며 지금까지와는 비교도 할 수 없는 압도적인 기운이 운현의 몸에서 흘러나오기 시작했다.

운현의 의지와 분노가 황룡기의 분노와 맞아떨어져 상승 작용을 이끌어내고 있는 것이다.

움찔!

곡해성은 순간적으로 움찔했다.

그 정도로 운현의 몸에서 뿜어져 나오는 기운은 엄청난 것이었다.

"가라!"

곡해성의 입에서 명령이 떨어지자, 뒤쪽에서 마치 시체인 양 서 있던 두 명의 채주가 운현에게 달려들었다.

촤아악!

털썩!

운현이 일검을 휘둘렀다. 그 어느 때보다도 더 또렷한 황색의 검강이었다.

그대로 상반신과 하반신이 분리되는 두 명의 채주.

방금 진까지 한 명도 상대하기 힘들어하던 운현의 모습이 아니었다.

전혀 부상당한 몸 같지 않았다. 피도 이미 멎어 있었고, 내상은 거의 다 완치된 상황이었다.

그리고 마침 태극진기 역시 조금씩 샘솟는 것 같은 느낌이 들고 있었다.

꿀꺽!

두 명의 채주를 단칼에 베어버릴 정도로의 성장. 불완전한

각성과 비슷한 것이다. 그러나 아직까지 곡해성의 수준에는 미치지 못한다.

하지만 지금의 운현을 상대하려면 그 정도로 긴장을 해야 했다. 부상? 중상은 각오해야 할지도 모르는 상황이다.

도발을 하려다가 괜히 벌집을 쑤셔놓은 것 같다는 생각을 하는 곡해성. 하지만 이미 엎질러진 물이다.

파앗!

운현이 앞으로 빠르게 달려나갔다.

순간 이동. 그렇게밖에 표현할 수가 없었다. 그 정도로 빠른 운현의 속도였다.

잠시 운현의 엄청난 기도에 당황하는 모습을 보였지만 곡해성은 합룡기를 익힌 사람. 이 정도 속도에 당황하지는 않는다.

터엉!

곡해성의 손이 자신의 복부를 향해 찔러오는 운현의 검면을 강하게 때렸다.

둔탁한 소리를 내면서 튕기는 운현의 검. 하지만 운현의 움직임은 거기서 끝이 아니었다.

검을 잡고 있던 두 손 중 왼손을 놓아 검의 반동을 그대로 흡수하고 자유가 된 왼손은 그대로 곡해성의 복부에 찔러 넣었다.

무당의 구궁신행장(九宮神行掌)이었다.

검을 들고 평생 검을 수련하느라 기본적인 방법만 배운 운현이었지만, 지금 이 순간 그것이 굉장히 유용하게 쓰이고 있었다.

타타탁!

재빨리 뒤로 세 걸음 떨어지는 곡해성. 하지만 운현의 면장이 더 빠르게 보였다.

파앙!

나무에서 떨어지는 나뭇잎이라 해도 통과할 수 있을까? 곡해성과 운현의 면장 사이는 그렇게 작은 틈밖에 없었다. 하지만 그렇다고 해서 곡해성에게 피해가 없는 것은 아니었다.

장풍이 아니기에 멀리까지 기운이 뻗지는 못하지만 지금과 같이 미세한 거리라면 충분히 뻗을 수 있었다.

"큭!"

작게 신음을 내뱉는 곡해성. 내상을 입은 것은 아니지만 내부 장기가 흔들리며 그 고통이 전달된 것이다.

하지만 곡해성은 이내 몸을 던질 수밖에 없었다.

일장을 뻗은 운현은 거기서 그치지 않고 오른손에 들린 검의 반동을 이용하여 몸을 회전시켰다.

곡해성의 허리를 베어오는 검.

극히 짧은 순간에 이루어진 공격이기에 곡해성은 방어가 아닌 피하는 쪽을 택했다.

촤르륵!

거의 몸을 던지다시피 해서 피한 것이기에 바닥에 발이 닿고도 곡해성의 신형이 주르륵 밀렸다.

잠시 숨을 고르며 운현을 바라보는 곡해성. 놀란 눈빛이었다.

"헉! 헉!"

짧은 시간에 많은 힘을 소모했기 때문일까? 운현이 어깨로 숨을 쉬기 시작했다.

'젠장!'

속으로 운현은 너무나도 안타까워했다.

방금 전의 상황이 지금까지 그와 대면했던 상황 중 가장 좋은 기회였다. 하지만 상대의 반응도 너무 좋았고, 자신의 상태도 온전하지 못하여 그 기회를 날리고 만 것이다.

'점점 한계에 다다르고 있다.'

운현의 몸은 이제 한계라고 아우성치고 있었다.

'하지만!'

몸은 한계라고 소리치고 있었지만 그의 정신만은 한계는 없는 법이라며 힘을 실어주고 있었다.

"대단하군. 잠력 폭발인가?"

곡해성은 운현의 지금 상태를 잠력을 폭발시키고 있는 것이라 생각한 모양이다.

잠력을 폭발시키면 평소의 배에 달하는 힘을 사용할 수는 있지만 육체적 한계를 넘어서는 움직임 때문에 폭발이 끝나고 난 다음에는 죽음에 이르게 된다.

겉으로 보이는 운현의 모습은 잠력 폭발과 굉장히 흡사했다. 하지만 실상은 그런 것이 아님을 곡해성은 모르고 있었다.

"잠력 폭발? 그런 것처럼 보이나?"

운현의 말에 곡해성은 살짝 고개를 저었다.

'아니란 말인가?'

"이 힘은 나의 의지이자 분노다! 멀쩡한 사람을 어떻게 저렇게 만들 수가 있는가! 그리고 왜 무고한 사람들을 파멸의 길로 몰아가려 하지?!"

운현의 말에 곡해성은 답하지 않았다. 서로의 입장에서 이야기를 하면 소모적인 말싸움만 될 뿐이라는 것을 잘 알기 때문이었다.

"의지? 시끄럽다. 와라, 죽여주마. 교주가 네놈과 겨뤄보고 싶어하는 것 같지만 그럴 수는 없겠다. 여기서 싹을 잘라야겠어."

"난 절대로 죽지 않아!"

파밧!

타앗!

운현과 곡해성이 동시에 서로를 향해 달려갔다.

콰앙!

촤르륵!

촤악!

운현과 곡해성의 신형이 뒤로 주르륵 밀렸다.

"쿨럭!"

운현의 입에서 다시 피가 쏟아져 나왔다. 황룡기 덕분에 치유되었던 내상이 다시 도진 것이다.

"큭!"

곡해성의 입에서도 한줄기 선혈이 흘러나왔다. 심각한 상황은 아니지만 내부가 진탕되면서 약간의 파열 증세가 보이는 것 같았다.

"내 피를 보게 하다니, 죽어 마땅하다! 하압!"

곡해성의 오른손이 순식간에 검게 물들었다. 반면 왼손은 핏기가 없이 마치 눈에 뒤덮인 것처럼 새하얗게 물들기 시작했다.

'무엇인가!'

처음 겪는 공격이다. 하지만 본능은 반드시 피해야 한다고 말하고 있었다.

"그럴 순 없어!"

타타타!

앞으로 달려나가는 운현. 상대가 공격을 전개하기 전에 공격을 하려는 의도였다.

'이, 이런!'

곡해성이 공격을 준비한 시간은 극히 짧은 시간이다. 그런

시간을 운현은 제대로 공략했고, 곡해성은 지금 다급해하고
있었다.

'젠장!'

콰콰쾅!

"크악!"

황룡기를 가득 머금은 운현의 검과 곡해성의 좌수, 우수가
공중에서 격돌했고, 엄청난 소음과 함께 거대한 폭발이 일어
났다.

피를 분수처럼 쏟아내며 하늘로 치솟는 운현. 그에 비해 뒤
쪽으로 주르륵 밀려 거대한 나무에 강하게 부딪치는 곡해성.

누가 이겼는지는 명확하게 갈리고 있었다.

털썩!

쨍그렁!

운현이 바닥에 떨어졌고, 힘이 빠진 운현의 손에서 벗어난
구룡검이 힘없이 바닥에 떨어졌다.

"후우."

곡해성이 입가의 선혈을 닦아내며 몸을 바로 세웠다. 내상
을 조금 입기는 했지만 크게 문제는 없었다.

운현은 미동이 없었다. 기절한 것인지 아니면 목숨이 끊어
진 것인지 알 수가 없었다.

하지만 중요한 것은 지금 운현은 깨어나지 못하는 상태이
고 구룡검은 볼품없이 나뒹굴고 있다는 사실이었다.

“구룡검.”

터벅터벅.

곡해성이 천천히 구룡검을 향해 걸어갔다.

구룡검의 앞에 선 곡해성. 천천히 허리를 굽혀 구룡검에 손을 가져다 대는 순간!

파앗!

“흐억!”

갑자기 엄청난 빛이 구룡검에서 폭사되었고, 마치 물리적인 공격에 맞은 듯 곡해성의 몸이 뒤로 삼 장 가까이 날아갔다.

“뭐, 뭐냐!”

곡해성은 지금 눈에 보이는 광경을 믿을 수가 없었다. 구룡검에서 어떤 기운이 뿜어져 나왔고, 그것은 각각 용의 모습을 하고 있었다.

아홉 마리의 용.

가히 장관이라 할 수 있었다.

그리고 그 아홉 마리의 용은 마치 보호하기라도 하듯 운현을 중심으로 둥글게 원을 만들고 있었다.

─너는 누구냐.

어떤 용의 입에서 나온 것인지 알 수 없는 목소리가 곡해성의 귀를 파고들었다.

흠칫 놀라는 곡해성. 하지만 이내 침착을 되찾고 천천히 입을 열었다.

“저는 구룡검을 얻고자 하는 사람입니다.”

—가라. 그대는 구룡검의 주인이 아니다.

또다시 들려온 음성에 곡해성의 얼굴이 찌푸려졌다. 자신은 주인이 아니라고?

“왜 저는 주인이 될 수 없는 것입니까? 저는 흑룡기를 익혔고, 백룡기와 금룡기를 더하여 합룡기를 완성했습니다. 그렇다면 저도 주인 될 자격이 있는 것 아닙니까? 저자는 고작 황룡기 하나를 익혔을 뿐입니다!”

곡해성의 외침에 잠시 침묵이 이어졌다. 그리고 다시 음성이 들렸다.

—구룡검의 주인은 그따위 것으로 결정되는 것이 아니다.

구룡을 상징하는 아홉 개의 기운을 정작 구룡은 ‘그따위 것’ 이라 말하고 있었다.

“그럼 도대체 무엇입니까? 무엇이 저자는 되고 저는 안 되는 기준이란 말입니까!”

—그것은…… 운명이다.

‘운명!’

곡해성의 얼굴이 사납게 구겨졌다. 운명. 그깟 운명이 무엇이라고 자신은 구룡검을 가질 수 없단 말인가!

“절대 용납할 수 없다!”

스오오오오!

곡해성이 크게 소리 질렀고, 그의 몸에서 엄청난 기운이 폭사되어 하늘로 올라갔다.

"오늘부로… 구룡검은 내 것이다! 너희는 나의 명에 따라야 한다!"

파직! 파지직!

장애물이 있는가? 곡해성이 구룡검에 손을 뻗었고, 마치 어떤 기운이 있는 것처럼 그의 손에서 불꽃이 튀었다.

─가라!

"크아악!"

콰앙!

그 순간 곡해성의 귀로 엄청난 소리가 들렸고, 그의 몸은 뒤로 날아가 거대한 암벽에 부딪쳤다.

그의 몸 형체처럼 움푹 파인 암벽, 엄청난 위력이었다.

스르르. 털썩!

잠시 암벽에 박혀 있던 곡해성의 몸이 서서히 앞으로 기울었다. 그리고 이내 그의 몸이 바닥으로 곤두박질쳤다.

스스스!

구룡의 형체가 점점 희미해지기 시작하더니 평범한 하나의 기운처럼 바뀌었다.

─그대의 의지는 잘 알아들었다. 나는 그대를 진정한 주인으로 받아들이겠다.

언젠가 들었던 황룡의 목소리. 그와 동시에 구룡검에서 나왔던 기운들이 운현의 백회혈로 빨려 들어가기 시작했다.

순식간에 사라지는 기운들.

그리고 그 주변은 언제 그랬냐는 듯 다시금 자연의 고요함만 가득하게 되었다.

마교와 정파의 싸움은 끝이 났다.

생각지도 못한 진법 때문에 거의 전멸 위기에 처했던 정파였지만, 중간에 갑자기 풀린 진법으로 인하여 상황을 어느 정도 반전시킬 수 있었고, 결국 양패구상에 가까운 결과로 싸움은 끝이 났다.

마교 잔당은 십분지 일 정도만 살아서 돌아갔고, 무당의 경우에는 거의 봉문에 가까운 수준까지 피해를 입고 말았다.

하지만 이것은 그다지 충격적인 일이 아니었다.

마교가 작정을 하고 왔고, 이 정도 피해를 입지 않고 승리할 것이라 생각하지는 않았던 것이다.

싸움이 끝난 이후에도 운현의 모습은 보이지 않았으며, 멀쩡한 사람들을 전부 풀어 운현을 찾았다.

그렇게 찾은 운현은 바닥에 쓰러져 있었다.

죽은 것은 아니었지만, 온몸에는 보기 어려울 정도로 엄청난 상처들이 있었다. 죽지 않은 것이 신기할 정도였다.

그들은 운현을 데리고 곧바로 무당으로 돌아갔다.

언제 깨어날지는 아무도 알 수 없었다.

하지만 모든 사람들이 운현이 어서 빨리 깨어나기를 학수고대하고 있었다.

그들은 운현을 영웅이라 생각하고 있었다.

싸우는 도중에 들렸던 거대한 폭음을 운현이 만들어낸 것이라 생각했기 때문이다.

진법이 풀린 것 역시 운현의 힘이라 생각하고 있었다.

그 모든 일은 운현이 정신을 차리지 못하고 있을 때 벌어진 일. 하지만 사람들이 그것을 알 턱이 없었다.

정미현은 매일같이 운현의 옆에만 붙어 있었다. 신기하게도 내상은 금방 완치가 되었고, 외상 역시 회복만 기다리면 되는 상황이기에 운현은 자신의 거처에 옮겨져 있었다.

정미현은 운현의 거처에서 나오지 않았다. 식사도 운현의 거처에서 했고, 며칠 밤을 자지 않고 버티다가 한 번 혼절한 적도 있을 정도였다.

그렇게 한 달의 시간이 흘렀다.

여전히 운현은 깨어나지 않고 있었다. 정미현은 여전히 운현의 옆에서 걱정스런 표정으로 운현의 얼굴만 바라보고 있었다.

눈 깜빡이는 것도 안타까운 모양이었다. 그사이에 운현이 어떻게 되는 것은 아닐까 걱정이 되었기 때문이다.

"운현……."

작게 그의 이름을 불러보는 정미현의 눈가에는 어느덧 눈물이 맺혀 있었다.

턱!

"누구… 헙!"

창가에서 들린 소리에 정미현은 깜짝 놀라 그쪽으로 고개를 돌렸고, 창문을 통해 들어온 두 명의 사내 중 한 명이 정미현의 입을 막았다.

"뭐야, 이거 너무 허약한 거 아니야? 황룡기를 익힌 사람이 이리 허약해서는… 쯧쯧쯧."

"읍읍읍!"

정미현이 소리를 질렀지만 중년인의 손이 그녀의 입을 꽉 막고 있어 소리를 낼 수가 없었다.

"소저, 미안하오. 이렇게 침입할 생각은 없었소이다. 우리는 적이 아니오. 아시겠소? 소리를 지르지 않겠다고 약속을 하신다면 손을 놓아드리리다. 약속하시겠소?"

푸른색 머리를 한 중년인의 말에 겁먹은 표정으로 고개를 끄덕이는 정미현. 그에 중년인의 손이 천천히 그녀의 입으로부터 떨어져 나왔다.

"당신들은 누구죠?"

"정 노인의 손녀따님이시오?"

"할아버지를 아시나요?"

"그렇소. 우리는 각각 청룡기와 적룡기를 익힌 사람들이라오.”

중년인의 말에 정미현은 운현을 뜯어보고 있는 붉은 머리의 사내를 바라보았다.

도저히 믿을 수 없는 일. 마교와의 일전을 끝내고 찾겠다고 생각하고 있던 그들이 제 발로 운현을 찾아온 것이다.

이 믿을 수 없는 상황에 정미현은 아무런 말도 못하고 그저 눈만 동그랗게 뜰 수밖에 없었다.

“크흑!”

운현을 발견한 사람들은 곡해성을 발견하지 못했다. 그에 그 자리에서 이틀 동안 기절해 있던 곡해성은 머리를 어루만지며 자리에서 일어났다.

“어떻게 된 일인가!”

곡해성은 그때의 상황을 되짚어보기 시작했다. 구룡검을 잡으려 할 때 갑자기 나타난 아홉 마리의 용과 자신의 실랑이.

그리고 엄청난 기운. 암벽에 부딪치는 자신. 거기까지였다. 그 이후는 기억이 나질 않았다.

기절했던 모양. 그리고 깨어난 것이 지금인 듯했다.

며칠이 지났는지, 싸움의 결과는 어찌 되었는지는 알 수가 없었다.

하지만 지금 곡해성에게 중요한 것은 그것이 아니었다.

"운명……."

자신이 구룡검의 주인이 될 수 없는 이유를 운명이라 했다.
그에 곡해성은 이를 갈았다.

"그 운명… 내가 깨부숴 주마."

눈을 번뜩이는 곡해성. 그리고는 곧바로 발걸음을 옮겼다.

무당산을 벗어나는 그.

하지만 그가 향한 곳은 마교가 있는 쪽이 아니었다.

운남.

그의 원래 본거지가 있는 운남으로 향하는 곡해성이었다.

『마도신기』 4권에 계속…

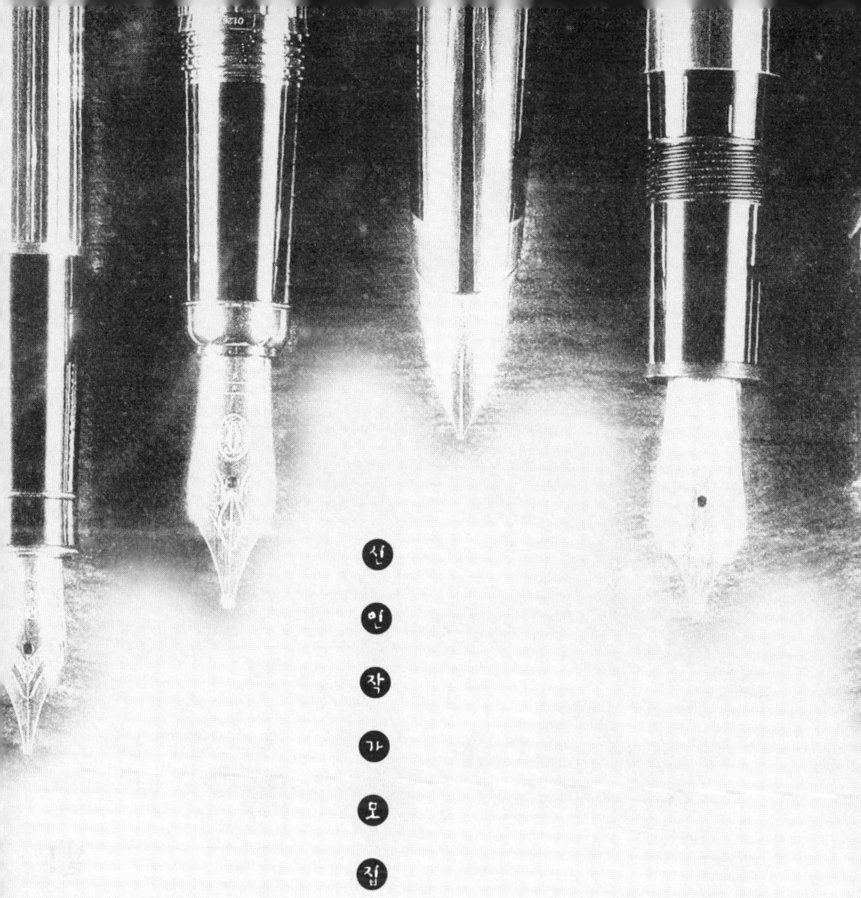

신
인
작
가
모
집

다세포 소녀 원작 만화 출간!!

초등학생이 반드시 읽어야 할 좋은 책 49권

각 학년별로 초등학생이 반드시 읽어야할 좋은 책을 선정하여 통합논술의 기본이 되는 '올바른 독서법' 을 일깨워 줍니다.

교과서와 함께하는 초등학교 통합논술

초등1학년 | 값 12,000원 | 초등2학년 | 값 9,500원 | 초등3학년 | 값 11,000원 | 초등4학년 | 값 9,500원 | 초등5학년 | 값 9,500원 | 초등6학년 | 값 11,000원

♣ 혼자 할 수 있어요.

엄마가 책 읽는 방법을 가르쳐 주어도 좋아요.
독서지도하는 선생님이 가르쳐 주어도 좋답니다.
"초등 교과서와 함께하는 **통합논술 시리즈**"는
아이 스스로 독서할 수 있도록 꾸며진 책이에요.
엄마와 선생님은 요령만 가르쳐 주시면 된답니다.

♣ 교과서의 중요한 내용이 총정리되어 있어요.

각 학년별로 중요한 교과 내용이 함께 수록되어 있어요.
초등학생은 교과서 내용을 충실하게 공부해야 합니다.
아울러 그와 병행한 독서가 대단히 중요하지요.
"초등 교과서와 함께하는 **통합논술 시리즈**"는
두 가지 방법 모두 알려준답니다.

♣ 이 책은 훌륭하신 선생님들이 함께 쓰신 책이랍니다.

동화작가 선생님들이 쓰셨어요. 소설가 선생님도 쓰셨답니다.
국어 논술독서지도 선생님들도 함께 쓰셨지요.
"초등 교과서와 함께하는 **통합논술 시리즈**"는
엄마의 마음으로 모든 선생님들이 함께 꾸민 책이랍니다.

입소문을 통해 아는 분은 다 알고 계십니다!
올 한해 공인중개사 최고의 화제작!

1~2권 합본 | 이용훈 지음
3~4권 합본 | 이용훈 지음
5~6권 합본 | 이용훈 지음
용 어 해 설 | 이용훈 지음
1~2차 문제풀이집 | 이용훈 지음

수험생 기본 필독서
만화 공인중개사

제목 : 만화공인중개사 쓰신 분에게 감사드립니다.

학원을 두달 다녔어요. 근데 과연 그 숫자 외우기 그렇게 몇 문제나 나올까 생각을 했어요.
아니라는 생각이 드네요. 학원강의를 뒤로 하고 서점을 갔어요. 내 머리에 가장 이해될 수 있는
책이 없나 하구요. 거기서 만화를 발견했어요. 무조건 세번 봤어요. 3개월 걸렸어요. 문제집을
보라고 했는데 그건 시행을 못했어요. 근데 합격을 했네요.

어떻게 감사의 말을 해야 될지…

도서관에서 만화책 들고 다니니까 사람들이 바웃더라구요. 만화책으로 공인중개사를 공부한
다고 미친사람처럼 보더라구요. 근데 그거 다 감수하고 했던 내가 자랑스럽습니다.

어떻게 감사의 말을 해야 할지 정말 감사합니다.

부디 행복하세요. 제 나이 41살에 좋은 스승을 만난 거 같습니다.

엎드려 감사드립니다.

—본사 홈페이지에 독자분이 올린 메일 中 에서 발췌—

잘나가고 싶은 사람은 읽어라!

그에게 한눈에 반했다! 그것은 분위기 탓?
애인과 나란히 걸어갈 때 당신은 좌, 우 어느 쪽에 서는가?
이성은 왜 서로 끌리는 걸까? 그 심층 심리를 해명한다!

30초의 심리학

■ **30초의 심리학**
아사노 하치로우 지음 / 계일 옮김 | 값 8,500원

처음 본 사람인데 와 닿는 느낌이
너무나도 강렬한 사람이 있다.
흔히 하는 말로 '필이 꽂힌 사람',
그래서 잊혀지지 않는 사람,
한눈에 반했다고 하는 것이 바로 그것이다.
이런 인간의 감정을 논하는 데
남녀의 구분이 있을 수 없다.
사랑하는 그, 혹은 그녀를
생각하는 것만으로도 가슴이 두근거린다.
이상할 것 없다. 당연히 그럴 수 있는 것이다.
그렇기에 인간을 감정의 동물이라 하지 않는가.
그러나 그렇게 좋아하는 그 사람이
어느 날 갑자기 싫어지는 경우는 왜일까?

Psychology